AF304540

FENJA JENSSEN

Salzige Küsse und Meeresliebe

Ein Liebesroman an der Nordsee
mit Herzklopfengarantie

Erstausgabe Juni 2024

Copyright © 2024 dp Verlag, ein Imprint der
dp DIGITAL PUBLISHERS GmbH
Made in Stuttgart with ♥
Alle Rechte vorbehalten

Salzige Küsse und Meeresliebe

ISBN: 978-3-98998-181-2
E-Book-ISBN: 978-3-98998-008-2

Covergestaltung: Larissa Siepmann
Umschlaggestaltung: ARTC.ore Design
Unter Verwendung von Abbildungen von
shutterstock.com: © jack photo, © Pawel Kazmierczak,
© Resul Muslu, © Pawel Kazmierczak, © sabyna75
stock.adobe.com: © Sasha Strekoza, © Mathias Weil, © jomphon,
© Superhasi, © Africa Studio
Satz: dp DIGITAL PUBLISHERS GmbH
Druck und Bindung: Books on Demand GmbH, Norderstedt

Für meine Brokkolis,

Eure Freundschaft ist unbezahlbar. Jetzt seid ihr in einem meiner Bücher verewigt. Das habt ihr davon.

1. Kapitel

Sand schmeckt überall anders. Eine Erkenntnis, auf die ich gerne verzichtet hätte. Dieses Mal hängt eine bittere Note in meinem Mund, breitet sich auf meiner Zunge aus und lässt mich schaudern. Lieber nicht daran denken, was diesen ekligen Geschmack verursacht.

Ich reibe mir mit dem Arm über die Lippen, verteile den groben Sand in meinem Gesicht und spucke aus in der Hoffnung, die Körnchen aus meinem Mund zu befördern. Wie naiv! Kaum bewege ich den Kiefer, knirscht es unangenehm zwischen meinen Zähnen.

Mir bleibt keine Zeit, mich weiter dem Kampf gegen den Sand zu widmen. Eine erneute Windböe erfasst mein Haar, peitscht mir Strähnen ins Gesicht. Aus dem Augenwinkel sehe ich etwas Gelbes vorbeifliegen. Verdammter Mist!

Frischer Sand rieselt aus meinem Haar und bleibt an der verschwitzten Stelle zwischen Nase und Sonnenbrille hängen. Eine Welle von Frust rollt hinterher. Schnaubend nehme ich die Herausforderung des Winds an und fange die wildgewordenen Strähnen ein.

Zeit für einen Statuscheck nach meinem gut anderthalb Meter tiefen Sturz vom Plankenweg in die Düne. Haare: Ein einziges blondes Vogelnest, in dem wahrscheinlich mehr Sand zu finden ist, als auf dem Steg, auf den ich mich wieder hochgezogen und aus den Dünen gerettet habe. Kleidung: Ein ehemals süßes Sommerkleid, das jetzt wie ein durchgeschwitzter Lappen an meinem Körper klebt. Eine meiner Sandalen liegt etwa zwei Meter neben dem Steg in den Dünen. Sie ist fröhlich hinabgekullert, während ich mich auf meinen Rucksack konzentriert habe. Darin befindet sich mein heiß geliebtes iPad. Einige schnelle Handgriffe versichern mir, dass der Rucksackinhalt von negativen Folgen meines Sturzes verschont geblieben ist. Ganz anders als mein Koffer und die darin befindlichen Habseligkeiten. Dieser grüne Schuft stellt das eigentliche Problem dar: Ein Großteil des Inhalts verteilt sich weit über die Düne, ein geblümter Slip hängt im nächsten Büschel Strandhafer und mein schwarzer Lieblings-BH folgt meinen T-Shirts und dem Wind über den sanften Hügel Richtung Strand. Dazwischen ein Mosaik aus Shorts und anderen Kleidungsstücken.

Für einige Herzschläge spiele ich mit dem Gedanken, alles zurückzulassen und mich geschlagen zu geben. Wenn ich das Chaos ignoriere, existiert es dann wirklich? Oder kann ich mir einreden, dass mein Start in den Urlaub nicht mit einer Vollkatastrophe begonnen hat?

Die Antwort lautet: Niemals.

Beim Klang einer tiefen Stimme schrecke ich zusammen und wirble herum. Mit meinen Händen am Kopf, die das blonde Vogelnest zähmen, sehe ich vermutlich aus, als würde ich albern für ein Urlaubsfoto posieren. Eilig ziehe ich mir die Sonnenbrille von der Nase und stecke sie in meinen Ausschnitt. Verwirrt mustere ich mein Gegenüber, einen Mann, der wie für diese Kulisse gemacht scheint. Das dunkle Haar ist lang genug, dass es vom Wind erfasst wird, hängt ihm aber nicht störend im Gesicht. Die blauen Augen passen zu dem rauen Farbton der Nordsee. Vor mir steht ein Kerl, der wie der Protagonist einer Urlaubs-RomCom aussieht.

»W-was?«

Er deutet auf die Düne hinter mich. Den Schauplatz des aktuellen Koffermords. »Du sahst aus, als würdest du ausrechnen, wann deine Kleidung von allein zurückkommt. Bei dem Wind heute – vermutlich niemals.« Er verzieht die Lippen zu einem schiefen Grinsen. Dieses typisch perfekte Flirt-Grinsen, das in Hollywoodfilmen perfektioniert wurde.

»Ach das.« Ich lasse mein Haar los und bereue es umgehend. Sofort übernimmt der Wind die Kontrolle und befördert Strähnen überall dorthin, wo ich sie nicht haben will. Ich puste, um meinen Mund von der feindlichen Übernahme zu befreien. »Ich habe überlegt, ob es auffällt, wenn ich einfach davonrenne.«

Er lacht. Es klingt wie ein tiefes, kurzes Brummen. »Jetzt hast du leider einen Zeugen.«

»Eine Kofferexplosion kann auch nie so laufen, wie man sie sich wünscht.«

Mit einem Satz springt er vom Steg und hält mir eine Hand hin, damit ich ihm folge. »Komm, bevor du deine Sachen nicht mehr wiederfindest.«

Ich gebe mich geschlagen und versuche, die angebotene Geste zwischen meinen wild peitschenden Strähnen auszumachen. Sein Griff ist fest und warm. Vorsichtig steige ich von dem Steg, der zuerst Stolperfalle, dann Rettungsanker gewesen ist, und begebe mich zurück auf feindliches Terrain: Sand. Als hätte ich davon nicht bereits genug an meinem Körper.

»Wie ist das überhaupt passiert?« Er lässt mich los und wedelt im nächsten Moment mit einem T-Shirt vor meiner Nase.

Ich nehme ihm das Teil aus der Hand und stolpere zu meinem Koffer. »Ich habe auf mein Smartphone geguckt.« Statt ihn anzusehen, vergrabe ich die Unterwäsche tief in meinem aufgeklappten Koffer. Nach kurzer Inspektion scheint der Wind mir doch nicht alle Kleidungsstücke entrissen zu haben. Immerhin halten die Gurte einen Großteil davon im Innern. Das Gehäuse ist jedoch am Rand, direkt neben dem Reißverschluss gebrochen. Ich klappe den Koffer so vorsichtig wie möglich zu, um weitere flüchtige Kleidungsstücke zu verhindern. Das Gepäckstück sieht wie eine verwundete Schildkröte aus, hält dem Angriff der nordischen Windgötter jedoch stand. Ha! Ein erster Erfolg.

»Du hast nicht hingeschaut und dann war dein Koffer eifersüchtig und ist explodiert?«

Der neckische Unterton in seiner Stimme zaubert ein Lächeln auf mein Gesicht. Ich verdrehe gespielt genervt die Augen.

Er klaubt ein paar weitere Kleidungsstücke zusammen, darunter auch mein Spitzen-BH. Im Gegensatz zum Blümchenslip, den ich schnell aus dem Strandhafer rette, kann sich dieser sehen lassen. Der Fremde setzt eine höflich neutrale Miene auf und reicht mir die Sachen. Ich nehme sie mit einem genuschelten »Danke« an und hebe zwei weitere T-Shirts auf, die mir am nächsten liegen. »Vielleicht ...«. Ich räuspere mich

und folge einem Kleid, das fröhlich davonflattern will.
»Vielleicht bin ich vom Steg gefallen.«

Mit wenigen Handgriffen holt er die letzten Sachen, stopft sie in meine verwundete Schildkröte und ... macht etwas Überraschendes. Er legt seine warmen Hände an meine Oberarme und sieht mich direkt an.

»Hast du dich verletzt?« Vorsichtig dreht er mich zur Seite, mustert mich mit durchdringendem Blick. »Tut dir der Nacken weh? Handgelenke? Knöchel?«

»Nein, alles okay.« Ich winde mich aus seinem Griff und bin zum ersten Mal dankbar für den heftigen Wind. Hinter meinem Haar kann er nicht sehen, wie heiß meine Wangen werden: Ich bin mindestens so rot wie eine Tomate.

»Der Steg ist hier über einen Meter hoch, vielleicht sogar eins fünfzig.«

»Im Gegensatz zu meinem Koffer bin ich hart im Nehmen.«

Zur Antwort grinst er nur und ich bereue sofort meine Wortwahl. Das klang wie ein schlechter Anmachspruch.

Um Himmels willen, warum hat mir die Nordsee gerade diesen Kerl vor die Füße gespuckt? Das trifft mich genau an meinem wunden Punkt: meiner Unfähigkeit, besonders witzig oder schlagfertig zu sein. Zumindest komme ich mir selbst nicht einfallsreich oder redegewandt vor. In der Großstadt schwimme ich in der Anonymität der Masse. Natürlich gibt es dort genug Möglichkeiten, Leute kennenzulernen. Dates sind nur einen Wisch auf einer App entfernt. In Bars und Clubs reicht es aus, sich allein an die Theke zu stellen und länger als drei Sekunden Blickkontakt mit einem Fremden zu halten. Wahrscheinlich brauche ich nicht zu erwähnen, dass ich weder geübt im Swipen noch darin bin, Blickkontakt zu halten.

Ich öffne den Mund, um den vermeintlich schlechten Anmachspruch zurückzunehmen, entscheide mich stattdessen um. Stolz wird überbewertet, genauso wie Schlagfertigkeit oder Witz, wenn ein Notfall eintritt. Wozu mein Kofferunfall definitiv zählt. Außerdem habe ich genug von dem Sand auf meiner Haut und dem ermüdenden Wind. »Kann ich dich um einen Gefallen bitten?« Zur Untermalung meiner Worte tippe ich mit der Fußspitze leicht gegen meinen Koffer. »Kannst du mir helfen, das widerspenstige Monster bis zur Bushaltestelle zu tragen? Ich will nicht direkt alles wieder im Sand verteilen.«

»Klar.« Er schaut schnell auf die Uhr an seinem Handgelenk. »Aber der nächste Bus fährt erst in zwei Stunden.«

Ich zucke möglichst lässig mit den Schultern und versuche, mir nicht anmerken zu lassen, dass meine innere Stimme vor Schreck aufschreit.

Zwei Stunden? Wieso glänzt jedes Nahverkehrsnetz außerhalb der Großstadt mit Abwesenheit?

»Ich kann dich fahren.« Bevor ich Anstalten mache, die Überreste meines Koffers aufzuheben, packt er das gute Stück und hievt es auf den Steg.

»Nicht nötig.« Dankbar lächelnd schüttle ich den Kopf. Das Angebot ist freundlich, mehr als ich zu hoffen wagen könnte. Aber ich kenne diesen Kerl nicht, weiß nicht einmal seinen Namen. Vielleicht mag das hier auf dem Land ein Ding sein, doch in der Stadt steigt man nicht zu Fremden ins Auto.

Er dreht sich zu mir und mustert mich. »Wie willst du den Koffer in den Bus bekommen? Und dann wieder dort raus?«

»Das geht schon irgendwie.«

Kopfschüttelnd verschränkt er die Arme. »Es macht mir nichts aus, dich zu fahren.«

»Das ist wirklich nett von dir.« Ich bleibe standhaft, verschränke ebenfalls die Arme und stehe ihm mit durchgedrücktem Rücken gegenüber. »Aber ich kenne dich nicht.«

»Ben.« Er löste einen Arm aus der Verschränkung und hält mir die Hand hin. »Weder gesuchter Schwerverbrecher noch Serienmörder. Ich werde dich nicht verschleppen, sondern fahre dich zu deiner Unterkunft.«

»Sophie.« Ohne zu zögern erwidere ich die Geste und schüttle seine Hand. »Nicht naiv genug, einem Serienmörder freiwillig in die Arme zu laufen. Glaubst du, du bist der Erste, der bchauptet, keiner zu sein? Ich lese genug True Crime. Mir ist zum Beispiel nicht entgangen, dass du von ›Unterkunft‹ gesprochen hast. Woher weißt du, dass ich in einer wohne?«

Ben zieht die Augenbrauen hoch. »Das war nicht schwer zu erraten. Ich kenne hier jeden Einheimischen. Außerdem hast du einen Koffer dabei.«

»Stimmt.« Ich betrachte das verräterische Gepäckstück auf dem Steg und sehe anschließend zu Ben. »Du kennst also jeden?«

Völlig überzeugt nickt er.

»Ich wohne in der Krabbe.« Mehr Hinweise gebe ich ihm nicht, mustere ihn stattdessen herausfordernd.

Lässig zieht er sein Smartphone aus der Hosentasche und tippt etwas ein. Kurz darauf hält er mir das Gerät hin. Ich nehme es zögerlich entgegen und sehe auf dem Display einen sich aufbauenden Anruf.

»Hallo?«, ertönt es leise.

Schnell halte ich mir das Telefon ans Ohr.

»Ben, bist das du?«

»Hier ist Sophie …«.

»Oh hallo! Sophie Stahl? Hier ist Hanni Carlsen. Ich bereite gerade alles für deine Ankunft vor. Das Du ist doch in Ordnung, oder?«

»Eh, ja, natürlich.« Völlig überrumpelt sehe ich zu Ben. Der Name der Unterkunft hat tatsächlich ausgereicht, damit er weiß, wer meine Vermieterin ist.

»Kann ich in der nächsten halben Stunde mit dir rechnen? Meine Freundin Rita hat mich zum außerplanmäßigen Häkelabend eingeladen. Ich weiß, es ist spontan und ich hatte dir versichert, ich wäre den ganzen Tag erreichbar. Ich sage sofort ab, falls dir meine Abwesenheit nicht passt!«

Hannelore hat eine Art an sich, die mich völlig aus dem Konzept bringt. Sie redet zu schnell, huscht wie ein Wirbelwind durch meine Pläne.

Gleichzeitig schmunzle ich und bin nicht ansatzweise sauer. »Also, das musst du nicht. Aber ich weiß nicht, ob ich es so schnell schaffe. Ich hatte einen kleinen Unfall mit meinem Koffer und der nächste Bus kommt erst in zwei Stunden.«

»Du rufst doch von Bens Telefon an?«

»Ja.«

»Hat er dir nicht angeboten, dich zu fahren?«

»Doch, aber …«.

Meine Worte gehen in Hannelores wasserfallartig geäußerter Empörung unter: »Also, das kenne ich so ja gar nicht von ihm. Sonst ist er doch auch überall zu finden, wo Hilfe benötigt wird. Da muss er schon einen guten Grund haben, aber trotzdem bin ich ein klein wenig entsetzt. Gibst du ihn mir schnell?«

»Nein, also ...«. Ich kneife mir in die Nasenwurzel, erwische dabei eine vom Wind peitschende Haarsträhne und atme tief durch. Sand knirscht unter meinen Fingern. »Er hat mir angeboten, mich zu fahren.«

»Wusste ich doch, dass auf Ben Verlass ist! Aber wenn es dir nicht recht ist mit dem Häkelabend, dann bleibe ich zuhause. Gar kein Problem, Sophie.«

»Nein, bitte. Ich komme so schnell wie möglich.«

»Das ist wundervoll. Ich backe dir auch einen Kuchen – wegen der Umstände. Was magst du lieber, Schokolade oder Banane?«

»Banane.«

Statt sich zu verabschieden, legt Hannelore auf. Irritiert nehme ich das Telefon vom Ohr und betrachte das Logo für das beendete Gespräch.

»Sie sagt nie Tschüss, aber sie dreht den Leuten gerne ihren Kuchen an.«

Sprachlos starrte ich Ben an, der genau ins Schwarze getroffen hat, obwohl er Hannelore nicht gehört haben kann.

Er nimmt mir das Telefon aus der Hand und betrachtet mich lächelnd. »Ich fahre dich also.«

Überrumpelt nicke ich. Nach dem Gespräch mit Hannelore bezweifle ich, dass Ben ein Serienmörder ist. Viel eher glaube ich seinen Worten, dass er jeden aus der Gegend kennt. Außerdem erwartet sie mich und würde misstrauisch werden, wenn ich nicht auftauche.

Und wer bin ich, um zwischen einer alten Dame und ihrem Häkelabend zu stehen?

»Wir können sofort los. Ich muss nur kurz jemandem Bescheid geben.«

In einer flüssigen Bewegung schwingt Ben sich auf den Steg und klemmt sich im nächsten Moment das Smartphone zwischen Wange und Schulter. »Hi, Alex.«

Alles andere als elegant krabble ich auf die Holzplanken und kämpfe mich auf die Füße. Ich will mir den Koffer schnappen, doch Ben greift dazwischen und umfasst das Teil mit seinen Armen. »Geht schon«, sagt er in meine Richtung. »Nein, dich meine ich nicht.« Seine Aufmerksamkeit gilt wieder seinem Telefonat. »Klar komme ich vorbei. Wird aber noch eine Weile dauern.«

Er folgt dem Steg in die Richtung, aus der ich von der Bushaltestelle gekommen bin. Ohne mein Smartphone in den Händen und Kleidung, die sich – mit mir – im Sand verteilt, nehme ich zum ersten Mal das Meer wahr. Die Oberfläche schimmert im Licht der Nachmittagssonne. Feine Wellen kräuseln sich, malen eine lebendige Struktur auf das Wasser, das bis zum Horizont reicht. Ich bin völlig verzaubert.

»Dauert nicht lange.« Ben lacht. »Okay, okay.«

Ich brauche einige Herzschläge lang, um mich loszureißen und zu meiner neuen Bekanntschaft aufzuschließen.

»Zur Krabbe. Also maximal zwanzig Minuten. Ja. Mhm. Dann sag Mark, er soll nicht trödeln.« Ben schnaubt und als ich ihn von der Seite mustere, sehe ich, dass er lächelt. »Kannst ihm ruhig mitteilen, dass ich das gesagt hab. Ja. Bis dann.«

Sein Blick richtet sich auf mich. »Würdest du mir das kurz abnehmen?«

Ich verstehe sofort und ziehe das Smartphone aus der Umklammerung. Unschlüssig, was ich damit machen soll, trage ich es in der Hand, als hätte ich noch nie ein Telefon gehalten. Wieso fühlen sich anderer Leute Smartphones immer wie ein Fremdkörper an?

Wir verlassen den Steg und erreichen einen Parkplatz, der fast leer ist. Vier Kombis, ein Kleinwagen und ein Fahrrad verteilen sich auf dem festgetretenen Schotter.

»Du wohnst also bei Hanni?«

Ich folge Ben zu dem roten Kombi in der mittleren Reihe. Während ich nicke, schleicht sich ein Lächeln auf meine Lippen. »Hannelore ist wirklich ein Charakter.«

»Das ›Hannelore‹ kannst du dir direkt abgewöhnen. Niemand nennt sie so.«

Ich nehme ihm den Koffer ab, damit er den Kofferraum öffnen kann. Wenige Handgriffe später hat er eine Werkzeugkiste und einige Kartons zur Seite geschoben, um Platz zu machen. Mit seiner Hilfe verstaue ich meine Habseligkeiten in der Sicherheit des Wagens. Obwohl ich bezweifle, dass dort weniger Sand zu finden ist als auf den Dünen. Vermutlich ein endloses Problem, wenn man in dieser Gegend lebt.

»Hanni, nicht Hannelore. Ist notiert.« An der Beifahrertür angekommen, warte ich darauf, dass er den Wagen öffnet.

»Du lernst schnell.«

»Meine Freunde nennen mich nicht umsonst ›den Blitz‹.«

»Wirklich?« Er streckt sich und sieht mich über das Dach hinweg an.

»Nein.« Dieses Mal lache ich und schüttle den Kopf.

Im Innern des Wagens erwartet mich ein angenehmer Geruch von Zitronen und Orangen. Ein Blick auf die gefüllten Obstkisten auf der Rückbank erklärt dessen Herkunft.

»Tut mir leid, dass mein Kofferunglück deine Pläne durcheinanderbringt.«

»Wie kommst du darauf?«

Ich deute hinter mich. »Dein Kofferraum ist voll mit Kisten und Werkzeug, auf deiner Rückbank stapeln sich Orangen und Zitronen. Wenn ich tippen müsste, würde ich sagen, du wolltest einen Limonadenstand bauen.«

Sein Lachen vermischt sich mit dem Geräusch des aufheulenden Motors. »Knapp daneben.« Während Ben aus dem Parkplatz fährt, schweigt er konzentriert. Sobald er auf die Straße abbiegt, entspannt er sich und wirft mir einen raschen Blick zu. »Das Werkzeug ist für die Vorbereitungen eines lokalen Festes am Strand in ein paar Tagen. Du solltest unbedingt vorbeischauen. Und die Zitrusfrüchte sind für meine Arbeit später.«

»Limonadenverkäufer!«, rufe ich, als wäre das hier eine Quizshow und ich wüsste die richtige Antwort.

Er schnaubt und ich muss eingestehen, dass es ein niedliches Geräusch ist. »Barkeeper.«

»Also, Herr Barkeeper, Sie sind anscheinend kein Serienmörder, helfen in Ihrer Freizeit bei der Vorbereitung von Festen und kennen das Geheimnis um Hannelores wahre Identität als Hanni. Außerdem versorgen Sie die Nachbarschaft am Abend mit Ihrem verdienten Feierabendbier. Habe ich etwa die örtliche Prominenz kennengelernt?«

»Eine Sache hast du in meiner Biografie vergessen, Sophie.«

»Und die wäre?«

»Dass ich mich auch super als Fänger für im Wind zerstreute Kleidung mache.«

»Stimmt.« Ich klopfe mit der Faust in meine Handfläche. »Ehre, wem Ehre gebührt.«

Wir erreichen eine Kreuzung und folgen dem Schild, das Fierstett in drei Kilometern Entfernung auszeichnet.

»Was führt dich in unser bescheidenes Städtchen?«

»Das errätst du nie.«

Angestrengt zieht er die Augenbrauen zusammen und tippt sich ans Kinn. »Du wirst doch keinen Urlaub hier machen?«

»Für so was kommen Menschen hierher?«

»Soll schön sein.«

»Bisher haben sich die Dünen eher als gefährlich erwiesen.«

Er stupst mich mit dem Ellbogen an und senkt die Lautstärke seiner Stimme auf ein Flüstern. »Dafür gibt es einen Geheimtipp.«

Neugierig drehe ich mich im Beifahrersitz in seine Richtung. »Schieß los.«

»Man nimmt seinen Koffer nicht mit an den Strand.«

Gespielt empört boxe ich ihn gegen den Oberarm.

»Und man wirft ihn nicht vom Steg in den Sand.«

»Haha«, antworte ich trocken und wende mich der vorbeiziehenden Landschaft zu. Grüne Hügel zeichnen sanfte Wellen an den Horizont und versperren den Blick auf die Nordsee. »Ich wollte sofort das Meer sehen.«

»Das läuft dir nicht davon. Außer es ist Ebbe.«

»Ich war nur so lange schon nicht mehr ... am Wasser.« Fast hätte ich ›im Urlaub‹ gesagt. Irgendetwas hält mich davon ab, da es verbittert klingen würde. Aber bin ich das nicht? Ein verbitterter Workaholic, der den Urlaub fast wieder abgesagt hätte, weil die beste Freundin abgesprungen ist?

»Wie lange bleibst du?«

»Zwei Wochen.«

»Falls du Tipps zur Gegend brauchst ...«.

Ich hebe eine Hand und stoppe ihn mitten in seinem Angebot. Er hat mir bereits genug geholfen und in meinem Rucksack steckt mein iPad mit seiner immens langen To-do-Liste, die es abzuarbeiten gilt. »Danke, das ist nicht nötig. Meine Tage sind bereits durchgeplant.«

»Wie du meinst.« Einen Moment später erreichen wir die Ferienwohnung und er lenkt den Wagen auf einen eingezeichneten Parkplatz. »Falls du abends einen Drink gebrauchen kannst, komm vorbei.« Aus der Mittelkonsole fischt er eine Karte. »Das ›Circle‹ ist hier ganz in der Nähe.«

Ich betrachte das Logo, welches aus einer sich ineinander verschlingenden Welle besteht. Sofort erinnert es mich an die berühmte Zeichnung des japanischen Künstlers Hokusai.

»Das ist schön«, nuschle ich, streiche mit dem Daumen über die Grafik und betrachte die vielen Blautöne. Trotz der etwas überladenen Farbpalette gefällt mir das Design sofort.

»Hat ein Freund von mir gemacht.« Auf Bens Züge legt sich ein stolzes Lächeln.

»Aber ein bisschen enttäuscht bin ich.« Überzogen rümpfe ich die Nase. »Ich dachte, die Bar heißt ›Drinks und Meer‹ oder so ähnlich.«

Ben verdreht die Augen. »Glaub mir, dieses ›und Meer‹ wirst du noch zur Genüge finden.«

»Ich kann es kaum erwarten.«

»Du kommst also vorbei?«, lenkt Ben das Gespräch wieder auf seine Einladung.

Ich stecke die Karte ein und verschaffe mir dadurch etwas Bedenkzeit. Dass Ben sympathisch ist, steht außer Frage. Ebenfalls die Tatsache, wie einfach es ist, mit ihm herumzualbern. Ich kann nicht genau benennen, was mich zurückhält. Ist es das Gewicht der Liste auf meinem iPad oder der geheime Punkt darauf, den ich nicht mal meiner besten Freundin Pia verraten habe? Diesen Urlaub wollte ich mich endlich damit befassen. Mich überrollt ein flaues Gefühl, das mich jedes Mal überkommt, wenn ich an mein Vorhaben denke. Schnell schiebe ich es zur Seite. »Ich werde sehen, wie es sich einrichten lässt.«

Bens Blick lässt sich nicht deuten. Ist er amüsiert angesichts meiner Wortwahl oder gekränkt, weil ich die Einladung ausgeschlagen habe?

»Ich freue mich, falls es sich einrichten lässt.«

Offensichtlich Ersteres. Ich verdrehe die Augen und steige aus dem Wagen. Kaum öffnet Ben den Kofferraum, höre ich eine verzückte ältere Dame meinen Namen rufen.

2. Kapitel

Selbst Hannis Erscheinung wirkt wie ein Wirbelsturm. Sie trägt eine weite blaue Tunika, die im Wind flattert und um ihren Hals weht ein gelbes Tuch. Ihr rotgefärbtes Haar hebt sich deutlich von ihrer farbenfrohen Kleidung ab. Über einer Schulter trägt sie einen Jutebeutel, aus dem oben Wolle herausblitzt.

»Du hast es geschafft.« Sie drückt mir einen Schlüssel mit einer hölzernen Krebsschere als Anhänger in die Hand. »Das ist so lieb von dir, dass du dich meinen chaotischen Plänen anpasst.« Hektisch tätschelt sie mir den Arm und eilt im nächsten Moment um das Auto herum.

Ben kümmert sich um meinen Koffer und gibt mir mit einem Nicken in Hannis Richtung zu verstehen, dass ich ihr folgen soll.

»Danke«, nuschle ich und hechte meiner Vermieterin hinterher. Ein schmaler Weg führt zwischen dicht bepflanzten Blumenbeeten und zwei Ferienhäusern, die zusammen mit anderen kreisförmig angeordnet sind, zu den innen liegenden Eingängen.

»Haus Nummer zwei.« Hanni deutet auf die verschnörkelte Ziffer, die in einem Kranz Trockenblumen an einer orangefarbenen Tür hängt.

»Wie hübsch.« Ich sauge die frohen Farben und liebevollen Details förmlich in mich auf, bevor ich die Tür schließlich öffne.

»Nicht doch.« Bescheiden winkt die alte Dame ab. Kaum schwingt die Tür auf, huscht sie an mir vorbei ins Innere. Ihre nächsten Worte gehen dabei fast in ihrem Flüstern unter. »Ohne Ben würde es hier nicht so aussehen.«

Neugierig schiele ich über die Schulter und betrachte den Mann, der mit meinem Koffer zu uns aufholt. Wie es scheint, bin ich wirklich der örtlichen Prominenz in die Arme gelaufen.

Im Schnelldurchlauf führt mich Hanni durch die Diele, das angrenzende Badezimmer, einen gemütlich eingerichteten Raum mit Wohnküche und über eine kleine Terrasse. Vor der letzten Tür bleibt sie stehen. »Das Schlafzimmer ist etwas klein.«

Ich werfe einen schnellen Blick hinein und verliebe mich sofort in den schweren Sessel, der viel zu wuchtig für den Platz zwischen Bett und Fenster ist. Die Lehne wird vom Fensterrahmen eingedrückt und sieht deshalb noch fluffiger aus, als sie wahrscheinlich ist. Davor steht ein kleiner Metalltisch mit Vase und frischen Blumen. Ich sehe mich bereits in diesem Sessel sitzen, die Beine auf die Matratze legend und das iPad auf dem Schoß betrachtend. »Die Unterkunft ist ein Traum. Sie sieht noch viel besser aus als auf den Bildern.«

Ein sonniges Strahlen erleuchtet Hannis Gesicht und sie tätschelt mir die Schulter. »Du bist so ein freundliches Mädchen. So, aber jetzt muss ich los.« Wie eine Sturmböe fegt sie durch die Wohnung und lässt mich mit Ben allein zurück.

Er wuchtet den Koffer auf den Esstisch und lächelt mich etwas aus der Puste an. »Pass auf, dass er nicht wieder davonläuft.«

»Ich werde mich bemühen.«

Er zögert, betrachtet mich unschlüssig und fährt sich durch das Haar. »Also, bis dann.«

»Bis dann. Und danke noch mal.«

Er hebt eine Hand und geht hinaus.

Für einen Moment schaue ich ihm unschlüssig hinterher. Ich bin noch keine zwei Stunden in Fierstett und habe bereits mehr erlebt, als mir lieb ist. Es juckt mich in den Fingern, Ben hinterherzulaufen und um eine Fahrt zum Bahnhof zu bitten: Zuhause wartet der vertraute Alltag mit viel Arbeit und wenig Freizeit auf mich. Bekannte Muster, eintönige Wochen und ein Ablauf, der vorhersehbar ist. Genau die Routine, wonach sich mein wild pochendes Herz sehnt.

Nein, Sophie! Du kannst das. Du gibst nicht am ersten Urlaubstag bereits auf!

Eine schnelle Dusche später, bei der ich mir kiloweise Sand aus dem Haar und vom Körper wasche, sitze ich in einen Bademantel gehüllt in dem Sessel im Schlafzimmer. Er ist mindestens so bequem, wie er aussieht.

Ich drücke die Starttaste meines iPads und warte, dass es sich entsperrt. Das Display leuchtet auf und begrüßt mich mit einem meiner letzten Designs als Hintergrund. Pastellfarbene Sonnenblumen und einfarbige Flächen ohne viel Schattierung. Über den Blumen befindet sich ein blaues Band, in dem der Schriftzug eines Kunden platziert war. Für mich hatte ich den Text auf ›Summer is coming‹ geändert.

Die Blumen hatten mich während der Arbeit daran zu einem neuen Charakter inspiriert. Für einen Herzschlag lang bin ich versucht, die Zeichenapp zu öffnen. Alle meine Illustrationen sind dort in thematisch passenden Stapeln sortiert, wobei lediglich die erste Zeichnung als Voransicht angezeigt wird. Perfekt, um zwischen den ganzen Designs für die Agentur meine privaten Illustrationen in einem unscheinbar wirkenden Stapel zu verstecken. Stattdessen öffne ich mein Notizbuch und betrachte die To-do-Liste für meinen Urlaub. Die Überschrift ist mit Muscheln und Seesternen verziert. Am linken Rand führt eine Welle nach unten. Jeden Punkt hatte ich statt mit einem Bulletpoint mit einer Sonne versehen. Nachdem Pia kurzfristig absagen musste, hatte ich die To-do's so umgearbeitet, dass sie zu einem Urlaub ohne Begleitung passen. Seitdem sehen die Abstände nicht mehr perfekt aus.

Ich widerstehe dem inneren Drang, die Positionierung anzupassen, und lese stattdessen die ersten Punkte:

Souvenirs im ›BlueTides‹ kaufen
ein Buch im Strandkorb lesen
barfuß in den Wellen stehen und das Meer beim Sonnenuntergang zeichnen.

Ein Punkt zieht zudem meine Aufmerksamkeit auf sich.

An der geheimen Liste arbeiten

Ich betrachte ihn einen Moment. Sofort schlägt mein Herz schneller, mir wird schwindelig und ich sperre das iPad. Der Bildschirm verdunkelt sich, trotzdem lässt die aufsteigende Panik nicht nach. Ich schüttle mich und springe auf.

Später.

Später beschäftige ich mich damit. Jetzt kümmere ich mich um die ersten Aufgaben. Ein sofortiger Abstecher ins ›BlueTides‹ klingt verlockend. Dabei handelt es sich um eine leer stehende Fabrik, die zu einer Art Einkaufscenter umgebaut worden ist. Das Besondere daran: Das ›BlueTides‹ folgt dem Konzept der Nachhaltigkeit und beachtet den Schutz des Meeres. Laut der – leider etwas spärlich informativen – Webseite gibt es dort Secondhand-Shops, einen Unverpackt-Laden, einen Reparaturdienst, ein Fahrradgeschäft und diverse Imbissbuden. Eine kurze Suche in der Karten-App zeigt mir, dass das ›BlueTides‹ nur zwei Kilometer entfernt am südlichen Rand des Strands liegt. Von dort erstreckt sich die Badebucht gut sieben Kilometer in den Norden, an der Bushaltestelle vorbei, wo mein Kofferunglück passiert ist, und letztlich bis nach Husum. Eine Runde spazieren gehen, am Strand ein Buch lesen und zeichnen, das klingt nach einem perfekten Abendprogramm – und umfasst direkt die ersten Punkte meiner To-do-Liste.

Wenn ich jetzt losgehe, bleiben mir fast zwei Stunden, bis das ›BlueTides‹ schließt. Genug Zeit also für einen ersten Blick.

Ich verteile den Inhalt meines Koffers auf dem Tisch, greife mir eine gemütliche Jeans und ein gelbes Oversize-Shirt, das ich im Bund verknote. Meinen

Rucksack fülle ich mit dem Nötigsten, darunter natürlich mein iPad, sowie mit einem Pulli, falls es abkühlt und schließlich binde ich mir das Haar zu einem lockeren Dutt, aus dem ein paar Strähnen ragen. Zu Sicherheit fixiere ich ihn mit zwei Haarklammern. Egal, mit welchen Kräften der Wind versucht, mich zu bezwingen, meine Frisur wird aussehen, als wäre sie gewollt.

Mit Triumphgefühl in der Brust und einem beginnenden Lächeln auf den Lippen zücke ich mein Smartphone und schieße ein schnelles Foto. Kurz darauf schaut mir im Chat mit Pia eine Miniaturversion von mir selbst entgegen. Ich drücke das Symbol für die Sprachnachricht und schiebe es nach oben, damit die Aufnahme von allein weiterläuft. Wie ein Knäckebrot halte ich das Gerät vor meinen Mund und schlüpfe parallel dazu in meine leichten Turnschuhe.

Ich: »Eins zu Null für die Natur, aber ich hole auf.«

Schnaubend schüttle ich den Kopf und weiß schon jetzt, dass Pia schmunzeln wird, wenn sie diese Worte hört. Ich erzähle ihr von dem Unglück mit meinem Koffer und schildere meine Begegnung mit Ben in allen Einzelheiten. Nach sieben Minuten seufze ich und lehne mich – bereits völlig ausgestattet mit beiden Schuhen und Rucksack – gegen die kleine Kommode unter dem Spiegel im Flur.

Ich: »Ach, Pia. Ich hoffe, du landest gut und lässt dich direkt von Seoul mitreißen. Wenn du nicht zuerst zum Karaoke gehst, bin ich sogar etwas enttäuscht.«

Für einen Herzschlag lasse ich das Smartphone sinken und verharre mit dem Daumen über dem Pfeil, bereit, die Nachricht abzuschicken. Kurzentschlossen hebe ich das Smartphone wieder näher an meinen Mund.

Ich: »Du fehlst mir. Hab dich lieb und genieß die Geschäftsreise. Denk dran, dich auch mal zu amüsieren.«

Die Worte schmecken schal in meinem Mund. Gerade ich muss etwas über Work-Life-Balance erzählen, wo ich in den letzten Jahren doch nichts außer Arbeit im Kopf hatte.

Das kleine Symbol neben der Nachricht zeigt für einen Moment einen sich drehenden Kreis, bevor ein Haken erscheint. Die Nachricht reiht sich in das einheitliche Bild von sich stetig abwechselnden Sprachnachrichten und kurzen Fotoeindrücken ein. Mit meinen insgesamt acht Minuten liege ich genau im Durchschnitt. Manchmal gibt es von beiden Seiten Ausreißer von fast einer halben Stunde. Meistens driften wir in diesen zur Arbeit ab und teilen Gedanken zu anstehenden Projekten und Designaufträgen. Dann ist keine von uns zu stoppen.

Ich sperre den Bildschirm und stecke das Smartphone in meine Tasche.

Immer noch mit dem triumphierenden Lächeln auf den Lippen mache ich mich mit Buch und iPad bewaffnet auf den Weg.

Vor der Tür begrüßt mich direkt der salzige Meerwind. Ohne die peitschenden Strähnen im Gesicht genieße ich ihn sogar. Tief sauge ich die würzige Frische in mich auf. Die Startschwierigkeiten dank meines Kofferunglücks vergesse ich fast und bin mir sicher, dass jetzt der eigentliche Urlaub beginnt.

Ich checke die geplante Route in der Navigationsapp und setzte mich in Bewegung. Hannis kleine Ferienanlage umfasst zwei weitere Gebäude. Dahinter führt mich der Weg an einem Bäcker vorbei und zu einem Deich. Stapfend kämpfe ich mich auf dessen Krone. Hier oben bläst der Wind sofort stärker und reißt an meiner Kleidung. Ich umklammere meinen Rucksack fester und lasse den Blick schweifen.

Innerlich hatte ich mich auf einen atemberaubenden Anblick gefasst gemacht. Stattdessen glitzert kein Wasser, sondern lediglich feuchter Sand am Horizont. Sonst nichts. Nada. Keine rauschenden Wellen und endloses Wasser, das mich in seinen Bann zieht. Hier ist einfach nichts außer Sand.

Seit meinem Aufbruch mit Ben vom Strand dürfte keine Stunde vergangen sein. Trotzdem ist das Bild jetzt ein völlig anderes. Ich hatte gelesen, dass der Abstand zwischen Ebbe und Flut sechs Stunden dauert und der Wasserstand sich um zwei bis drei Meter verändert. In Gedanken hatte ich damit gerechnet, dass sich die brandenden Wellen ein bisschen zurückziehen würden und der Strand einfach etwas breiter wird. Doch er scheint sich Hunderte Meter entfernt zum Horizont zu erstrecken. Wasserpfützen glänzen zwischen sich endlos ausdehnenden Sandbänken.

»Nach meinem Abstecher zum ›BlueTides‹ sieht das bestimmt wieder anders aus«, murmele ich zu mir selbst und wickle eine Haarsträhne, die mich an der Schläfe kitzelt, um meinen Dutt.

Nach der Hälfte der Strecke zu meinem Ziel wird der Deich schließlich von Sanddünen abgelöst. Auf den Holzplanken läuft es sich deutlich angenehmer und auch wenn sich das Meer nach wie vor versteckt, gewinne ich Zuversicht zurück. Zumindest so lange, bis ich das ›BlueTides‹ erreiche. Oder eben die verschlossenen Türen davon.

Auf einem kleinen Holzschild tummeln sich die Namen der darin enthaltenen Shops, eines Cafés und einer Bar. Das Logo des ›Circle‹ fällt mir sofort auf. Das meinte Ben also, als er sagte, die Bar läge in der Nähe. Die Dynamik der Welle führt meinen Blick in einem Bogen vom Wortende wieder zurück zum Wortanfang. Entweder wusste Bens Freund ganz genau, was er mit der Grafik bewirkte oder es war reiner Zufall, dass er etwas geschaffen hat, das die Betrachter in seinen Bann zieht.

Das Ernüchternde an der ganzen Sache steht auf einer Nachricht, die auf das Schild geklebt wurde und bei der sich eine Ecke gelöst hatte. Sie flattert im Wind, ganz so, als würde sie mich verhöhnen. ›Wegen Vorbereitung geänderte Öffnungszeiten.‹ Das Kleingedruckte erwähnt ein anstehendes Strandfest, weswegen das ›BlueTides‹ meistens schon gegen Mittag schließt und erst wieder abends für das ›Circle‹ öffnet.

Ich atme tief ein, drücke damit den Knoten aus Frustration tiefer, bevor er sich als wütendes Schnauben manifestiert.

Nicht aufregen, Sophie. Dann streichst du das ›BlueTides‹ eben morgen von deiner To-do-Liste. Du kannst immer noch an den Strand gehen, ein Buch lesen und zeichnen.

Fest entschlossen rücke ich meinen Rucksack auf der Schulter zurecht und stapfe an dem verlassenen Gebäude vorbei. Ab hier beginnt der für Hunde zugängliche Teil des Strandes. Meinen Recherchen zufolge gibt es wenige Gebiete an der Nordsee, wo Hunde frei laufen dürfen. Ein Umstand, den ich für äußerst fragwürdig halte! Für mich klingt ein Hundestrand nach dem Paradies: Was ist besser, als glücklich umherhüpfende Hunde zu beobachten? Eben! Nichts.

Ich folge dem Steg und öffne eine kleine Holztür in der Absperrung. Ein junges Paar in meiner Nähe packt ein Frisbee aus. Kurze Zeit später jagt ein Labrador in irrsinnigem Tempo über die Sandbänke. Weiter hinten bellt ein kleiner Pinscher und hüpft um die Beine seines Besitzers herum. Ich schüttele die Enttäuschung über das geschlossene ›BlueTides‹ ab und konzentriere mich auf die Vierbeiner, die über den Sand tollen. Ihre treuen Blicke und das freudige Gebell lassen meinen Serotoninspiegel direkt wieder in die Höhe schnellen.

Fast eine halbe Stunde schlendere ich den Strand entlang Richtung Norden. Der Himmel ist verhangen, nur einzelne Sonnenstrahlen schaffen es durch die Wolkendecke und bringen die von der Ebbe zurückgelassenen Pfützen zum Leuchten. Der neckische Wind scheitert weiterhin an der Zerstörung meiner Frisur.

Entschieden, heute wenigstens einen Punkt meiner To-do-Liste zu erledigen, steuere ich auf einen der gestreiften Strandkörbe zu, die hin und wieder am Fuß der Dünen aufgestellt sind. Mit schnellen Bewegungen befreie ich das Sitzpolster von Sand und lasse mich in den muschelartigen Sessel sinken. Hier drin ist es windstiller, auch wenn ich trotzdem noch das leichte

Zupfen an meiner Kleidung und meinem Dutt spüre, so fühle ich mich doch wohlig geborgen. Ich ziehe ein Knie an und lehne Sekunden später das iPad gegen meinen Oberschenkel. Um mich aufzuwärmen, starte ich mit ein paar schnellen Skizzen. Eine Möwe, die durch eine Pfütze schreitet. Ein Hund, der sich im Sand wälzt und der glitzernde Horizont, der sich an dichte Wolken schmiegt.

Für die Farbpalette nehme ich ein Foto auf und lasse die Landschaft von der App in eine ganze Schar aus Grau-, Blau- und Brauntönen verwandeln. Es juckt mich in den Fingern, bis zur Abenddämmerung zu warten. Wahrscheinlich würde es bis dahin nicht mehr lange dauern. Ein oder zwei Stunden. Doch die Vorstellung, den Weg bis zu Hannis Ferienwohnung in der Finsternis zurückzulegen, behagt mir gar nicht. Mir sind heute bereits einige Pannen passiert; da fordere ich mein Glück besser an einem anderen Tag heraus.

Mit dem Blick folge ich den verschiedenen Formen, die ich im Sand, dem entfernten Wasser und der zerrissenen Wolkendecke entdecken kann. Klare Wellenlinien, durchbrochene Zacken und auslaufende Formen. Überall gibt es etwas Interessantes zu sehen. Als ich mich wieder meinem iPad zuwende, ist der Bildschirm dunkel. Erschrocken stelle ich in der Spiegelung fest, dass der Wind inzwischen alles andere als gnädig mit meinem Dutt umgegangen ist. Hastig fummle ich in dem Vogelnest auf meinem Kopf herum und ziehe das Haargummi heraus. Ein leises Reißen und ein brennender Schmerz auf meinem Handrücken kündigen die Misere an: Mein gerissenes Haargummi hängt traurig zwischen meinen Fingern.

»Das darf doch nicht wahr sein!« Ich knote die Enden zusammen und versuche, mir wieder einen anständigen Dutt zu binden. Vergeblich. Die Länge des Bands reicht nicht mehr aus, um die letzte, feste Schlaufe über mein Haar zu stülpen. Ich nehme das Gummi wieder heraus, knote es noch etwas fester zusammen und frisiere einen Pferdeschwanz. Die Strähnen an meinem Kopf wirken gebändigt, doch der Wind weht mir nun ständig welche in die Augen.

Brummend stopfe ich das iPad zurück in meine Tasche und ramme die Füße in den Sand.

Erst der Koffer, dann die geänderten Öffnungszeiten des ›BlueTides‹ und das fehlende Meer wegen der Ebbe. Selbst das Zeichnen am Meer ist nun unmöglich. Wie soll ich, wenn der Urlaub so weitergeht, nur irgendeins meiner To-do's erledigen?

Der Frust der Niederlage nagt an meinen Eingeweiden und ich springe auf. Kaum habe ich den Schutz des Strandkorbs verlassen, reißt der Wind meine Haare an sich und macht mit ihnen, was er will. Das bedeutet, mir peitschen ständig Strähnen ins Gesicht. Sofort sehne ich mich nach einem gemütlichen Bett, einer Tasse Tee und einer Folge ›Gilmore Girls‹. Das steht zwar nicht auf meiner To-do-Liste, scheint mir jedoch gerade wie der Himmel auf Erden.

Gepeinigt und geschlagen ziehe ich mich zurück, laufe den Strand entlang und selbst ein vorbeihuschender Golden Retriever-Mischling kann meine Stimmung nicht heben.

Erst als ich das Törchen erreiche und auf der Höhe der Dünen das ›BlueTides‹ entdecke, überkommt mich eine andere Idee.

Was, wenn ich Bens Einladung annehme? Ein schneller Drink erscheint mir gerade genau das Richtige zu sein.

3. Kapitel

Das ›Circle‹ liegt an der Strandseite des Gebäudes und ist über eine Glastür erreichbar, auch wenn der innere Eingang über das ›BlueTides‹ geschlossen ist. Auf einer schmalen Terrasse stehen ein paar Holzhocker und schmale Tischchen zum Abstellen der Getränke. Zwei ältere Herren sitzen nebeneinander, den Blick auf die Ebbe gerichtet und reden über Fischfang. Drinnen erwartet mich eine zusammengewürfelte Einrichtung aus bunten Hockern, Stehtischen in verschiedenen Formen und Größen und einigen wenigen Eckbänken. Mit seinen Holzbeschlägen und den von der Decke baumelnden Lichtern, die in verschiedenen Flaschen und Glaskörpern stecken, erweckt das ›Circle‹ den Eindruck, dass der Raum aus dem Meer aufgetaucht ist. Das sieht aus wie eine Sammlung unzähliger Schätze, die sich über Jahrzehnte zu einem gemütlichen Chaos zusammengefunden haben.

Obwohl die Bar erst vor einer viertel Stunde geöffnet hat, drängen sich an der Theke bereits Leute, um ihre Bestellungen aufzugeben. An den Stehtischen und an zwei der vier Eckbänke harren Grüppchen, unterhalten sich oder sehen erwartungsvoll zu Freunden und Bekannten, die ihre Bestellungen aufgeben.

Ich reihe mich hinter der wuselnden Menge ein und studiere die auf Tafeln handgeschriebene Karte über der Bar. Verschiedene Schriftarten verschwimmen mit Schnörkeln und führen mich spielerisch durch das Angebot. Neben Snacks und alkoholfreien Getränken bietet das ›Circle‹ auch frittierten Fisch, wechselnde Tagesangebote und Cocktails mit offenbar selbst erfundenen Namen. Mein Magen rumort zustimmend.

»Was kann ich ...? Sophie!« Ben stützt einen Ellbogen auf die Theke und mustert mich mit einem schelmischen Grinsen. »Wusste nicht, dass ›ich schaue, wie es sich einrichten lässt‹ bedeutet, dass du direkt nach Öffnung hier aufkreuzt.«

Meine Hand zuckt zu meinem zerzausten Pferdeschwanz und ich fahre nervös mit den Fingern durch den verfilzten Zopf. »Äußere Umstände, die mich hierher befördern.«

»Klingt nach einer wilden Geschichte. Übertrifft es den Kofferunfall?«

Ich schnaube und die Anspannung fällt von mir ab. »Nicht ganz. Aber ich brauche einen Drink und der Zufall führte mich auf dem Rückweg hier vorbei.«

Ben wirft sich das Geschirrtuch, das er in den Finger hält, lässig über die Schulter. »Zufälle gibt es nicht. Muss wohl Schicksal gewesen sein.«

»Es gibt kein Schicksal.« Ich winke ab und deute auf die Karte über seinem Kopf. »Was ist denn eine ›Rote Boje‹?«

»Marks liebste absurde Abwandlung einer ›Bloody Mary‹.«

Angewidert verziehe ich das Gesicht und lese weiter. Die Drinks mit den eigenwilligen Namen klingen mit jeder Sekunde grotesker. ›Schwarzer Sand‹, ›Drei Kiesel‹ oder ›Gerollte Fischgräte‹ sind nur einige Beispiele.

Dann fällt mir ein Name ins Auge, der passender nicht sein kann. »Machst du mir einen ›Wilden Sturm‹?«

Der Lappen landet hinter dem Tresen und Ben greift nach einem Cocktailshaker, füllt Eis, Wodka und Zitronensaft hinein. »Du glaubst nicht an Schicksal, aber wählst meine Kreation aus.« Milde kopfschüttelnd schenkt er mir einen schnellen Blick. Die Belustigung liegt wie ein Funkeln in seinen Augen.

Sie steckt mich an und ich muss unwillkürlich grinsen. Zum Zitronensaft-Wodka-Gemisch fügt er Grapefruitlimonade hinzu und schließt den Deckel. »Wirfst du das jetzt in die Luft?« Ich hebe die Hände und lehne mich zurück, gehe gespielt auf Sicherheitsabstand.

Ein schnaubend klingendes Lachen dringt aus Bens Kehle und er zieht eine Augenbraue hoch. »Du glaubst, ich lasse ihn fallen?«

»Er landet auf der Theke, öffnet sich und ich bekomme den ›Wilden Sturm‹ über meinen Pulli, statt in den Mund. Würde sich perfekt in die Ereignisse des heutigen Tags einreihen.«

Ben täuscht an, den Shaker in meine Richtung zu werfen. »Vielleicht machst du den Mund nur nicht schnell genug auf.«

Ich setzte den besten verurteilenden Blick auf, den ich auf Lager habe: Oberlippe hochziehen, Nase kräuseln und die Augen leicht verengen.

Mit einer geschmeidigen Bewegung lässt Ben den Shaker in seiner Hand kreisen und stellt ihn vor sich ab. »Dein Wohl ist mir lieber als eine große Show.«

»Du bist zu gütig.«

Er erwidert nichts, nimmt stattdessen ein Longdrinkglas und gibt ein paar frische Basilikumblätter hinein.

Er zerstößt die Blätter grob am Glasboden und füllt das Glas mit der gelblichen Flüssigkeit auf.

»Sieht für mich nach einem Sommertag auf einer Wiese aus, nicht wie ein wilder Sturm.«

Ohne wegzusehen, steckt er ein Glasröhrchen in den Drink und rührt einmal um. Die Basilikumstückchen wirbeln in die Höhe, erinnern mich an Laub, das von einer Böe erfasst wird. »Oooooh«, sage ich gespielt erstaunt, obwohl ich genau das bin – erstaunt von der Einfachheit, die vollkommen ausreichend ist, um positiv auf mich zu wirken.

Unter Bens Aufsicht nehme ich einen ersten Schluck und nicke anerkennend. Bitter, aber würzig und ein klein wenig süß. Genau so wie das Basilikum von höheren Mächten wie dem Wind beherrscht habe ich mich selbst vor wenigen Minuten noch gefühlt.

»Überzeugt?«

»Jap.« Ich proste ihm zu. »Du hast anscheinend Geschmack.«

Ben stützt sich auf die Theke und lehnt sich ein Stückchen zu mir. »Den habe ich.«

In meinem Bauch bildet sich ein warmer Klumpen und ich halte Bens Blick fest. Er geht mir durch und durch.

Ich räuspere mich und rücke meine Tasche zurecht. Bevor ich vollständig in einem Schweißausbruch bade, schiebe ich die Ärmel meines Pullovers über die Ellbogen. Bilde ich es mir ein oder betrachtet Ben jeden Zentimeter meiner Bewegung?

Eine Sekunde später wendet er die Augen ab und schaut mir wieder ins Gesicht. Während er die Bestellung von einem Kerl neben mir aufnimmt, reibt er sich mit dem Unterarm über den Hals. Unter seinem Kiefer erscheint ein roter Fleck.

Ich nippe an meinem ›Wilden Sturm‹, der mir in dieser Form allemal lieber als der draußen ist, und schaue mich im ›Circle‹ um. Bis auf einen Tisch mit Eckbank, der mit einem Reserviert-Schild gekennzeichnet wurde, sind mittlerweile alle Plätze besetzt. Anhand der Vertrautheit, mit der die Besucher ihre Stühle in Beschlag nehmen und einander Gerichte aus der Speisekarte zeigen, tippe ich auf Stammgäste.

»Du kannst dich dahinten hinsetzen.« Ben beugt sich über die Theke und deutet an mir vorbei zu dem reservierten Tisch. »Meine Gang ist ganz zahm und sie rückt für dich zusammen.«

»Wie läuft das?«, frage ich und wende mich Ben zu. Sein Gesicht ist meinem so nah, dass mein Herz kurz stolpert. »Muss ich einen Blutschwur leisten, damit ich mich dazusetzen darf? Gehöre ich danach zu einer Nordsee-Mafia?«

»Wir nehmen kein Blut, nur Bargeld.«

»Ein Glück, dass ich als Stadtkind immer genug mit mir herumtrage.« Die Ironie trieft aus jeder Silbe.

Er lacht auf und schnipst mir sanft gegen den Arm. »Ich komm später mal vorbei.«

»Aye, aye, Kapitän. Dann halte ich dich nicht länger auf. Ziemlich viel los.«

»Der übliche Ansturm um diese Zeit.« Ben wendet sich den nächsten Kunden zu und ich steuere nach einem letzten Blick auf Bens kantige Kieferpartie – die eindeutig sehenswert ist – auf den angewiesenen Platz zu. Mit einem Seufzen lasse ich meine Tasche auf die Bank sinken und schäle mich aus meinem Pulli. Hier drinnen stört mich kein Wind, also ziehe ich das iPad hervor und führe meine Zeichenübungen fort. Ich skizziere ein paar Figuren und lasse mich von den Besuchern aus dem ›Circle‹ inspirieren. Der nächsten Charakterskizze verpasse ich einen Kurzhaarschnitt im Pixie-Stil und eine Jacke mit Teddy-Stoff. Je länger ich in den Details versinke, desto tiefer gleite ich in eine Ruhe ab, die mich nur erfasst, wenn ich zeichne.

Beim nächsten Schluck aus meinem Cocktail verschlucke ich mich an einem Basilikumstück und huste. Wackelig stelle ich das Glas ab und verteile dabei versehentlich ein paar Tropfen auf dem Display. Sofort entwickelt mein Tablet ein Eigenleben. Hektisch wische ich die Flüssigkeit fort, stocke dann. Durch die Bewegung bin ich in der Übersicht der geöffneten Apps gelandet. Der Anblick der Voransicht einer halb fertigen To-do-Liste schnürt mir sofort die Luft ab. Meine Brust wird eng, Panik schiebt sich wie eine dunkle Wolke in meine Gedanken. Gleichzeitig ist da dieses Gefühl von Freiheit, das hinter der Angst liegt. Ein aufregendes Was-Wäre-Wenn formt sich in mir: Was, wenn ich diese Liste öffne, sie fortführe und irgendwann sogar befolge? Was, wenn ich den Mut finden kann und diesen Traum in die Realität entlasse?

Für einige Herzschläge verharre ich mit dem Stift über der App, zögere, kämpfe innerlich.

Babysteps oder wie man so sagt: Ein Schritt nach dem anderen ...

Ein Rat, der ein bisschen eine Lüge ist. Denn wenn ich gar nicht loslaufe, kann ich nicht von Babysteps sprechen.

»Hi?«

Eine fremde Stimme reißt mich aus meinen Gedanken und ich tippe schnell auf die Zeichen-App, auch wenn die Liste viel zu klein ist, um lesbar zu sein – und für Außenstehende sowieso keine Bedeutung hat. Ich hebe den Blick und sehe noch, wie die Fremde, die mich angesprochen hat, mit Ben einige Gesten tauscht.

Erkenntnis erhellt ihr Gesicht und ein neugieriges Funkeln tritt in ihre Augen. »Ach, Sophie. Schön, dich kennenzulernen.« Sie rutscht mir gegenüber auf die Bank und stützt die Ellbogen auf die Tischplatte. Ihr schulterlanges schwarzes Haar wippt nach vorn, rahmt ihre weichen Gesichtszüge ein. An den Augenwinkeln zeigen sich kleine Lachfältchen, die sich weiter vertiefen, als ein breites Grinsen ihre feinen Lippen erfasst.

»Woher ...?« Ich sehe zu Ben, der sich den Nacken reibt und abwendet.

»Ich bin Alex.« Sie streckt mir die Hand hin und ich ergreife sie. »Die, mit der Ben während deines ›Unfalls‹ telefoniert hat.«

Meine Wangen brennen und ich verdrehe die Augen. »Ist Fierstett eins dieser Dörfer wie im Film, wo sich alles sofort herumspricht?«

»Keine Sorge. Ganz so schlimm ist es nicht.« Alex winkt ab und lehnt sich lässig zurück. Einen Arm legt sie auf die Rückenlehne der Bank. Ihr Blick zuckt kurz zum Eingang, als würde sie auf jemanden warten.

Richtig, Ben hat von seiner ›Gang‹ gesprochen. Plötzlich bin ich aufgeregt und schiele ebenfalls zur Tür. Meine Finger nesteln wie von allein an meinem Apple Pencil herum. Der Stift gleitet mir aus dem Griff und ein leises Klicken kündigt an, dass Stift und Magnetkontakt meines iPads einander gefunden haben.

»Du zeichnest?«, fragt Alex und deutet auf meine Ausrüstung.

Hilfe, ich komme mir unendlich unfreundlich vor. Wie schließt man noch mal neue Bekanntschaften? »Ich ...«.

... bin Sophie? Das weiß sie doch schon. Kurz halte ich inne und würde mir am liebsten das Haar raufen. *Erde an Hirn, ich bräuchte dich jetzt. Dringend.* »Ein bisschen.«

»Welche App benutzt du?« Alex beugt sich aus ihrer gemütlichen Position nach vorn und fixiert mich intensiv. »Hast du Pinsel, die du empfehlen kannst? Vor allem für eine Art Aquarelleffekt? Und einen für gleichmäßige Kanten? Ich habe versucht, bei einem die Einstellungen anzupassen, aber irgendwie kam das überhaupt nicht so raus, wie ich mir das vorgestellt habe und ...«.

»Oh, Alex! Hör auf mit dem Verhör!« Ein Mann, etwa in unserem Alter, quetscht sich neben Alex auf die Sitzbank und drängt sie zur Seite. Schnaubend macht sie ihm Platz. Er ist groß, stößt gegen Alex, während er sich aus seiner Jacke schält. Darunter trägt er ein weißes Oversize-T-Shirt. »Hi Sophie.« Auch er streckt mir die Hand entgegen und ich ergreife sie.

»Ehm, hallo?«

»Mark«, fügt er in meine Richtung hinzu, bevor er sich Alex' empörtem Gesicht zuwendet und seine Jacke über sie hinweg in die Ecke der Sitzbank befördert. Zu Alex gewandt kritisiert er: »Du sollst neue Leute doch nicht immer so überfallen.«

»Ich habe sie nicht überfallen!«

»Wie viele Fragen hast du ihr gestellt, ohne Luft zu holen?«

Die Dynamik der beiden entlockt mir ein leises Lachen.

»Schau, sie findet mich sympathisch.« Alex deutet in meine Richtung und zieht herausfordernd die Augenbrauen nach oben. »Du übertreibst nur wieder, Mark.«

Er seufzt theatralisch und drückt Alex an der Schulter zur Seite, bis sie lachend auf seiner Jacke liegt. »Sag ihr einfach, dass sie die Klappe halten soll, wenn sie nervt.«

Alex protestiert. »Hey!«

»Sie wird nicht darauf hören, aber einen Versuch ist es wert«, rät Mark mir.

Mittlerweile spannt mein Gesicht von dem breiten Grinsen, das die beiden bei mir auslösen. »Ist notiert.«

»Unverschämter Kerl!« Alex richtet sich wieder auf und schnaubt. Ein Grinsen zuckt an ihrem Mundwinkel und sie schielt kurz zu Mark, bevor sie sich wieder mir zuwendet.

»Ich wollte dich nicht überfallen, aber ich bin echt verzweifelt wegen des Designs für die Tombola vom Strandfest. Und ich könnte jeden Tipp gebrauchen.«

Bei der Erwähnung des Strandfests werde ich hellhörig. »Das, weswegen das ›BlueTides‹ geschlossen war?«

»Ja und zu dessen Vorbereitungen Ben später kam.« Sie zwinkert mir zu, anstatt den Kofferunfall direkt anzusprechen.

»Pass bloß auf, sonst steckst du sofort in vier Arbeitsgruppen.« Mark nimmt die Speisekarte und benutzt sie in der nächsten Sekunde als Schutzschild, um Alex' Angriffe abzuwehren.

»Idiot«, knurrt sie und macht Anstalten, über die Eckbank auf eine andere Seite des Tisches zu rutschen. Sofort umschließen Marks lange Finger ihr Handgelenk und halten sie zurück.

»Ich beantworte dir gerne ein paar Fragen«, werfe ich ein und werde sofort Ziel von Alex' ganzer Aufmerksamkeit. »Ohne mich zur Arbeit zu verpflichten.« Abwehrend hebe ich die Hände und hoffe, dass das hier die richtige Entscheidung ist.

Viel Glück, formt Mark lautlos mit den Lippen, während Alex bereits in Dankestiraden verfällt und wissbegierig auf mein iPad starrt.

Ich rutsche auf der Sitzbank bis zu Marks Jacke durch, bis ich über Eck zu Alex sitze und lege mein Tablet vor ihr ab. Mark schnappt sich meinen Cocktail und stellt ihn an meinen neuen Platz. Zum Dank lächle ich ihm kurz zu, doch er sieht mich gar nicht. Sein Blick liegt sanft auf Alex' Hinterkopf, bevor er sich aufrichtet und mit der Speisekarte wedelt.

Mit wenigen Handbewegungen entsperre ich das Gerät. Dass Alex die gleiche App verwendet, wundert mich – im Gegensatz zu ihr – überhaupt nicht. Sie ist die beste auf dem Markt und wird nahezu überall im Internet und in den sozialen Medien empfohlen. Ihr Preis-Leistungs-Verhältnis scheint unschlagbar und sie wird daher auch gerne im professionellen Umfeld eingesetzt.

Während ich Alex' Fragen zu den Pinseln und Ebenen beantworte, nehme ich wahr, wie Ben an unseren Tisch tritt und von Mark eine Bestellung für vier Personen aufnimmt. Ich werfe kurz meinen Essenswunsch – einen Burger von der Tageskarte – ein und zeige Alex danach ein paar beliebte Gesten, also Möglichkeiten wie Tippen, Finger auflegen, Streichen, Scrollen und Zoomen, welche die Steuerung in der App vereinfachen. Viele davon kennt sie bereits aus YouTube-Videos. Es beweist mir, dass sie sich nicht blindlings in die Aufgabe gestürzt, sondern umfassend informiert hat. Aber diesen Punkt kennt vermutlich jeder Künstler: Wenn man vor den ersten konkreten Problemen steht, hilft auch das hundertste Tutorial nicht mehr weiter. Alex saugt alle Informationen stillschweigend auf, stellt hier und da eine Detailfrage und nickt mit ernst zusammengezogenen Brauen. Ich bin so vertieft in meine Erklärungen, dass ich überrascht zusammenzucke, als weitere Personen an unserem Tisch platznehmen.

Eine Frau mit Locken rutscht bis zur Kante durch, sodass sie Alex gegenüber und zu meiner Linken sitzt. Ihr helles Haar ist zu einem lockeren Dutt gebunden. Sie legt ihre Brille vor sich ab und reibt sich kurz die Nasenwurzel. »Irgendwann muss ich meinen Chef leider erwürgen.«

»Keine Details!«, wirft Mark schnell ein. »Sonst können wir dich nicht erfolgreich decken.«

Sie lacht trocken auf.

»Hat schon jemand bestellt?«, fragt der zweite Neuankömmling. Sein blondes Haar ist kurz rasiert und verleiht seinem Kopf einen goldenen Schimmer. Er öffnet den Reißverschluss seines Kapuzenpullis und entblößt ein Shirt mit einem Bandlogo, das ich von Pia kenne.

»Schon erledigt. Sollte jeden Moment kommen.«

Alex tätschelt mir den Arm. »Tausend Dank! Jetzt kann ich das Design hoffentlich retten.«

Es ist, als würden Alex' Worte die gesamte Aufmerksamkeit am Tisch zu mir lenken. Ich versuche, daraufhin nicht zu nervös auszusehen, und konzentriere mich deshalb auf Alex. »Du kannst es mir gerne zuschicken, dann schaue ich mal drauf und gebe dir Feedback.« Ich räuspere mich. »Also, falls du möchtest.«

»Unbedingt!« Alex strahlt über das ganze Gesicht, lehnt sich zurück und wirft eine Begrüßung in die Runde.

Ich nehme all meinen Mut zusammen, um mich der geballten Aufmerksamkeit zu stellen. »Hi.« Meine Stimme verrät meine Unsicherheit, trotzdem lächle ich. »Ich bin Sophie.«

»Lisa, Dan.« Die Frau mit den Locken zeigt erst auf sich, dann auf den Kerl neben sich.

Dan mustert mich neugierig. »Ben hat schon von dir erzählt.«

»Hat er?« Wieder schießt mir Hitze in die Wangen und ich hoffe, dass nicht erneut über meine unendliche Tollpatschigkeit geredet wird.

»Schuldig.« Ben steht vor dem Tisch, balanciert drei Burger. Den Ersten stellt er vor mir ab, einer folgt bei Mark, der Letzte bei Lisa. »Der Rest kommt gleich.« Doch anstatt zum Tresen zurückzugehen, stemmt Ben die Hände in die Seiten und mustert seine Freunde eindringlich. »Ihr habt versprochen, nett zu sein.«

»Wir sind immer nett«, wirft Dan ein und klaut sich eine Fritte bei Mark.

Letzterer deutet auf Alex und seufzt entschuldigend. »Sie hat Sophie direkt für das Strandfest eingespannt.«

»Ich habe ein paar Fragen gestellt! Du tust, als hätte ich ihr Arbeit aufgehalst.« Empört boxt Alex Mark in die Seite.

»Du kennst uns, Ben. Was hast du erwartet, als du ihr gesagt hast, dass sie hier sitzen kann?« Das Lächeln auf Lisas Lippen ist entschuldigend.

»Dass ihr mich einmal nicht blamiert?«, wirft Ben ein.

»Hoch gepokert«, kommentiert Dan und lacht auf.

Bens Schultern sacken abwärts, zerknirscht schaut er zu mir. In seinem Gesicht erkenne ich Unbehagen. »Sorry, du kannst auch am Tresen bei mir essen, ich ...«.

»Schon gut«, unterbreche ich ihn, beende seine Sorge schnellstmöglich. »Ich mag die Gang.«

»Sie mag uns.« Alex hebt eine Hand zum High-Five und lässt Lisa einschlagen.

Skeptisch leckt sich Ben über die Unterlippe. »Ich komm später dazu. Also, falls du dann noch da bist.«

»Ich werde sehen, ob es sich einrichten lässt«, antworte ich und spiele damit auf unser Gespräch im Auto an.

Er schnaubt und lässt kraftlos die Arme an seinen Seiten sinken. »Ihr macht mich fertig. Ihr alle!« Bevor er herumwirbelt, funkelt er jeden aus der Gang an, abschließend mich und holt die restlichen Bestellungen aus der Küche.

»Du machst hier also Urlaub?« Lisa mustert mich und beißt in ihren Burger. »Allein?«

Ich zögere, schiebe mir Pommes in den Mund, um Zeit zu schinden. Warum lügen? Es ist doch sowieso offensichtlich. »Ja. Meine beste Freundin wollte mit, aber es kam eine Geschäftsreise dazwischen.«

»Arbeit«, seufzt Lisa genervt. »Ursprung allen Übels.«

»Ich verreise gerne allein«, wirft Dan ein. »Man muss sich nach niemandem richten.«

»Klingt verlockend«, flüstert Mark kaum hörbar und nippt an seiner Cola. Kurz zuckt sein Blick zu seinem Smartphone, bevor er sich wieder der Gruppe zuwendet.

»Ich war noch nie allein im Urlaub«, gestehe ich.

»Na, das Wichtigste hast du bereits abgehakt.« Alex deutet in die Runde. »Einheimische kennenlernen.«

»Wir zeigen dir gerne in den nächsten Tagen die Gegend.«

Instinktiv will ich das Angebot direkt ablehnen, entscheide mich aber dagegen. Es wäre unhöflich, mich abzugrenzen, obwohl in Anbetracht meiner To-do-Liste keine Zeit für zusätzliche Unternehmungen bleibt. Aber es war nicht gelogen, als ich zu Ben meinte, dass ich die Gang mag. Sie wirkt so unkompliziert, dass ich am liebsten dazugehören will. Vielleicht lässt sich meine To-do-Liste mit Dans Angebot verbinden. »Das wäre super.«

Bevor ich mich versehe, landen vier neue Telefonnummern in meinen Kontakten. Ich füge jedem Namen ein Wellen-Emoji hinzu. Und das alles, bevor ich mein Abendessen aufgegessen habe.

Bei der Vorstellung, wie ungläubig Pia reagieren wird, wenn ich ihr hiervon erzähle, lächle ich. Während ich meinen Burger fast inhaliere – So lecker ist er! – erfahre ich mehr über die Gang.

Wenn Alex nicht mit der Vorbereitung des Strandfests beschäftigt ist, arbeitet sie in der Personalabteilung einer Hotelkette, die hier in der Nähe ihren Hauptsitz hat. Mark besitzt den Fahrradladen im ›BlueTides‹

und beschäftigt eine Angestellte, damit er genug Zeit für die Erziehung seines zweijährigen Sohnes findet. Lisa versucht, das Gespräch schnell von der Arbeit wieder auf andere Themen zu lenken, und hält sich generell etwas zurück. Dan hört tatsächlich fast die gleiche Musik wie Pia.

»Mein Dad ist mit dem Kleinen da.« Mark springt auf und schiebt sich das Smartphone in die Hosentasche. »Bis morgen, Leute. War nett, dich kennenzulernen, Sophie.«

Alex rutscht hinter ihm von der Bank und verabschiedet sich ebenfalls von uns. Sie beugt sich vor und legt mir mit einem dankbaren Lächeln eine Hand auf den Arm. »Ich schreib dir wegen des Entwurfs.«

»Klar.«

Ich schaue ihnen hinterher und stelle mir vor, wie es sich anfühlen mag, nicht mehr Single zu sein, sondern das zu finden, was Alex und Mark haben. »Sie sind ein tolles Paar«, sage ich mit einem Seufzen und schaue lächelnd zu Lisa.

Sie reißt die Augen auf, schaut schnell zu Dan, dann wieder zu mir. »Das darfst du niemals vor ihnen sagen!«

»Warum nicht?«, frage ich irritiert.

»Sie sind kein Paar.« Dan schüttelt traurig den Kopf und sieht zerknirscht aus. »Es ist kompliziert.«

»So kompliziert, dass unsere Gang fast daran zerbrochen wäre«, fügt Lisa leise hinzu.

»Aber ...«. Ich verstehe nicht. Die Dynamik der beiden, wie sie einander anschauen. »Sorry, ich wollte nicht ...«.

»Schon gut.« Lisa seufzt. »Du kannst es nicht wissen.«

»Es ist zu viel passiert und ...«. Dan unterbricht sich. »Verfluchter Mist, ich kann nicht darüber reden, sonst macht es mich nur wieder traurig.«

»Und wütend wegen ihrer Sturheit«, fügt Lisa leise hinzu.

»Ist notiert«, sage ich versöhnlich. »Nie wieder darüber reden.«

»Es ist besser so. Für alle.«

»Alles okay?« Ben erscheint an unserem Tisch, bringt mir eine alkoholfreie Version vom ›Wilden Sturm‹, einen sogenannten Mocktail, den ich vor einer Weile geordert hatte, und rutscht mit einer Flasche Rhabarberlimonade in der Hand auf Alex' freigewordenen Platz.

»Wir reden über das Thema.« Dan blickt zur Tür, durch die Alex und Mark vor wenigen Minuten verschwunden sind. »Sophie dachte, sie wären zusammen.«

»Oh.« Bens Blick zuckt zu mir. »Keine zwei Stunden da und du gräbst bereits die tiefsten Dramen unserer Gang aus. Vielleicht hätte ich sie vor dir warnen sollen, nicht umgekehrt.«

»Ich wollte nicht aufdringlich sein.« Abwehrend hebe ich die Hände, schlucke das ungute Gefühl hinunter, dass ich eben meinen unbefangenen Start in der Gruppe zunichtegemacht habe. Mit einer einzigen Aussage.

»Sophie.« Ben sieht mich eindringlich an. In seinem Blick liegt kein Vorwurf. »Das war ein Witz. Woher solltest du das wissen?« Er kratzt mit dem Daumennagel über das Etikett an seiner Flasche und brummt frustriert. »Immerhin hast du es nicht vor ihnen erwähnt.

Das passiert leider öfter und trägt nicht gerade dazu bei, dass sich die Situation entspannt.«

Ich erwidere sein verkrampftes Lächeln. Was auch immer zwischen Alex und Mark vorgefallen ist, scheint verzwickt zu sein.

»Anderes Thema, bitte«, sagt Dan und legt den Kopf in den Nacken, blinzelt.

»Wir grillen morgen«, wirft Lisa ein und sieht mich an. »Die ganze Gang ist da. Ben hilft nur bei der Öffnung des ›Circle‹ und ist danach dabei. Du kannst vorbeikommen.«

»Klingt gut.«

»Cool, ich schick dir die Details.«

»Moment.« Ben beugt sich vor, sieht zwischen mir und Lisa hin und her. »Ihr habt Kontaktdaten ausgetauscht?«

»Wir alle haben Nummern mit Sophie getauscht, du etwa nicht?«, fragt Dan und grinst diabolisch. »Ziemlich schwach.«

»Ihr alle?« Ben sieht mich an. »Die ganze Gang?«

»Jeder. Einzelne«, säuselt Lisa.

Mit einem Keuchen fasst sich Ben ans Herz und sinkt nach hinten gegen die Rückenlehne. Er lässt theatralisch den Kopf zur Seite fallen und sieht mich unter schweren Lidern an. In seinem Blick funkelt ein Hauch Unsicherheit und auch das Lächeln auf seinen Lippen wirkt leicht schief.

»Ihr könnt das ja unter euch austragen. Wir müssen leider los.« Lisa steht auf, streckt die Arme und kreist mit den Schultern.

»War schön, dich kennenzulernen.« Dan hebt zum Abschied kurz die Hand.

»Dem kann ich nur zustimmen.«

Lisa schiebt ihn von der Bank und nickt schnell in meine Richtung. »Wir schreiben.«

»Wir schreiben«, antworte ich und winke beiden zu. »Bis morgen.«

Einen Herzschlag später verschwinden sie durch die Tür und lassen mich mit Ben allein zurück. Ich habe jegliches Zeitgefühl verloren, jeden Gedanken an eine Flucht in meine gemütliche Ferienwohnung, egal, ob im Hellen oder bei Dunkelheit. Stattdessen sinke ich tiefer in die Bank und erwidere Bens Blick, der weiterhin zögerlich auf mir ruht.

»Und?«, fragt er. »Krieg ich deine Nummer?«

4. Kapitel

Mit einem gewinnenden Lächeln ziehe ich meinen Mocktail näher und nehme einen kräftigen Schluck. Die leichte Würze des Basilikums mischt sich in meinem Mund mit der süßen Bitterkeit der Grapefruit. Ich seufze genüsslich und sehe zu Ben.

Das Warten macht ihn sichtlich nervös. Er knibbelt wieder an dem Etikett seiner Flasche, lässt mich dabei aber nicht aus den Augen. Ich weiß nicht, wann ein Mann das letzte Mal so dringend meine Nummer wollte, dass er seine lässige Fassade verliert.

Ein warmes Kribbeln huscht durch meinen Bauch, stupst meinen Herzschlag an und breitet sich als Hitze in meinen Wangen aus. Einerseits juckt es mich in den Fingern, ihn wegen meiner Kontaktdaten zu necken, doch je länger ich ihn betrachte, desto schneller schmilzt meine Selbstbeherrschung.

»Ist doch gar nicht so schwer.« Ich strecke die Hand aus, damit er mir sein Smartphone reicht. »Du musstest nur fragen.«

Sofort hellt sich sein Gesicht auf und er zieht ein iPhone aus seiner hinteren Hosentasche, entsperrt es und öffnet einen neuen Kontakt. Ich tippe meine Nummer ein und überlasse ihm den Rest. Jeder, den ich kenne, pflegt eine ganz eigene Gewohnheit in Bezug auf die Benennung seiner Kontakte. Manche füllen die Formularfelder konsequent mit Vor- und Nachnamen aus, selbst bei der eigenen Mutter. Andere, wie ich, fügen Emojis an oder vergeben Spitznamen. Kontakte sind ein ganz eigener Kosmos. Ben klingelt mich kurz an und ich speichere seine Nummer ein. Zu seinem Wellen-Emoji füge ich noch einen Koffer und einen Wirbelwind hinzu.

»Meine Schicht endet in einer halben Stunde. Wenn du möchtest, können wir danach noch etwas trinken.« Wieder schaut er mich mit dieser Mischung aus Neugier und Unsicherheit an, bei der mir meine letzten Nervenzellen wegzuschmelzen drohen. Dieser Flirt fühlt sich so viel aufregender an als die unbedeutenden Gespräche, die ich zuvor geführt hatte. »Gerne.« Ich lächle zu ihm hinauf und lege mein iPad vor mir ab. »Ich laufe dir nicht weg.«

Wieder verschwindet die Sorge aus seinem Gesichtsausdruck und sein Grinsen wirkt tiefer, voller und ehrlicher. »Ich bin so froh, dass du das einrichten kannst.«

Schnaubend werfe ich eine zerknüllte Serviette nach ihm, die er gekonnt auffängt. Mit ein paar schnellen Handgriffen räumt er das restliche Geschirr auf seinen Arm und verschwindet hinter dem Tresen.

Ich bewege den Kiefer, der sich von dem vielen Grinsen schon ganz verspannt anfühlt, und reiße den Blick von ihm los. Dieser erste Urlaubstag lief so ganz anders als geplant.

Eine Sekunde später betrachte ich eine leere Leinwand. Meine Finger haben die App wie von selbst geöffnet. Kurz bin ich versucht, zu meiner To-do-Liste zu wechseln und meinen Plan für die nächsten Tage durchzugehen. Doch die Dynamik der Gang setzt sich in meinen Gedanken fest, wandelt sich zu einer Idee, die ich unbedingt festhalten möchte.

Für die erste Skizze wähle ich einen Pinsel, der wie ein Bleistift anmutet, und fange Handbewegungen ein, Mimik und Körperhaltung. Danach wechsle ich zu einem weichen Brush und versuche, mit Formen eine Komposition zu entwickeln, die die Lebendigkeit der Gruppe widerspiegelt. Nach drei Entwürfen fügt sich ein Gruppenbild zusammen, bei dem mich langsam Zufriedenheit durchflutet. Es fehlen Details und Ausarbeitungen. Lediglich farbige Flächen deuten die Charaktere an, dennoch glaube ich, die Gang in einem ersten Eindruck eingefangen zu haben. Alex' Figur ist leicht nach vorn gebeugt, damit sie Enthusiasmus und Neugierde verkörpert. Mark steht hinter ihr, den Kopf leicht schräg, sie musternd. Lisa befindet sich in der Mitte neben Dan und Mark. Sie strahlt Ruhe aus, erwidert den Blick des Betrachters. Zum Schluss Dan, der sich lässig auf Lisa lehnt und die Gruppe überblickt.

Zufrieden greife ich nach meinem mittlerweile fast leeren Glas und schaue auf. Geradewegs in Bens Augen. Er hält in jeder Hand ein Getränk und kommt auf mich zu. Schichtende. Ich setze mich auf, bin plötzlich nervös.

Was mache ich hier? Fertige Skizzen von seinen Freunden an, die ich erst wenige Stunden kenne. Die vollgekritzelte Leinwand ist mir mit einem Schlag peinlich und ich wechsle schnell mit einem Wischen am unteren Bildschirmrand zu der zuletzt geöffneten App.

»Ich wollte schon fragen, ob du dich gelangweilt hast, aber du warst ziemlich vertieft.« Ben stellt die Getränke auf den Tisch und setzt sich neben mich.

»Ich …«. Mein Blick senkt sich auf mein Tablet und die geöffnete Liste. Sofort überkommt mich eine Mischung aus Ruhe und Aufregung. In meinen Listen fühle ich mich zuhause. Sie geben mir Struktur und helfen mir dabei, mich zu fokussieren. Aber nicht jeder versteht das. Es ist mir unerklärlich, wieso es mir wichtig ist, dass Ben das versteht, ohne mich auszulachen. »Das ist meine To-do-Liste für den Urlaub«, gestehe ich und mustere sein Gesicht.

Überraschung huscht über seine Züge, Neugier. Kein Hohn oder Ablehnung. Ich verbuche das als ersten Erfolg. »Du hast eine Liste für den Urlaub geschrieben?«

Langsam nicke ich. »Ich wollte vorbereitet sein.«

»Auf Erholung?«

»Wenn du es so sagst, klingt es dämlich.« Ein angespanntes Ziehen erfasst meine Schultern und ich setze mich aufrechter hin.

»Keineswegs.« Er hebt abwehrend die Hände. »Ich habe in meinem Leben noch nie eine Liste geschrieben.«

Entsetzt starre ich ihn an. »Noch nie?«

Er schiebt die Getränke auf mich zu, lässt mein Entsetzen unkommentiert. »Ich habe noch mal einen alkoholfreien ›Wilden Sturm‹ dabei oder selbst gemachtes Ginger Ale.«

»Selbst gemachtes Ginger Ale?«, wiederhole ich überrascht.

»Du hast noch nie in deinem Leben selbst gemachtes Ginger Ale getrunken?« Seine Stimme hat einen spielerisch stichelnden Unterton angenommen.

»Ginger Ale und To-do-Listen kannst du nicht vergleichen.« Um meine Aussage zu unterstreichen, ziehe ich eine Augenbraue hoch und nehme einen Schluck. Verdammt! Eine Schärfe begrüßt mich, vermischt sich mit einer süßlichen Note, die von einem sauren Prickeln abgelöst wird. »Ich werde nie wieder anderes Ginger Ale trinken können.«

Ben grinst selbstgefällig und beugt sich zu mir. »Vielleicht geht es mir ähnlich – wenn du mich in die Geheimnisse der To-do-Liste einweihst.«

»Mach dich gefasst auf geballte Struktur, die dein Leben verändern wird.« Ich hebe einen Finger, deute von Ben zu meinem iPad und setze einen strengen Blick auf. »Du kannst mir später danken.«

»Bin bereit!« Ein stummes Grinsen überzieht Bens Gesicht und er beugt sich näher zu mir. Seine Schulter streift meine und jagt einen kurzen Funkenregen durch meine Seite.

Fokus, Sophie!

Das Display hat sich während unseres Gesprächs verdunkelt, also entsperre ich das Gerät und schiebe es vor Ben.

»Als Anfänger würde ich dir eine Liste empfehlen, auf der du alles sammelst. Wenn du Übung hast, kannst du mehrere anlegen und Aufgaben thematisch bündeln. Dann musst du in deinen Prioritäten aber konsequent Ordnung halten.«

»Wie viele Listen hast du denn?«

Meine Wangen brennen und ich bin froh, dass sein Blick auf das iPad gerichtet ist. »Das variiert. Momentan sind es sechs.«

»Sechs?« Bens Blick reißt sich los und er betrachtet mich überrascht.

»Eine für den Haushalt, eine für die Arbeit.« Ich halte die Finger nach oben. »Freizeit, Arzttermine, Sport, Urlaub.«

»Du hast eine für Sport? Das überrascht mich fast mehr, als deine Urlaubsliste.«

Ich verdrehe die Augen und greife nach dem iPad. »Wenn ich Bewegung nicht vorab plane, vergesse ich die.« Das ›vor lauter Arbeit‹ bleibt mir dabei im Hals stecken.

»Okay.« Ben wendet sich wieder meinem Tablet zu. »Ich fange also lieber mit einer einzigen Liste an. Was noch?«

»Setze am besten ein, zwei einfache Punkte an deren Anfang. Das gibt dir ein Erfolgserlebnis und hilft, an deinen Plänen dranzubleiben.«

»Ein Buch im Strandkorb lesen. Barfuß in den Wellen stehen. Das Meer und den Sonnenuntergang zeichnen«, liest Ben vor. »Ich verstehe. Klein anfangen, um die Motivation zu halten.«

»Genau.« Das ist vermutlich das längste Gespräch, das ich über meine To-do-Listen je geführt habe. Meine Familie und Pia kennen meine Angewohnheit, die anzulegen, können damit aber nichts anfangen. Sie führen auch manchmal Auflistungen oder Kalender, um einen Überblick über Aufgaben und Aufträge zu behalten. In der Firma nutzen wir dazu ein Kanban Board zur Organisation von Arbeiten in vorab definierten Schritten.

Unnötig zu erwähnen, dass es meine Idee war, das einzuführen. Dennoch handelt es sich dabei für meine Familie um ein Tool, keine Lebenseinstellung. Ich glaube auch nicht, dass Ben nach diesem Crashkurs zu einem Listen-Spezialisten wird, aber sein ehrliches Interesse fühlt sich wirklich gut an.

Seine Lippen bewegen sich lautlos, während er die weiteren Punkte meiner Tabelle liest. »Wenn Grillen auch als ›Strandpicknick‹ zählt, dann kannst du morgen etwas abhaken.« Er deutet auf den Punkt, der etwa in die Mitte steht.

»Ich glaube, das zählt.«

Nervosität kribbelt unter Bens prüfendem Blick in meinen Fingern. Ich brauche seine Bestätigung nicht, dennoch möchte ich wissen, was er denkt, wie er meine Vorbereitung auf seinen Heimatort wahrnimmt. »Und?« Ich nehme den Stift und drehe ihn in den Fingern, gebe ihnen damit etwas zu tun.

»Bei Joggen hast du mich fast verloren«, witzelt er. »Aber dann habe ich das ›Wandern‹ gesehen und war versöhnt.«

»Wenn die ersten Monate durchgestanden sind, ist Joggen gar nicht mehr so schlimm.«

Ben schüttelt sich, als würde er schlimme Erinnerungen vertreiben. »Wird es besser oder wird man lediglich gegen den quälenden, lungenzerreißenden Schmerz immun?«

»Beides.« Ich lache und Ben starrt mich ungläubig an.

Grinsend wende ich mich wieder der Liste zu. »So von Einheimischem zu Tourist: Gibt es Dinge, die ich ergänzen soll?«

»Jeden Abend in Fierstetts bester Bar essen.«

Ich sehe ihn skeptisch an. »Du willst, dass ich meinen Urlaub im ›Circle‹ verbringe?«

»Ich hätte nichts dagegen.«

Ich auch nicht, haucht eine leise Stimme in meinem Kopf. »Sonst noch etwas?« Ich halte ihm den Stift hin und er nimmt ihn nachdenklich entgegen.

»Es gibt da ein paar Dinge, die ich in einem Urlaub essenziell finde.« Er beugt sich tief über das iPad und versperrt mir die Sicht. Die nächsten Sekunden vergehen quälend langsam.

Wenn dieses Gespräch über meine To-do-Listen bereits eine Premiere war, unter was fällt dann die Tatsache, dass jemand meine Aufzählung erweitert? Ich atme gegen die aufsteigende Panik an, dass ich Ben nach wenigen Stunden bereits tiefer in meine Privatsphäre eindringen lasse als je einen Mann zuvor.

»Fertig.« Er hält mir das Tablet hin. Hastig überfliege ich die neuen Punkte und bin beinahe sprachlos. Schlucke. Räuspere mich. »Das meinst du nicht ernst, oder?«

»Jedes Wort.« Wieder verzieht sich sein Mundwinkel zu diesem unwiderstehlichen Lächeln.

»Das ist ...«. Die Worte bleiben mir im Hals stecken. *Wahnsinn? Völlig unmöglich?*

Ein tiefer Seufzer bahnt sich seinen Weg und ich lasse die Schultern hängen. »Was habe ich mir da nur eingebrockt?«, raune ich und starre auf die von Ben ergänzten Punkte.

Seine Sonnen für die Bulletpoints sehen etwas unförmig aus, dennoch würdige ich den Versuch. Viel schlimmer sind die Dinge, die dahinter stehen.

Ohne Ziel an einen fremden Ort fahren und sich treiben lassen.
Einen Abend lang ohne Ablenkung meinen kreisenden Gedanken zuhören.
Etwas Mutiges tun.
Sterne beim Meeresrauschen beobachten und dabei einschlafen.
Einen Fremden küssen.

»Das sind keine Punkte für eine To-do-Liste.« Widerstrebend begegne ich Bens Blick, muss aufpassen, nicht auf seine Lippen zu starren. Bilde ich es mir ein oder ist der letzte Punkt eine Anspielung? Verdammt! Hat er wirklich ›einen Fremden küssen‹ auf meine Liste geschrieben?

»Wieso nicht?« Er deutet mit dem Stift, den er noch in der Hand hält, auf das iPad. »Alles andere sind Aufgaben, Dinge, die du erledigen kannst, ganz egal, wie es dir dabei geht.«

Ich verstehe nicht, worauf er hinauswill. Natürlich stehen auf meiner Liste Dinge, die ich erledigen kann. Darum geht es ja. Mir Unternehmungen zu überlegen, die ich in meinem Urlaub erleben möchte.

»Aber wo ist da der Urlaub für dich? Wann hörst du dir zu, tust, worauf du Lust hast? Gehst in eine unbekannte Stadt und folgst an jeder Kreuzung der Straße, die interessanter aussieht, ohne zu wissen, wohin dich das führt?«

»Ich kann doch nicht durch eine Stadt laufen ohne ein Ziel!«

»Warum nicht?«

»Weil ich die wichtigsten Sehenswürdigkeiten verpasse? Weil ich nicht in der Nähe von einem Restaurant bin, wenn ich Hunger bekomme?«

»Und das ist wichtig? Du kannst eine Stadt auch sehen, ohne die Sehenswürdigkeiten abzuklappern. Und für plötzlichen Hunger gibt es bestimmt ebenfalls eine Lösung.«

»Du nimmst alles, wie es kommt, oder?«

Ben lächelt, legt den Stift neben das iPad. »So macht es am meisten Spaß.«

»Ich … Ich weiß nicht, ob ich das kann«, flüstere ich. »Das geht gegen meine Natur.«

»Ist das nicht der Sinn von Urlaub? Den Alltag hinter sich zu lassen und zu entdecken, was alles in einem steckt?« Bens Finger berühren meinen Arm, er streicht damit sanft zu meinem Handgelenk. »Deine Punkte sind toll, die will ich hiermit nicht abwerten. Ich wollte sie nur um ein paar persönliche Herausforderungen ergänzen, damit es nicht so einfach wird.«

»Einfacher als Joggen?« Mein neckischer Unterton lässt Ben mutiger werden. Er greift meine Hand und sieht mir direkt ins Gesicht. Ein Feuer lodert in seinen Augen, das ich zu gerne auch in mir entzünden würde: Abenteuerlust.

»Zum Beispiel.« Er schmunzelt, wirft einen schnellen Blick auf die Notizen. »Oder die Arbeit an deiner ›geheimen Liste‹. Das klingt ebenfalls vielversprechend.«

Sofort versteife ich mich. Verflixt – diesen Punkt hat er also in meiner Aufzählung entdeckt! Ich bin nicht bereit, darüber zu reden, geschweige denn daran zu denken: »Themenwechsel, bitte!«

»Dann also Fahrrad fahren.« Ben nickt, sieht zu mir auf und lässt das unerwünschte Thema fallen. Einfach so, ohne großes Spektakel und bohrende Fragen. Himmel Herrgott, wurde dieser Kerl extra für mich und meinen Urlaub angefertigt? Er kann doch unmöglich echt sein! »Jemand hat mir mal erklärt, man solle klein anfangen, um die Motivation hochzuhalten.«

Ich schnaube und stupse ihn mit dem Ellbogen an. »Scheint mir ein guter Rat zu sein.«

»Der Beste«, stimmt Ben zu und verharrt mit dem Finger neben einem weiteren Punkt. »Sightseeing in Fierstett und Leuchtturm besichtigen lässt sich super hiermit kombinieren. Einfach, aber effektiv.«

»Ich mag die Art, wie du denkst.«

»Wir könnten morgen gegen Mittag los, dann sind wir rechtzeitig zum Grillen zurück. Also, falls du mich dabeihaben willst.« Ben zieht die Nase kraus und reibt sich den Nacken. Mit diesem leicht schräg gelegten Kopf, den hoffnungsvollen Augen und dem Schalk um den Mund wirkt ›einen Fremden küssen‹ gar nicht mehr so abwegig.

Räuspernd schüttle ich die Gedanken ab. Sie verschwinden nicht ganz, sinken wie heiße Glut abwärts und nisten sich in meinem Magen ein. Das hier ist Wahnsinn. Vor wenigen Stunden kannte ich Ben und seine Freunde noch gar nicht. Jetzt ist mein zweiter Urlaubstag bereits verplant und das Seltsamste daran: Weder fühle ich mich überrannt, noch bedrängt oder fehl am Platz. Ein bisschen überfordert? Bei diesem verlockenden Blick auf jeden Fall. Aber das hier scheint genau richtig zu sein.

Ich kratze meinen Mut zusammen und lasse mich von der Euphorie mitreißen. »Ich hätte dich gern dabei.«

5. Kapitel

Bens Worte kreisen durch meine Gedanken. Selbst nachdem das ›Circle‹ zu einer kleinstadtfreundlichen Zeit geschlossen und er mich an meiner Unterkunft abgesetzt hat. Sie nisten sich in mir ein und bringen alles durcheinander, was ich über mich zu wissen glaubte.

Entdecken, was in mir steckt? Persönliche Herausforderungen suchen? Nur weil ich allein in ein kleines Küstenstädtchen gefahren bin, kann ich nicht verleugnen, wer ich bin. Oder doch? Sophie, Herrscherin der Organisation, Workaholic und Unterdrückerin ihrer eigentlichen Wünsche.

Ich widerstehe dem Drang, ein tiefes, dramatisches Seufzen auszustoßen, schlüpfe aus meinen Schuhen und lege meine Tasche auf das kleine Sideboard am Eingang meiner Ferienwohnung.

Allen Zweifeln zum Trotz ist es unmöglich zu leugnen, dass in mir eine Vorfreude vibriert, die mir ein dümmliches Grinsen ins Gesicht klatscht und mich beschwingt durch den Eingangsbereich tapsen lässt.

Ich mache, was ich in jeder neuen, ungewohnten Situation tun würde, und zücke mein Handy.

Ich: »Du glaubst nicht, was passiert ist.«

Die Sprachnachricht an Pia zeichnet auf und ich bin mir schon jetzt sicher, dass sie einer überlangen Podcast-Episode gleichen wird.

Ich: »Es ist verrückt.«

Das Lächeln klingt in meiner Stimme nach.

Ich: »Rate mal, wie viele Handynummern ich heute klargemacht habe?«

Das Wort ›klargemacht‹ betone ich wie zu unseren Teenagerzeiten. Kichernd sinke ich auf einen Stuhl am Esstisch und fahre mir über meinen zotteligen Pferdeschwanz. Ich erzähle ihr alles – von dem Abend in der Bar, der Gang, Ben und schweife letztlich ab bis zu dem Chaos im Strandkorb und den süßen Hunden, die ich am Strand gesehen hatte.

Ich: »Es ist so anders, als ich es mir vorgestellt habe«,

gestehe ich und kreise mit den Schultern. Die Aufnahme knackt die siebzehn Minuten. Ups.

Ich: »Ich wünschte, du wärst hier. Aber du hast sicher eine genauso tolle Zeit in Seoul. Genieß die Stadt, arbeite nicht zu viel und lern fremde Menschen kennen – das ist viel spannender, als ich angenommen hatte. «

Ich öffne den Mund für abschließende Worte, stattdessen sage ich mit beinahe quietschender Stimme:

Ich: »Morgen gehen wir Fahrrad fahren. Also Ben und ich. Danach treffen wir uns mit der Gang zum Grillen. Ich bin echt aufgeregt. «

Was für eine Untertreibung des Jahrhunderts! Habe ich nicht vor (mittlerweile) 18 Minuten wie ein Teenager geredet?

Ich: »Wir hören uns bestimmt morgen. Ich vermisse dich und wünsche dir eine gute Nacht. Oh. Moment mal. «

Kurz checke ich die Uhrzeit. Sieben Minuten vor Mitternacht bei mir. Pia ist unserer Zeit sieben Stunden voraus.

Ich: »Wohl eher ein gutes Aus-Dem-Bett-Kommen. Ich hoffe, der Jetlag hängt dir nicht zu sehr nach. Hab dich lieb!«

Die Nachricht landet im Chat, direkt unter meiner letzten, die ungehört darauf wartet, dass bei Pia am anderen Ende der Welt der Tag anbricht.
Ich kann ebenfalls den nächsten Tag meines Urlaubs kaum erwarten.

***

Eins muss man den Vorhängen in Hannis Ferienwohnung zugestehen: Sie sind in einem Maße lichtundurchlässig, dass sie die Sonne mit einer Effektivität aussperren, die mir jedes Zeitgefühl nimmt.

Als ich erwache, ist es stockfinster. Ich sehe kaum die Hand vor Augen und taste verschlafen nach meinem Smartphone. Nach einigen Herzschlägen stoße ich gegen den Nachttisch und finde den Schalter für die Lampe. Warmes Licht flutet meine Zimmerecke und ich richte mich auf, stöpsle das Ladegerät aus und halte mir das Handy vors Gesicht. Die Uhr zeigt 9:42 und mein erster Impuls drängt mich dazu, die Beine aus dem Bett zu schwingen und unter die Dusche zu eilen. Alles in mir schreit, dass ich zu spät dran bin. Bis ich begreife, dass ich mich im Urlaub befinde. Ich sinke wieder tiefer in die Kissen und checke meine Nachrichten.

Ben: Guten Morgen. Hast du gut geschlafen?

Sofort wallt ein Kribbeln durch meinen Körper, das mich hellwach macht. Ich ziehe die Beine unter der Decke an und nage an meiner Unterlippe.

Ich: Wie ein Stein. Wenn ich die Matratze nach meinem Urlaub mitnehme, fällt das auf?

Kaum habe ich die Nachricht abgeschickt, sehe ich, dass er schreibt. Sofort kehrt das Grinsen vom Vortag zurück. Allein der Gedanke reicht dabei aus, dass er an einem anderen Ort, von einer anderen Seite auf unser virtuelles Gespräch schaut.

Ben: Ich denke, Hanni hätte etwas dagegen :D

Ben: Aber falls du einen Komplizen brauchst ... Ich bin zu allem bereit.

Ich: Pass auf, dass dir das nicht zum Verhängnis wird. Ich könnte schlimme Dinge von dir verlangen ;-)

Ben: Ist das eine Drohung oder ein Versprechen?

Mein Herz setzt einen Schlag aus und ich starre für eine Sekunde auf das Display. Zwei. Drei. Was soll ich darauf bitte antworten? Ich setzte mich aufrecht hin, verharre mit den Daumen über der Tastatur.
Persönliche Herausforderungen. Trau dich, Sophie!

Ich: Wahrscheinlich beides.

Bens Antwort lässt einen Moment auf sich warten. Er schreibt, schreibt, schreibt und hält inne. Ich schwanke zwischen Triumphgefühl, dass ich ihn sprachlos gemacht habe, und der Sorge, dass ich mit meiner Unfähigkeit zu flirten alles zerstöre.
Endlich folgen ein paar Emojis. Ein Tränenlachendes und eines, das sich schockiert eine Hand vor den Mund hält.

Ben: Also, Sophie. Darauf fällt mir beim besten Willen nichts ein ...

Punkt für mich. Er ist sprachlos.

Ben: Ich muss gleich los. Passt es, wenn ich um 13 Uhr bei dir aufschlage?

Ich: Klingt gut, soll ich die Fahrräder besorgen?

Ben: Nicht nötig. Bis später :-)

Nachdem ich ein ›Bis dann‹ abgeschickt habe, starre ich noch einige Herzschläge lang auf den Chat und genieße die Spannung der Vorfreude und Aufregung.

Ich wechsle in die Übersicht und entdecke eine kleine Eins neben dem Chat mit Pia. Meine Miene hellt sich weiter auf – sofern das überhaupt noch möglich ist.

Eine Sekunde und einen Tipp auf mein Handy später verrutscht meine Freude und eine kleine Falte schleicht sich auf meine Stirn. Vierzig Sekunden. Pias Nachricht befindet sich nicht im Minutenbereich. Das ist so untypisch, dass ich zögere, ihre Antwort abzuspielen. Wahrscheinlich war Pia beschäftigt, nach der ersten Nacht spät dran oder hatte keinen ruhigen Moment, um zu antworten. Eine Erklärung nach der nächsten rast durch meine Gedanken.

Mit klopfendem Herzen starte ich schließlich die Nachricht. Pias Stimme klingt gedämpft, im Hintergrund raschelt es und das übertönt fast ihre Worte. Dennoch treffen sie mich mit einer Wucht, die meine Hand zittern lässt.

Pia: Kaum bist du ohne mich weg, wirst du zu einem anderen Menschen?

Ein merkwürdiges Lachen folgt, passt seltsamerweise genau zu dem angespannten Ton. Sollte das ein Witz sein? Irgendwie klingt es nicht wie einer.

Pia: Meinst du nicht, du überstürzt alles ein bisschen?

Ich schlucke, meine Kehle wird trocken. Die Vorfreude, die mich seit der Zeit in der Bar erfüllt hatte, wird schwer und unangenehm.

Pia: Sophie.

Mein Name klingt fast wie ein Seufzen.

Pia: Pass auf dich auf und lass dich nicht von irgendwelchen Fremden abschleppen.

Das war' s.
Pia verabschiedet sich knapp und lässt mich verwirrt sitzen. Kein Bericht über ihren Flug oder erste Eindrücke in der Stadt, die sie sehen will, seit sie siebzehn ist.
Ich spiele die Nachricht erneut ab, weil ich zum einen hoffe, dass ich mir ihren Tonfall nur eingebildet habe. Zum anderen muss es doch wohl ein paar Informationen geben, die ich verpasst habe.
Doch auch nach dem dritten und vierten Durchlauf bleibt die Nachricht dieselbe. Zu der Enttäuschung, dass Pia nicht mehr Zeit für mich übrig hatte und offensichtlich meine Begeisterung nicht teilt, mischt sich noch ein anderes Gefühl: Unsicherheit.
Hat sie recht? War ich naiv, mich in das alles hier zu stürzen?

Mein Handy leuchtet auf und eine Nachricht von Alex kündigt sich auf dem Display an. Ohne sie zu lesen, lege ich das Gerät zur Seite und nehme stattdessen mein iPad.

Sofort öffne ich die To-do-Liste und genieße die Sicherheit, die mich daraufhin durchströmt: Das ist meine Welt. Hier finde ich Struktur. Hier fühle ich mich wohl.

Plötzlich überkommt mich der Drang, Punkte von der Liste abzuarbeiten. Vielleicht kann ich ja beides sein – die Sophie mit den Listen und jene, die zum Fahrradfahren verabredet ist.

»Nicht schlimm«, flüstere ich. »Ein bisschen Ordnung und dann wird das ... schon.«

Abrupt setze ich mich auf und starre auf die kleine Uhr in der linken Ecke.

»Elf Uhr?!«

Ich springe aus dem Bett und tapse auf der Stelle. In meinem Kopf formt sich ein Plan: Bevor Ben kommt, muss ich noch duschen und etwas essen. Mir bleiben zwei Stunden. Eine, wenn ich mich nicht unter Stress herrichten möchte. Also fasse ich ein paar Punkte zusammen, die sich kombinieren lassen: Barfuß in den Wellen stehen, joggen und Podcast beim Spazieren gehen hören.

Fünfzig Minuten später stolpere ich komplett durchgeschwitzt in den Eingangsbereich. Mein linker Schuh ist mir beim eiligen Barfußlaufen ins Wasser gefallen und beinahe davongeschwommen. Er schmatzt, als ich ihn mir vom Fuß ziehe und ich stelle ihn nach draußen, damit er in der Sonne trocknet.

Ich setze mich an den Esstisch und verschnaufe. Kurz checke ich den Chat mit Pia, aber sie hat keine neue Nachricht geschickt. Ein mulmiges Gefühl verknotet sich in meinem Bauch. Bei ihr ist es fast 19 Uhr. Ob sie noch arbeitet? Oder ist sie unterwegs, etwas essen?

Angestrengt versuche ich, diese Gedanken zu vertreiben, und öffne Alex' Nachricht. Neben den Details zum späteren Grillen, die sie mir in Lisas Auftrag mitteilt, hat sie mir ihren Entwurf geschickt sowie gefragt, ob sie mich in den Gruppenchat der Gang aufnehmen soll.

Ich bedanke mich schnell und schreibe, dass wir heute Abend über den Entwurf sprechen können. Ihre Frage zum Gruppenchat übergehe ich für den Moment. Die naive Sophie freut sich wieder wie ein Teenager über das Angebot. To-do-Listen-Sophie hört eine Stimme, die sagt, dass sie zu voreilig ist. Seltsamerweise klingt die Stimme wie Pias, nicht wie meine eigene.

***

Es klopft und ich eile mit halb angezogener Strickjacke zur Tür. Schnell ziehe ich mich vollständig an, drücke die Schultern zurück und atme tief durch. Mein Haar ist zu einem Zopf geflochten, den ich mit so viel Haarspray fixiert habe, dass weder Wind noch Fahrradhelm etwas zerstören sollten. Wäre ich selbst nur ansatzweise so bereit wie meine Frisur!

Ich öffne die Tür und schaue in das ungläubige Gesicht von Ben. Ohne Begrüßung deutet er auf den einzelnen Joggingschuh, der zum Trocknen vor der Tür steht. »Du warst joggen?«

Ich verdrehe die Augen und schnappe mir meinen Rucksack. Natürlich ist das iPad darin verstaut. Ohne kann ich einfach nicht aus dem Haus. »Ich wollte keine Zeit verlieren und noch ein paar Punkte meiner Liste abarbeiten.«

»Aber Joggen?« Er schüttelt sich, als wäre die pure Vorstellung eine Qual. »Bevor wir Fahrrad fahren gehen?«

»Ich ...«. Oh, daran hatte ich nicht gedacht. »War nur eine kurze Runde.«

Er lacht dieses Schnaub-Lachen und lehnt sich in den Türrahmen. Sein Blick gleitet über mein Gesicht, an mir herab und schließlich räuspert er sich. »Können wir los?«

»Gerne. Ich sollte endlich mal wieder Sport machen. Das letzte Mal ist schon viel zu lange her.«

Ben steigt sofort auf meinen Sarkasmus ein. »Verständlich. Im Urlaub tendiert man dazu, faul zu werden und nichts zu erledigen.«

Ich folge ihm Richtung Parkplatz, doch statt in sein Auto zu steigen, führt er mich zu einem Weg, der uns seiner Erklärung nach zum Stadtkern von Fierstett führt. Nach einem kurzen Spaziergang halte ich ein Eis in der Hand und betrachte die alten Fischerhäuschen.

Als wir an einer früheren Markthalle vorbeikommen, erklärt mir Ben, dass sie zu einem Supermarkt umgebaut worden ist. In einem Teil des Gebäudes wird den Traditionen zuliebe einmal die Woche frischer Fisch angeboten. Den restlichen Fischfang bringt man direkt in größere Häfen, wie den von Husum. »Ich dachte, wir leihen bei Mark Fahrräder aus«, sage ich.

»In gewisser Weiße stimmt das auch.« Er schiebt die Hände in die Hosentaschen und zuckt mit den Schultern. »Das ›Circle‹ liegt auf der anderen Stadtseite und ich dachte, wenn wir noch eine Fierstett-Sightseeing-tour einschieben, dann ...« Er verstummt und sieht mich an.

»... dann erledigen wir mehrere Punkte meiner Liste.« Mein Puls beschleunigt sich. Daran hat er gedacht?

»Die Fahrräder stehen da hinten am Hafen. Wir können am Leuchtturm vorbei und am Schluss zum ›Circle‹.« Er deutet auf die andere Seite der Bucht.

»Wo wir uns zum Grillen treffen.«

»Genau.«

Ich schlecke an meinem Eis und lasse ihn dabei nicht aus den Augen. »Ich muss schon sagen. Ich bin von deinen Planungskünsten beeindruckt.«

Schnell hebt er sein eigenes Eis zum Mund und rettet seine Finger mit einer schnellen Bewegung vor der herabtropfenden Süßspeise. »Deine Liste hat mich ein wenig eingeschüchtert.«

»Eingeschüchtert? Dich?« Überrascht lasse ich die Hand sinken und mustere sein Gesicht. Das dunkle Haar fängt die Mittagssonne ein, wirkt in ihrem Schein heller, fast kastanienbraun. Fältchen umspielen seine Augen und geben ihm einen lächelnden Ausdruck, auch wenn seine Kieferpartie, wie jetzt, ein wenig angespannt aussieht.

»Im positiven Sinn.« Er hebt abwehrend die Hände, unterschätzt dabei den Schwung und ein paar Tropfen vom Eis lösen sich. Er zuckt zurück, bringt damit sein Shirt in Sicherheit. Doch einige Spritzer der klebrigen Süße landen auf seinen Schuhen. »Du weißt, was du willst. Also wollte ich dir ein Date bieten, dass deinen Ansprüchen genügt.«

Hitze schießt mir in die Wangen und ich kühle mich schnell ab, indem ich einen großen Bissen von meinem Eis nehme.

»Und du beißt in dein Eis.« Ben schüttelt den Kopf. »Wieso überrascht mich das nicht?«

Ich schieße ihm einen funkelnden Blick zu und verschaffe mir so mehr Zeit. Die Gedanken kreisen in meinem Kopf, überschlagen sich. Bens Art, Dinge direkt zu benennen, bringt mich aus dem Konzept. Ich gehöre mehr zur Spezies der Unterdrücker und Verschwiegenen. Angestachelt von der prickelnden Freude, die seine Offenheit bei mir verursacht, nehme ich mir vor, ebenfalls auszusprechen, was ich denke. »Bisher schlägst du dich nicht schlecht.«

»Nicht schlecht?« Seine Miene hellt sich auf.

Der Rest meiner Unsicherheit schmilzt dahin. »Vielleicht sogar ganz gut.«

Er fasst sich mit einer Hand an die Brust und ich befürchte, dass er jeden Moment noch mehr Eis auf sich verteilt. »Sophie. Du kannst mich doch nicht so erschrecken. Du musst sanfter mit mir umgehen.«

Ich verdrehe die Augen und setze mich wieder in Bewegung, folge der Hafenpromenade in der Richtung, die er vorhin angedeutet hatte. »Du bist ein Idiot.«

Lachend holt er zu mir auf und stößt mich leicht mit dem Ellbogen an. Er deutet mit der abgebissenen Waffel auf ein Haus und führt seine Sightseeingtour fort. Dabei erfahre ich viele Details über Fierstett: Das Haus eines ehemaligen Schriftstellers wurde zu einem Souvenirladen umgebaut, der zudem wunderschöne Notizbücher verkauft. Daneben folgt eine Kneipe, mit der sich das ›Circle‹ die Stammgäste teilt. Ein kleines Café, das ich von außen für einen Blumenladen gehalten hatte, und eine Handvoll Restaurants reihen sich auf der Promenade aneinander. Fierstett ist klein, wird hauptsächlich von Touristen besucht, die den angrenzenden Hundestrand nutzen wollen. Manchmal gibt es Zeiten, in denen das Städtchen unter den eher schwindenden Einnahmen leidet.

»Ich verstehe das nicht«, unterbreche ich Bens Erzählungen. Ein Spaziergang hat ausgereicht, um mich in die Idylle hier zu verlieben.

Ben betrachtet mich nachdenklich. »Wir sind keine Großstadt, man findet nicht an jeder Ecke einen Imbiss oder einen Supermarkt. Außerdem ist es schwierig, die bereits bestehenden Läden mit Personal zu versorgen. Das führt zu kürzeren Öffnungszeiten, was wiederum für Einheimische sowie Touristen unpraktisch ist.«

»Das ist gewöhnungsbedürftig«, gestehe ich ein, denke daran, wie ich gestern vor dem verschlossenen ›BlueTides‹ gestanden habe. Ich verschlinge den letzten Rest meines Eises und lasse den Blick schweifen. Die Sonne glitzert auf der Wasseroberfläche. Ein Tretboot verlässt den Hafen und bewegt sich wankend auf dem Meer. Ich atme tief ein und nehme die Ruhe in mich auf. »Aber dafür ist man doch hier – um den Trubel des Alltags zurückzulassen.«

»Ich bin jedenfalls froh, dass du dich für Fierstett entschieden hast.«

Das schelmische Grinsen lässt mich schnauben. »Und was ist mit dir? Du warst schon immer hier?«

»Ich bin in der Nähe geboren, aber erst vor zehn Jahren hergezogen.«

»Lebt deine Familie auch hier?«

Er zögert und leckt sich den letzten Rest Eis von den Lippen. »Ich besitze keinen guten Draht zu meiner Familie. Aber dafür habe ich die Gang.«

»Das tut mir leid.«

»Muss es nicht. Die Gang ist die einzige Familie, die ich brauche.«

Wir erreichen die Fahrräder, die Ben aus dem Hinterhof einer kleinen Bäckerei holt, in der er offensichtlich manchmal aushilft. Mit Ben unterwegs zu sein ist wie mit einem Prominenten durch eine überfüllte Einkaufsmeile zu laufen: Jeder scheint ihn zu kennen.

Er reicht mir einen Helm und greift unser Gespräch von eben wieder auf. »Woher kommst du?«

»Ursprünglich Freiburg, dann München. Meine Eltern sind vor sieben Jahren geschäftlich dorthin gezogen.«

»Und du bist ihnen gefolgt?«

»Ich und meine beste Freundin Pia. Sie ist wie eine Schwester und gehört zur Familie.« Kaum spreche ich ihren Namen aus, kommt die Erinnerung an die Sprachnachricht mit einem Schlag zurück. Ich ziehe den Helm auf und schwinge mich aufs Fahrrad.

»Also, wo geht's lang?«

***

Bens Fahrradtour führt uns von Fierstett in den Süden. Solange wir hinter dem Deich fahren, bleibt das Meer vor uns verborgen. Doch bald steigt das Terrain an und wir kämpfen uns in leichten Serpentinen die Steigung hinauf. Sobald wir den Anstieg bewältigt haben, breiten sich die Küste und das Meer vor uns aus. Ein Leuchtturm ragt in der Ferne auf, ziert die Landspitze.

Der Wind peitscht mir ins Gesicht, bringt salzige Luft mit. Möwen kreischen und stürzen sich von den Klippen herab, nur um im nächsten Augenblick in einen Gleitflug überzugehen. Ich halte den Atem vor Entzücken an.

Wenige Minuten später erreichen wir den Fuß des Leuchtturms. Das Lächeln klebt mir vom kalten Fahrtwind im Gesicht und lässt sich nicht mehr vertreiben.

»Es gefällt dir«, stellt Ben nach einem prüfenden Blick fest und die Fältchen um seine Augen vertiefen sich.

»Es ist wunderschön.«

Er öffnet eine Tasche am Gepäckträger seines Fahrrads, die mir vorher nicht aufgefallen ist. Daraus zieht er zwei Wasserflaschen, einen Apfel und eine Banane hervor. »Ist zwar kein richtiges Picknick und wir essen ja gleich ...«. Verlegen bricht er ab.

Sprachlos starre ich ihn an. Sightseeingtour, Fahrrad fahren, Leuchtturm und Picknick am Strand. Wie viele Punkte von meiner Liste hat er sich gemerkt?

»Jetzt nimm schon.« Er drückt mir eine Flasche in die Hand und lässt mir die Wahl beim Obst. Ich greife nach dem Apfel und setzte mich neben den Fahrrädern ins Gras.

»Wolltest du es der Gang nicht überlassen, einen Punkt meiner Liste abzuhaken?«

»Das würde mein Stolz niemals zulassen.« Schmunzelnd setzt er sich neben mich und wir stoßen mit unseren Wasserflaschen an.

Ich trinke einen großen Schluck und schließe die Augen. Selbst die Geräusche dieser atemberaubenden Kulisse sind einmalig: Das Rauschen des Meeres, das hier endlos wirkt. Die Wellen, die gegen den Stein unter uns schlagen. Der Wind, der an uns vorbeizieht und sich in der Weite des Himmels verliert. Ich lasse mich davontragen und nehme alles in mich auf, bis ich das Gefühl habe überzulaufen.

»Der Punkt geht an dich«, flüstere ich und beiße in meinen Apfel. »Alle Punkte gehen an dich.«

6. Kapitel

Die Strecke zurück nach Fierstett bewältigen wir leichter als den Hinweg. Ich genieße es, mich auf den Abschnitten mit Gefälle rollen zu lassen und den Fahrtwind im Haar zu spüren. Ben lotst mich an der Hafenpromenade entlang und durch ein Wohngebiet, in dem sich auch Hannis Ferienwohnungen befinden. Wir passieren den Bäcker, an dem ich bei meinem ersten Tag auf dem Weg zum ›BlueTides‹ vorbeigekommen bin, und schließlich erreichen wir den Deich.

Wir bleiben auf einem geteerten Weg, der am Fuß des Deichs entlangführt. Zu wissen, dass hinter diesem Hügel das Meer wartet, erfüllt mich mit einer kribbelnden Vorfreude: Ob man jemals genug vom Anblick der Wellen bekommt?

Der Deich geht schließlich in Sanddünen über und kurz darauf erreichen wir das umgebaute Fabrikgebäude. Dieses Mal sind die großen Glastüren geöffnet, eine Familie mit einem Schäferhundmischling an der Leine kommt gerade heraus und das Mädchen drückt seinem Vater eine Papiertüte in die Hand, bevor es sich den Hund schnappt und Richtung Sandstrand davoneilt.

Ben rollt zum Fahrradständer seitlich vom Gebäude und steigt ab. Eine Hälfte davon ist mit Nummern versehen. Ben schiebt erst sein, dann mein Fahrrad in einen der nummerierten Plätze und schließt beide ab.

»Willst du kurz mit rein, die Schlüssel abgeben? Die Gang ist bestimmt schon am Strand.«

»Ich komme mit!« Ungeduldig packe ich ihn am Arm und ziehe ihn zum Haupteingang. »Das lasse ich mir nicht entgehen.«

»Das wäre noch ein erledigter Punkt auf deiner Liste«, scherzt er, liegt damit aber richtig.

»Wenn du in dieser Geschwindigkeit weitermachst, bleibt mir bald nichts mehr zu tun.«

»Gibt es da nicht ein paar weitere interessante Punkte, die ein Barkeeper gestern draufgeschrieben hat?«

Mein Magen kribbelt bei der Erinnerung daran.

Einen Fremden küssen.

»Ach, daher kommt deine Begeisterung für meine Liste.« Das Funkeln in seinen Augen ist ansteckend, jagt knisternde Aufregung durch meine Adern.

»Ich weiß nicht, woran du jetzt denkst.« Unschuldig lächelt er mich an. Wenn er mich so ansieht, kann ich den Blick fast nicht abwenden. Doch das ›BlueTides‹ schafft es, mich von Ben loszureißen und ich muss den Kopf in den Nacken legen.

Eine rundherumlaufende Galerie teilt die ehemalige Fabrik in zwei Ebenen. In beiden Stockwerken reihen sich Läden aneinander. In manchen brennt Licht, andere sind dunkel. Es ist die perfekte Mischung aus ›Industrial Design‹ und floralen Elementen.

Es juckt mich in den Fingern, mein iPad zu zücken und die verschiedensten Details festzuhalten: die Mauer links vom Eingang, an der runde Lichter und gerahmte Illustrationen zwischen Philodendron-Ranken angebracht worden sind. Oder die Metallsäulen, die man alle mit unterschiedlichen abstrakten Mustern und Blüten bemalt hat. Auf eine stilvolle Weise wurden das Meer, die Küste und der Strand im ›BlueTides‹ verewigt.

»Beeindruckend, nicht wahr?«

»Das ›BlueTides‹?«, frage ich neckend. »Das ist wirklich schön. Aber ich suche nach diesem Fremden für meine To-do-Liste.«

Wortlos tritt Ben vor mich, legt eine Hand seitlich an meinen Kopf und bringt mich dazu, ihn anzusehen. »Das nächste Mal bringe ich dich wohl besser an einen abgelegenen Ort, wo es keine Ablenkung gibt.«

Mein Magen schlägt einen Salto, schnappt sich mein Herz und beginnt Tango zu tanzen. Hilfe! Ich sollte nicht sticheln, wenn ich nicht bereit für eine Reaktion bin.

Ben senkt seine Hand, streift meinen Oberarm und berührt mich am Rücken. Der sanfte Druck seiner Finger löst mich aus meiner Starre und er führt mich in den hinteren rechten Bereich des Gebäudes. Marks Fahrradladen befindet sich schräg gegenüber vom ›Circle‹. Er selbst ist laut seiner Angestellten Sarah bereits draußen am Strand.

Ben überreicht ihr die Schlüssel der Mietfahrräder und erhält im Gegenzug eine Tupperdose mit Keksen, die Sarahs Mutter als Dankeschön für Bens Hilfe mit einem Zaun gebacken hat.

Als wir den Laden verlassen und auf das ›Circle‹ zusteuern, sehe ich Ben von der Seite an.

Er bemerkt meinen Blick. »Der Zaun war gebrochen.«

»Und du hast natürlich geholfen.«

Auf seinem Gesicht erscheint ein verlegener Ausdruck. »Warum auch nicht?«

»Das ist keine Kritik.« Ich nehme die Tupperdose an, die er mich bittet, kurz zu halten.

»Sondern?«

»Ich kenne nicht mal die Nachbarn in meinem Haus. Überall bekannt zu sein, sich gegenseitig zu helfen – irgendwie ist das … schön.«

»Das ist es.« Ben kramt seinen Schlüssel hervor und öffnet die Tür zum ›Circle‹. »Komm. Wir holen ein paar Getränke und gehen dann an den Strand.«

Wir treten ein und Bewegungsmelder lassen ein kleines Licht an der Seite aufleuchten. Hinter mir schließt er wieder ab.

Neben dem Tresen betätigt Ben weitere Schalter und kurz darauf wird das ›Circle‹ von einer wohligen Wärme geflutet. An der Seite führt eine Tür zu einem Lagerraum, der gesäumt ist von Regalen voll Geschirr, Servietten und allem möglichen Kram, den eine Bar braucht.

Ben schnappt sich eine Thermo-Tasche, legt ein paar Kühlakkus hinein und füllt den Beutel anschließend mit Getränken. Aus der Routine, die in seinen Bewegungen liegt, und der Gewissheit, mit der er die Auswahl trifft, kann ich die Vertrautheit der Gang herauslesen: Ben weiß genau, wer was trinken möchte.

»Was willst du?«

Ich trete zu ihm und betrachte die Auswahl. »Rhabarber-Limo.«

Er steckt zwei Flaschen in die Tasche und zieht den Reißverschluss zu.

Gerade als wir den Lagerraum verlassen, betritt ein älterer Mann die Bar. Wie zuvor Ben, schließt auch er hinter sich wieder ab.

»Hey, Klaus, das ist Sophie.«

Ich hebe kurz die Hand zur Begrüßung.

Klaus betrachtet mich mit zusammengezogenen Brauen. Sein braunes Haar wird an den Schläfen bereits grau. »Schön, dich kennenzulernen, Sophie.«

»Gleichfalls.« Ich gehe ihm entgegen und schüttle seine Hand. Sie ist rau und schwielig, fühlt sich dennoch warm und einladend an.

»Wehe, Ben meint, schon bei den Vorbereitungen helfen zu wollen. Nimm ihn schön mit.«

»Ben davon abhalten zu helfen? Ich weiß nicht, ob das möglich ist.«

Klaus lacht schallend. »Sie gefällt mir.« Mit einer scheuchenden Handbewegung jagt er uns zum Seiteneingang des ›Circle‹, der auf die Terrasse führt.

»Zum Eröffnungsansturm bin ich zurück«, versichert Ben mit einer Deutlichkeit, die keine Widerworte zulässt.

»Mir wäre es lieber, du hast Spaß beim Grillen …«.

»Klaus.« Ben zieht eine Augenbraue hoch.

»Ja, ist ja gut. Aber lass Sophie nicht so lange warten.«

»Die Gang ist da, sie befindet sich in guten Händen.«

Draußen begrüßt mich die übliche Mischung aus Sonnenschein und Wellenrauschen, die sich seit meinem Urlaubsbeginn zum Signature-Song von Fierstett entwickelt hat. Der Wind zerrt mich und Ben über die Terrasse, zu einem Zaun und folgt uns eine schmale hölzerne Treppe hinab, die zu einem kleinen Strandstück führt, das wie eine private Bucht von den Dünen begrenzt wird.

»Das hier gehört zum ›Circle‹ und ist Privatgelände«, klärt mich Ben auf, während ich aufmerksam die Umgebung in mich aufnehme. An einem Holzsteg, der den Fuß der Düne säumt, stehen ein Grill und ein kleiner Tisch. Davor befinden sich Sitzgelegenheiten: mehrere Liegestühle. In zwei davon haben es sich Alex und Mark gemütlich gemacht. Auf Marks Schoß sitzt sein Sohn, der hoch konzentriert ein Buch durchblättert.

»Sophie, du bist gekommen!« Alex richtet sich auf und hüpft neben mir auf die Füße. Sie drückt mich kurz an sich und nimmt dann die Getränketasche von Ben entgegen. Sie stellt sie neben den Liegestühlen in den Sand und beginnt, die Auswahl zu inspizieren.

Mark streckt mir eine Hand entgegen, die ich kurz drücke. Danach deutet er auf den Jungen, der sich bei unserer Ankunft tiefer hinter seinem Buch versteckt. »Das ist Paul.«

Er knufft den Kleinen in die Seite. »Schau mal, Ben hat jemanden mitgebracht. Sie heißt Sophie.«

Ein Blick aus großen Kulleraugen richtet sich auf mich. Der Kleine bewegt den Mund, als würde er meinen Namen testen, ohne ihn auszusprechen. Eilig dreht er sich um.

»Mehr lesen, bitte«, nuschelt Paul und rammt Mark das Buch in den Magen.

»Uff.« Mark verzieht das Gesicht. »Wenn du mich mit dem Buch schlägst, tut das weh, Paul. Gib es mir das nächste Mal vorsichtig, okay?«

»Hmmmm. Ja.« Er nickt und krabbelt an Marks Brust, um es sich dort gemütlich zu machen. »Mehr lesen.«

Mark schlägt das Buch auf und beginnt vorzulesen. Wortlos stellt Alex eine Wasserflasche und eine Fanta neben ihm ab, bevor sie Ben eine Zitronenlimonade reicht.

»Und für dich ist ...«. Sie entdeckt die Rhabarber-Limo und gibt sie an mich weiter.

»Lisa und Dan sollten jeden Moment mit den Einkäufen auftauchen.« Alex schraubt den Deckel ihrer Wasserflasche ab und spielt damit. »Ich will dich nicht direkt wieder überfallen.« Bei diesen Worten wirft sie Mark einen schnellen Blick zu und streckt ihm die Zunge raus. Er lässt sich davon nicht vom Vorlesen ablenken, dennoch erkenne ich ein Grinsen, das sich auf seinem Gesicht ausbreitet.

»Das tust du nicht. Mir wäre es auch lieb, wir besprechen das Design jetzt gleich.«

Ich öffne die Datei aus dem Chat, die Alex mir am Morgen zugeschickt hat. An der Komposition könnte sie noch etwas feilen sowie an ihrem Schrift-Mix. Es bietet sich an, zwei bis drei Schriften zu verwenden. Doch wenn die Auswahl zu chaotisch wirkt, ruiniert das schnell die gesamte Grafik.

Sie saugt mein Feedback aufmerksam auf und zückt ihr eigenes Handy, um ein paar Notizen aufzuschreiben. Wir wechseln an mein iPad, das ich unter Bens überraschtem Blick aus meinem Rucksack ziehe, und ich zeichne ihr ein paar Hilfslinien ein.

»Na endlich!«, sagt Ben, der sich in der Zwischenzeit in einen der Stühle gesetzt hat und zum Tor schaut.

Lisa sitzt in der Hocke neben Dan, der sich zu etwas hinunterbeugt. Ein schwarzer Schatten huscht um ihre Beine, stößt ein kleines Bellen aus und jagt dann direkt auf Ben und mich zu.

Mein Herz macht beim Anblick des Welpen sofort einen freudigen Satz. »Hallo, du!« Ich bringe mein iPad im Rucksack in Sicherheit und setzte mich in den Sand. Der Welpe stellt seine tapsigen Pfoten auf meinen Oberschenkel. Seine Nase gräbt sich in meine Hand, zuckt zu meinem Pullover, erkundet meine Armbeuge und schließlich wieder meine Beine. Jeder erreichbare Zentimeter wird neugierig unter die Lupe genommen.

»Sorry wegen der Verspätung.« Dan kommt auf uns zu und bleibt neben Ben stehen. Heute trägt er ein T-Shirt mit einem anderen Bandaufdruck als gestern und ausgefranste schwarze Shorts. In den Gürtelschlaufen hat er die Hundeleine eingehängt.

Alex setzt sich neben mich und der Welpe stürmt auf sie zu, hüpft über ihre Beine und kehrt zu mir zurück. Dasselbe Prozedere wiederholt sich, als Lisa neben uns im Sand Platz nimmt.

Paul kichert und lehnt sich auf Marks Schoß nach vorn.

Der schwarze Welpe drückt seine feuchte Schnauze in meine Hand und wedelt so eifrig mit dem Schwanz, dass mir beim Zuschauen beinahe schwindelig wird. »Der ist so süß, wie heißt er denn?«

»Alfi«, antwortet Dan.

Ben grinst breit und schüttelt den Kopf. »Damit kommst du nicht davon, Dan. Das weißt du. Sag ihr den vollen Namen!«

Auf Dans Wangen bildet sich ein rosa Schimmer. »Ihr seid solche Nervensägen!«

»Die Wahrheit!«, verlangt Lisa gespielt streng. Auf ihren Lippen kräuselt sich ein unterdrücktes Lächeln.

Mit hängenden Schultern gibt sich Dan geschlagen. »Gandalf der Graue.«

»Sein erstes Haustier hieß ›Frodo‹«, wirft Alex ein. »Es war ein Goldfisch.«

»Und sein Wellensittich hieß ›Samweis‹.« Ben grinst.

»Haha, schon verstanden.« Nacheinander funkelt Dan seine Freunde an. »Macht euch nur über meine Lieblingsfilme lustig.«

»Wir würden uns niemals über ›Der Herr der Ringe‹ lustig machen. Nur über dich.«

Ich lausche den liebevollen Sticheleien. Mir entgeht dabei nicht, wie Lisa Dans Tasche auspackt und Alfis Wasserschale unter dem Tisch platziert und auffüllt. Oder Ben, der Dans Einkaufstüte entgegennimmt und alles außerhalb von Alfis Reichweite für den Grill vorbereitet.

Kurz darauf brutzeln Würstchen auf dem Rost und Alfis Aufmerksamkeit ist nicht mehr davon wegzubekommen. Er sitzt unruhig neben Lisa, die den Job der Grillmeisterin übernommen hat.

Ein sich ständig wiederholendes ›Nein!‹ ertönt, sobald sich Alfi aufrichtet und der Kochstelle nähern möchte. Sein Kopf zuckt zu Lisa, als hege er die Hoffnung, dass er sich verhört haben könnte. Er tapst einen Schritt näher und wird direkt wieder von Lisa zurechtgewiesen.

»Du bist eine kleine süße Nervensäge, weißt du das?«, brummt sie und sieht dann über die Schulter. »Essen ist fertig.«

Ben steht auf und streckt mir die Hand entgegen. »Willst du die Auswahl inspizieren oder soll ich dir etwas mitbringen?«

Ich lasse mich von ihm auf die Beine ziehen. »Und mich deinem Urteil beugen? Klingt nach einem großen Risiko.«

Er keucht gespielt auf. »Ich dachte, ich hätte mich heute bereits bewährt.«

»Du hast einen guten ersten Eindruck gemacht«, korrigiere ich ihn.

»Ich dachte, den hätte ich bereits hinterlassen, als ich deiner Wäsche hinterhergerannt bin.«

Beim Gedanken daran verziehe ich das Gesicht. »Okay, zweiter Eindruck.«

Am Grill angekommen entscheide ich mich für ein vegetarisches Würstchen.

»Früher war die Auswahl größer. Es gab hier Salate oder Burger«, wirft Dan ein, der sich an den Tisch stellt und Brötchen aufschneidet. Dankend nehme ich eins entgegen und halte es Lisa hin, damit sie das Sojawürstchen hineinlegen kann. »Aber mit Alfi ist es nicht mehr so einfach, Teller auf dem Schoß zu balancieren.«

»Nicht, dass wir es nicht versucht hätten.« Alex bedenkt den schwarzen Wirbelwind mit einem strengen Blick. »Aber er hat meinen Nudelsalat im Sand verteilt und versucht, die Würstchen herauszupicken.«

»Und mir dabei noch den Teller aus der Hand geschlagen.« Dan sieht mich entschuldigend an.

»Quatsch! Das Angebot hier macht mich vollständig glücklich.« Zur Untermalung meiner Worte beiße in genüsslich in mein Brötchen.

Nach dem Essen verabschiedet sich Ben zu seiner Schicht im ›Circle‹. »In einer Stunde bin ich zurück. Ist das …«.

»… in Ordnung?« Ich stoße ihn mit der Schulter sachte an. »Natürlich. Das hier …«, mit einer Geste schließe ich den Strand, die Gang und Alfi mit ein. Ein Kloß setzt sich in meinem Hals fest. Zu sagen, dass es die perfekte Urlaubsbeschäftigung ist, wäre die Untertreibung des Jahrhunderts. Also lasse ich meinen begonnenen Satz unvollendet. Ich weiß nicht, wann ich das letzte Mal so viel Spaß hatte und nicht an die Arbeit gedacht habe. »Danke, dass du mich und meinen Koffer aufgelesen hast.«

Ben beugt sich näher zu mir, sein Atem streift meine Wange. »Ich würde es jederzeit wieder tun.«

Eine angenehme Wärme breitet sich in meinem Bauch aus. Mich überkommt der Drang, Ben anzufassen. Ihn zu umarmen oder ihm durch dieses perfekt zerzauste Haar zu streichen. Bevor ich etwas Peinliches mache, schnappe ich mir Alfis Spielzeugknochen aus geflochtenem Seil und wedle damit. Der Welpe hält mitten in der Bewegung inne, fixiert dann den Knochen und stürmt schließlich auf mich zu.

»Bis später.« Ich stupse Ben erneut an.

Er streicht mir über den Rücken. An meiner Taille bleibt seine Hand kurz liegen. »Bis später, Sophie.«

Plötzlich scheint sich die Umgebungstemperatur auf hundert Grad aufgeheizt zu haben. Ich wende mich schnell ab und werfe den Knochen in den Sand. Alfi rennt dem Seil hinterher und hüpft aufgeregt, ehe er das Spielzeug packt und es mit seinen Zähnchen malträtiert. Ich kraule ihn hinter den Ohren und schnappe mir den Knochen, solange er von der Streicheleinheit abgelenkt ist. Dan kommt näher und ich werfe ihm den Spielzeugknochen zu. Alfie saust hinterdrein.

»Hast du zuhause auch einen Hund?« Dan wirft das Spielzeug wieder in meine Richtung und Gandalf hüpft schwanzwedelnd zwischen uns hin und her. Ich lasse den kleinen Racker ein Ende erwischen und ziehe spielerisch daran. Nach einigen Augenblicken des Kräftemessens lässt er los und geht mit den Vorderbeinen nach unten, streckt sein Hinterteil aufwärts. Mittlerweile wackelt nicht mehr nur das Schwänzchen, sondern seine ganze hintere Hälfte.

Ich kichere und werfe den Knoten Richtung Meer. Alfi jault zufrieden auf und hechtet dorthin. »Nein, ich ... Leider nicht.«

»Du bist ein Naturtalent im Umgang mit Hunden. Vielleicht solltest du dir einen zulegen.«

»Ich habe wenig Zeit. Das wäre dem Tier gegenüber nicht fair. Außerdem bedeutet so eine Anschaffung viel Verantwortung, wahrscheinlich läuft alles ganz anders, als ich es mir vorstelle und wenn ich enttäuscht bin, spürt es das Tier und ...«. Ich verschlucke mich an meinem Geplapper und richte meine Aufmerksamkeit auf den Wirbelwind. Trotz der ablehnenden Worte brennt in mir der Wunsch nach einem Haustier. Aber meine Bedenken sind gut begründet. Schließlich ist das keine Entscheidung, die man voreilig treffen sollte, wenn man einen Hund halten will.

»Alles berechtigte Gründe«, stimmt Dan mir und meiner inneren Stimme zu. Er pfeift Alfi herbei und klopft sich auf den Schoß. Wie ein schwarzer Blitz stürmt der Vierbeiner auf seinen Besitzer zu, springt schon einen Meter vor Dan ab und landet etwas ungelenk in seinen Armen.

»Dan war am Anfang auch unsicher, ob er sich die Verantwortung aufladen kann«, wirft Lisa ein. »Aber wir sind alle da, um ihm zu helfen – und Alfi ganz selbstlos aufzunehmen, wenn sein Herrchen mal Hilfe braucht.«

Ich bin gerührt von dem Zusammenhalt der Gang und vermisse sofort Pia. Ich habe ihr immer noch nicht auf ihre Nachricht geantwortet. Es kommt so selten vor, dass wir nicht einer Meinung sind, dass ich gar nicht weiß, wie ich damit umgehen soll. Schließlich streiten wir hier nicht um eine Sache, sondern über meine Gefühle. Stürze ich mich wirklich Hals über Kopf in etwas, das ich ruhiger angehen lassen sollte?

Ich weiß es nicht.

Es fühlt sich gut an, wie kann es da falsch sein?

Mark verabschiedet sich mit Paul und Alex hilft ihm, den Kleinen und seine Sachen nach oben zu tragen. Dieses Mal begehe ich nicht den Fehler, eine Bemerkung über die beiden fallenzulassen. Auch wenn ich nicht verstehe, wie sie so perfekt harmonieren können und doch diese Dunkelheit über ihnen schwebt.

Die Zeit bis zum Ende von Bens Schicht vergeht wie im Flug. Ich unterhalte mich, spiele mit Alfi und nasche eine kalte Wurst.

Nachdem Ben zurück ist, entzündet er ein Lagerfeuer und wir schieben die Stühle zusammen. Die Wärme streicht über meine Haut und das Knacken der Holzscheite passt sich ins Rauschen der Wellen ein. Ich lehne mich zurück, höre der Gang und ihren Geschichten zu, tauche ein in Erinnerungen an eine Irlandreise, als sich Lisa verirrt hatte und von einem Einheimischen gerettet wurde, der sich daraufhin selbst verlief. Dan lässt einen Kommentar fallen und Ben führt daraufhin aus, dass er bei einer Schulfahrt in London in die falsche Subway gestiegen war und seitdem mindestens einmal im Jahr daran erinnert wird. Sie lachen, erwähnen Momente, die mir fremd sind und in die sie mich mit ihren Erzählungen entführen. Ich empfinde das als unglaublich entspannend.

»Was machst du morgen, Sophie?« Bens Finger streichen fein über mein Handgelenk, als er sich zu mir lehnt.

»Da muss ich dich enttäuschen, Kumpel.« Lisa hebt entschuldigend die Hände. »Aber du hast gegen einen anderen Kerl verloren.«

Sprachlos sieht Ben von Lisa zu mir. Wie aufs Stichwort springt Alfi auf meinen Schoß. Ich kraule sein kleines Köpfchen und genieße alles an diesem Moment.

»Wir übernehmen morgen Alfi«, erkläre ich an Ben gewandt. Lisa hatte mich gefragt, ob ich sie begleiten möchte, während er im ›Circle‹ arbeitete. Auf diese Frage gab es nur eine Antwort.

»Du diebischer Mistkerl.« Ben wuschelt durch Alfis Fell, der sich den Streicheleinheiten vollkommen hingibt und die Beinchen von sich streckt.

So sehr ich mich auf die Zeit mit Lisa und dem Welpen freue, ein kleiner Stich der Enttäuschung stupst mich an, ermutigt mich. Ich kenne Ben noch keine 48 Stunden, dennoch würde ich ihn morgen am liebsten wiedersehen. Dass er wohl genauso empfindet, bestärkt meinen Entschluss. Ich sehe Ben direkt ins Gesicht, folge mit den Augen dem Schwung seiner Nase bis zu seinen Lippen. »Aber übermorgen habe ich noch nichts vor.«

7. Kapitel

Das Klingeln meines Weckers holt mich aus meiner Traumwelt. Auf dem Display kündigt sich eine neue Nachricht an und ich entsperre mein Smartphone.

Pia.

Sofort sackt mir das Herz in die Hose. Ich habe auf ihre andere Nachricht nicht geantwortet, sie hängt wie dunkles Unheil über mir. Die neue umfasst sechs Minuten. Keine Ahnung, was mich erwartet.

Mit dem Finger nur wenige Zentimeter über dem Abspielsymbol halte ich inne. Vielleicht hat sie ihre Bedenken zur Seite geschoben und äußert sich jetzt zuversichtlich. Gerade könnte ich die zuversichtliche Version von Pia gebrauchen. Jene, die mir Mut zuspricht, die so viel sicherer als ich durchs Leben geht. Vielleicht berichtet sie von ihrer Zeit in Seoul und ich gäbe alles dafür, sie inmitten dieser lauten und lichtdurchfluteten Stadt zu sehen. Genau dort habe ich sie mir immer vorgestellt. Welche Ecken der Millionenmetropole sie wohl mittlerweile erkundet hat? Ob sie bereits beim Karaoke gewesen ist, Ramyeon essen im Convenience Store oder Spaziergänge am Hangang unternommen hat?

All die Euphorie kann den Knoten in meinem Bauch nicht lösen.

›Kaum bist du ohne mich weg, wirst du zu einem anderen Menschen ...‹.

Ich liebe Pia; sie ist wie eine Schwester für mich. Aber hat sie vielleicht recht? Der Abstand zur Arbeit tut gut, ebenso, an einem Ort zu sein, wo es egal ist, wer ich bin – vielleicht kann ich endlich zugeben, dass ich die letzten Jahre oft unterdrückt habe, was ich wirklich wollte.

Ohne die Nachricht abzuhören, schnappe ich mir mein iPad und öffne die eine Liste, die ich seit Tagen meide.

Bei der Gestaltung des Rahmens habe ich mich für Comic-Panels entschieden, die ineinander übergeben und zu einem dynamischen Ring verschmelzen. Verschiedene Charaktere schauen mir entgegen. Von manchen schlummern fertige Graphic Novels auf meinem iPad; andere davon verkörpern Geschichten, die ich unbedingt noch zeichnen möchte.

In der Mitte befinden sich wenige Punkte, die schwerer nicht wiegen könnten:

Einen Comic online veröffentlichen.
Bewerbungen an Verlage schicken.
Arbeitszeit reduzieren.

Meine Hand zittert und ich setzte den Stift an.

Mit meinen Eltern und Pia über meine Wünsche reden.
Einen Zeitplan ausarbeiten.

Kaum erscheinen die Worte schwarz auf weiß in meiner Liste, schnellt mein Puls in die Höhe. Gleichzeitig fällt eine Last von meinen Schultern, die so viele Jahre ignoriert blieb. Meine Eltern haben alles für ihre Agentur gegeben, sie unter Schweiß und Tränen aufgebaut und zu dem gemacht, was sie heute ist. Ich wünschte, ich würde in diesem Job genauso aufgehen wie Pia. Aber so ist das nicht. Ich weiß nicht, ob es jemals so war.

Draußen bellt ein Hund und ich tauche aus meinen Gedanken auf. Schmunzelnd füge ich einen weiteren Punkt hinzu.

Eine Summer-Romance zeichnen.

Ich wechsle in meine Zeichen-App und öffne eine neue Leinwand. Mit wenigen Pinselstrichen nimmt ein schwarzer Welpe Gestalt an: Ich zeichne Alfi mit aufgerichteten Öhrchen vor seinem Spielzeug stehend. Darunter schreibe ich die Worte:

›Du kannst nicht vorbei!‹

Von der fertigen Zeichnung exportiere ich eine JPG-Datei und frage bei Alex an, ob sie mich doch noch in den Gruppenchat aufnimmt. Es vergeht eine Stunde, in der ich dusche, frühstücke und ständig auf mein Handy starre. Hätte ich das Angebot doch sofort angenommen, anstatt mich hinter Sorgen und Ängsten zu verstecken!

Zur Beruhigung öffne ich Youtube und starte ein Video, in dem eine Frau ein altes Gebäude renoviert. Ich folge ihrem Kanal seit Wochen und freue mich über den Fortschritt, den das Haus mit jedem neuen Video macht.

Kurz checke ich meine To-do-Liste für den Urlaub und eine ungewohnte Zufriedenheit überkommt mich. An der geheimen Liste habe ich gearbeitet, daher kann ich diesen Punkt immerhin als ›begonnen‹ markieren. Außerdem werden Lisa und ich später noch spazieren gehen. Wo, das weiß ich nicht. Ich vermute, dass wir den Hundestrand besuchen werden, aber vielleicht gehen wir auch in eine der benachbarten Ortschaften.

Ohne Ziel an einen fremden Ort fahren und sich treiben lassen.

Vielleicht schaffe ich es heute sogar, eine von Bens Herausforderungen abzuhaken.

Eine Nachricht ploppt über dem Youtube Video auf und ich sehe, dass Alex mich dem Gruppenchat hinzugefügt hat. Sofort nehme ich mein Handy und schicke die Illustration von Alfi an die Gang. Mit einem Grinsen wechsle ich zurück zum Video.

***

Fünfzehn Minuten später wurde meine Illustration mit mehreren Herzchen versehen. Die Gang überschlägt sich mit Lob und lachenden Emojis. Mark ist der Ansicht, dass Dan ein T-Shirt bedrucken lassen sollte.

Ich: Die Erlaubnis der Künstlerin ist hiermit erteilt.

Die restliche Zeit bis zu Lisas Ankunft vergeht wie im Flug. Ich stehe bereits auf dem Parkplatz, als sie mit einem kleinen schwarzen Auto vorfährt.

Sie lässt das Fenster herunter und begrüßt mich mit einem Lächeln. »Ich freue mich, dass du mitkommst.«

»Ich freue mich, dass du mich gefragt hast«, entgegne ich, steige ein und erhasche auf der Rückbank einen Blick auf Alfis Transportbox. Vage kann ich Bewegungen darin wahrnehmen. Wo vorne und hinten ist, bleibt mir in dem schwarzen Knäuel verborgen.

»Ich dachte mir, wir könnten nach ...«.

»Halt!« Ich unterbreche sie und kratze verlegen meinen Nacken. »Kannst du auslassen, wohin es geht? Das ist so eine Art persönliche Herausforderung.« Mit einigen knappen Worten erzähle ich ihr von der Liste und Bens Ergänzungen. Jene mit dem Kuss lasse ich aus.

Statt meine Eigenheit oder Bens Beteiligung zu kommentieren, grinst Lisa nur. »Auf geht's, in fremde Gewässer.«

Eine kurze Autofahrt später machen wir einen ersten Spaziergang am Hundestrand. Ich ziehe meine Schuhe und Socken aus und wate mit Alfi durchs Wasser. Jede der heranrollenden kleinen Wellen wird von ihm erst kritisch beäugt und dann voller Mut bezwungen, indem er hüpfend die Vorderpfoten ins Wasser und den Sand rammt.

Wie Lisa mir erklärt, dürfen Welpen am Anfang noch nicht so lange laufen, sollten dafür jedoch alle zwei bis drei Stunden nach draußen. Jedes Mal, wenn Alfi zum Gebüsch am hinteren Rand des Strandes läuft und sein Geschäftchen verrichtet, lobt Lisa ihn und steckt ihm ein Leckerli zu.

Nach unserem kurzen Ausflug ans Meer geht es wieder zurück zu Lisas Auto. Wir fahren tatsächlich in ein benachbartes Örtchen, wo es einen kleinen Laden für Tierbedarf gibt, in dem Alfi alles aufgeregt beschnuppert. Hinten raus besitzt der Laden ein Café mit einer überdachten Terrasse. Angrenzend befindet sich ein kleiner Hundespielplatz, der umzäunt ist und in den Alfi fröhlich hechelnd verschwindet.

Wir trinken Kaffee, unterhalten uns über Fierstett, das ›Circle‹ und mein Leben in München.

»Ich wünschte, meine Eltern hätten einen Familienbetrieb, dann wüsste ich vielleicht, was ich machen will«, stöhnt Lisa.

»Du bist nicht glücklich in deinem Job?« Meine Frage ist vorsichtig formuliert. Bereits am ersten Abend in der Bar hat Lisa angedeutet, dass ihre Arbeit sie auf die Palme bringt.

»Das ist die Untertreibung des Jahrhunderts.« Sie seufzt, belohnt Alfi, der zu uns geflitzt kommt und brav ein paar Kommandos befolgt. Lisa gibt ihm eine Tonne Leckerlis und krault ihn hinter dem Ohr. Der Welpe rollt sich zusammen und döst während der Streicheleinheiten ein. »Ich weiß einfach nicht, was für einen Job ich machen möchte. Es fühlt sich alles so unbedeutend an. Vielleicht bin ich nicht zum Arbeiten geschaffen.«

Mit dem Fingernagel reibe ich über einen getrockneten Kaffeetropfen am Rand meiner Tasse. Mein Puls übertrifft gerade den eines Extremsportlers unter Belastung. Ich weiß nicht, was mich dazu bringt, mit Lisa ehrlich zu sein. Ob es der Abstand zu meinem Alltag ist oder das Wissen, dass sie ihren Job wohl am liebsten hinschmeißen würde.

»Ein Familienbetrieb bedeutet viel Verantwortung, vor allem wenn ...«. Ich schlucke, kämpfe den Kloß der Angst hinunter und wappne mich für den wahrscheinlich mutigsten Schritt seit Jahren: ehrlich sein. »... wenn ich am liebsten aussteigen würde.«

Überrascht sieht mich Lisa an. Ihr Gesicht bleibt völlig neutral – sie beurteilt meine Aussage nicht. »Warum das?«

»Ich bin gut im Grafikdesign und ich liebe meine Familie und Pia. Aber mein Herz schlägt für das Zeichnen.« Mein schneller Puls macht mich atemlos und ich hole tief Luft. »Ich würde am liebsten als Illustratorin für Bücher und Graphic Novels arbeiten.«

»Dein Bild von Alfi heute Morgen fand ich so cool!« Lisa stützt die Ellbogen auf den Tisch. »Hast du dich bereits beworben? Gibt es Zeichnungen, die ich sehen könnte?«

Ihre Euphorie steckt mich irgendwie an, dennoch halten mich meine üblichen Sorgen zurück. »Beworben habe ich mich noch nicht. Die Branche ist hart, in den seltensten Fällen wird man fest angestellt in einen Stab von Grafikern aufgenommen und meine Comics müssten erst einen Verlag überzeugen. Das Meiste läuft wohl über eine freiberufliche Tätigkeit. Damit sich das rechnet, müsste ich erst an meiner Sichtbarkeit arbeiten.«

Ich öffne den Übersichtsmodus in einem Stapel meiner Zeichenapp und reiche Lisa mein iPad. Sie wischt durch die Illustrationen und kommentiert jede Einzelne begeistert. »Das musst du unbedingt verfolgen.«

»Ich bin noch unschlüssig.«

»Wie du es deinen Eltern beibringst?«

Ich nicke, senke den Blick.

»Oh Mist. Wir müssen los, Alfi ist aufgewacht und schnüffelt. Er muss schon wieder.«

Ich bezahle schnell, während Lisa Alfi schnappt und schon mal vor die Tür geht.

Er sitzt gerade in einem kleinen Grasstück, als ich nachkomme und wird von Lisa mit einem Leckerli belohnt.

»Wir können hier lang.« Sie deutet in eine Richtung und wir laufen los. Ich denke nicht nach, lasse mich treiben.

»Das ist bestimmt nicht einfach«, sagt Lisa und greift unser Gespräch vom Café wieder auf. »Aber du hast etwas, das du liebst. Das ist so viel wert. Wüsste ich, was ich mit meinem Leben anfangen will, würde ich sofort jede Chance ergreifen.«

»Ich möchte meine Familie nicht enttäuschen.« Ich reibe mir das Gesicht und spüre die Anspannung von mir abbröckeln, als ich die Worte ausspreche.

»Ich glaube nicht, dass sie enttäuscht wäre.« Wir biegen ab und erreichen einen kleinen Park. »Und wenn doch, ist es okay, deswegen verletzt oder wütend zu sein. Ich finde, wir dürfen von unseren Liebsten erwarten, dass sie uns und unsere Träume unterstützen.«

Die Sonne kommt hervor und hellt nicht nur die Umgebung auf, sondern auch mein Innerstes: Neben der Angst glimmt ein Funken Hoffnung auf. Es ist, als hätte etwas in mir genau diese Worte gebraucht.

»Da vorne ist ein gutes Restaurant. Hast du Hunger?«

***

Wir schlagen uns den Bauch mit Pizza voll und schlendern anschließend in einem Bogen zurück zum Tierbedarfsladen. In der Nähe befindet sich ein Hundeplatz, auf dem Alfis ›Welpenstunde‹ stattfindet. Lisa folgt dort den Anweisungen der Trainerin und versucht, Alfis Impulskontrolle zu stärken, indem sie ihn jedes Mal belohnt, wenn er auf ihr Kommando hört, statt einem Ball nachzujagen.

Ein paarmal darf ich die Leckerlis füttern und Alfis harte Bemühungen so würdigen.

»Das macht mich immer fix und fertig«, meint Lisa, nachdem die Stunde beendet wurde, und wir setzen uns noch einmal in das Café beim Tierladen. Die Barista begrüßt uns mit einem wissenden Lächeln: Welpen bringen wohl jeden aus der Puste.

Bevor ich mich hinsetze, ziehe ich mein Handy aus der hinteren Hosentasche und lege es auf die Tischplatte. Wie auf Kommando leuchtet es auf und kündigt eine Nachricht von Ben an. Da Lisa gerade für Dan einen Abriss vom Tag und der Welpenstunde per Sprachnachricht aufnimmt, entsperre ich mein Smartphone und wechsle in den Chat.

Ben: Ich bin zutiefst enttäuscht, dass du mich so schnell gegen einen Jüngeren austauschst.

Ich lache auf. Nachdem Lisa ihre Nachricht an Dan abgeschickt hat, lese ich ihr Bens Worte vor. Sie prustet los und verdreht die Augen.

Ich: Du kannst nicht mit seiner feuchten Schnauze mithalten.

Das sage ich laut, während ich die Antwort tippe.
Ben geht auf mein Spiel direkt ein.

Ben: Oder seinem Sabber?

Ich: Jap, keine Chance.

»Oh, er hat schon wieder geantwortet …«. Ich drücke
nach dem Lesen das Smartphone an meine Brust und
Hitze schießt in meine Wangen.

»Was schreibt er?« Neugierig beäugt Lisa mein Gesicht. Mist, ich muss so rot sein wie die Schleife, die ich
Comic-Alfi verpasst habe. »Das, ähm …«.

»Ooooh.« Abwehrend hebt Lisa die Hände. »Verstehe
schon. Verschone mich mit Details über euer Sexting.«

Meine Wangen brennen noch stärker und ich schiele
erneut auf das Display, um mich zu vergewissern, dass
ich mich nicht verlesen habe. Mhm. Eindeutig. Ben geht
aufs Ganze.

*Ben: Mit feuchten Küssen kann ich nicht dienen. Dafür
weiß ich so einiges mit meiner Zunge anzustellen.*

»Aber wie …? Was antworte ich denn auf so etwas An-
zügliches?« Die Hilflosigkeit in meiner Stimme ist nicht
gespielt.

Lisa bleibt gelassen, ist überhaupt nicht überrascht,
dass die Konversation eine solche Wendung genom-

men hat. Bin ich prüde? Läuft das heutzutage so? Na super, meine Dating-Unerfahrenheit glänzt in ihrer ganzen Pracht!

»Was willst du denn antworten?«

»Ich ... Keine Ahnung.«

Alfi setzt einen Haufen mitten in den Spielbereich und Lisa sprintet los, um ihn mit einer Tüte einzusammeln. Die Barista bleibt gelassen und wehrt Lisas überschwängliche Entschuldigungen ab.

Ich bin dankbar für den kurzen Moment, um meine Gedanken zu ordnen. Was ich antworten will? Ich lausche in mich hinein, nehme hinter der Aufregung und Unsicherheit ein aufgeregtes Kribbeln in meinem Bauch wahr.

Lisa kommt zurück und ich raffe meinen Mut zusammen. »Ich will mit ihm flirten. Aber ich weiß nicht so richtig wie.«

»Oh, da gibt es viele Möglichkeiten.« Sie grinst diabolisch. »Du könntest sagen, dass sein Schwanz aber bestimmt nicht so haarig ist wie Alfis.«

»Iiiiih.« Ich schlage eine Hand vor den Mund.

Lisa lacht auf und zuckt mit den Achseln. »Spaß beiseite. Da gibt es keine Regeln. Antworte, was du antworten möchtest. Rede über das, was dir gefällt. Ärgere ihn, wenn du mit seiner Direktheit spielen willst. Oder geh mit anzüglichen Details darauf ein, wenn dir das gefällt.« Sie schaut auf die Uhr an ihrem Handgelenk. »Wir müssen langsam zurück. Dann hast du noch einen kurzen Moment mit ihm allein, bevor er zu seiner Schicht muss.«

Die Aussicht, auf seinen Spruch zu antworten, lässt die Schmetterlinge in meinem Bauch Saltos schlagen.

Lisa übernimmt die Runde, bezahlt und legt mir dann eine Hand auf die Schulter. »Du musst nichts machen, womit du dich unwohl fühlst. Hast aber alle Möglichkeiten. Schau einfach, wohin es sich entwickelt.«

Während sie Alfi anleint, entsperre ich mein Handy und tippe eine Antwort. In der Anzeige unter dem Chat sehe ich, dass Ben online ist. Ich nehme all meinen Mut zusammen.

Ich: Da muss ich dich leider enttäuschen.

Um Spannung aufzubauen, schicke ich die Nachricht bereits ab und tippe weiter. Vielleicht schaut er gar nicht in meinen Chat. Vielleicht wartet er gar nicht angespannt auf meine Antwort. Die Vorstellung gibt mir den notwendigen Push.

Ich: Ich glaube generell nichts ohne Beweise.

***

Während der Heimfahrt steht mein ganzer Körper unter Strom. Bens hereinploppende Nachrichten warten ungelesen in meiner Tasche. Er weiß, dass ich mit Lisa unterwegs bin, und wird es nicht falsch aufnehmen. Das hoffe ich zumindest. Ich fühle mich jedenfalls nicht in der Lage, in ihrer Gesellschaft seine Antworten zu lesen.

An der Ferienwohnung angekommen, verabschiede ich mich von Lisa und bedanke mich für den schönen

Tag. Sie lädt mich ein, morgen im ›Circle‹ zum Gang-Essen vorbeizukommen, das alle paar Tage in mehr oder weniger voller Besetzung stattfindet.

Da ich Ben versprochen hatte, dass wir uns morgen sehen, nehme ich die Einladung nur unter Vorbehalt an.

Kaum schließe ich die Eingangstür der Ferienwohnung hinter mir, öffne ich die neuen Nachrichten.

Ben: Ich wäre jederzeit bereit, dir Beweise zu liefern.

Mein Unterleib zieht sich bei den Worten angenehm zusammen. Ich atme tief ein und fordere ihn heraus.

Ich: Wo würdest du deine Zunge denn einsetzen?

Ben: Sophie!

Ben: Ich muss gleich arbeiten.

Ich schicke ein teuflisches Emoji und provoziere ihn weiter.

Ich: Also doch, nur leere Worte und keine Beweise.

Ben: Ich würde an dieser Stelle unter deinem Ohr anfangen, dort wo dein kleiner Leberfleck ist.

Meine Finger zittern, als ich sie an genau diese Stelle drücke. Dass ihm der Leberfleck aufgefallen ist, beschleunigt meinen Herzschlag. Bei dem Gedanken, er würde mit der Zunge darüber streichen, wird mir vor Aufregung abwechselnd heiß und kalt.

Ben: Ich wüsste gern, wie weich dein Hals ist oder die Kuhle über deinem Schlüsselbein.

Meine Fingerkuppen folgen wie von selbst der beschriebenen Route, hinterlassen eine prickelnde Spur.

Ben: Fuck, Sophie. Ich muss wirklich los.

Ein kleiner Stich der Enttäuschung durchfährt mich, doch er wird sofort abgelöst von freudiger Erwartung. Zitternd tippe ich eine Antwort. Mir ist egal, wie anzüglich sie ist.

Ich: Soll ich jetzt etwa allein weitermachen?

Das Blut rauscht mir in den Ohren. Mein ganzer Körper steht in Flammen.

Ben: Das hier ist noch nicht vorbei.

Ein Versprechen, auf das ich gerne zurückkommen werde. Lächelnd nehme ich meinen Mut zusammen.

Ich: Wir können morgen weitermachen. Wenn wir uns sehen.

Ben: Du bringst mich noch um.

Ben: Heute Nacht werde ich kein Auge zumachen.

Mein ganzer Körper ist weich wie Butter. Ich lasse das Handy sinken und räuspere mich. In meiner Kehle steckt ein riesiger Kloß.

»Ein einfacher Sommerflirt, hm?«, brumme ich und reibe mir das Gesicht. Ich weiß nicht, wann ich zuletzt etwas Derartiges erlebt habe.

Zur Ablenkung – und als Arbeit an meiner Urlaubs-To-do-Liste – schnappe ich mir einen der Liebesromane, die ich zum Lesen eingepackt hatte, und setzte mich auf die Terrasse. Die Sonne wärmt meine Beine und ich kuschle mich tiefer in den Stuhl.

Plötzlich schrecke ich hoch und schaue auf die Uhr: Ich habe über eine Stunde geschlafen. Der Ausflug mit Alfi hat offensichtlich an meiner Kraft gezehrt. Ich lasse mir ein Bad ein und liege zwei Stunden später im Bett. Jetzt wieder hellwach.

Je länger ich durch das Internet streife, desto öfter lande ich, wie zufällig, auf den Seiten von Agenturen und Verlagen. In seltenen Fällen werden Illustratoren ermuntert, sich mit einem Portfolio vorzustellen. In Gedanken gleiche ich die Vorgaben ab, überlege, welche Werke ich für die jeweiligen Portfolios zusammenstellen würde.

Die Branche ist hart umkämpft. Es gibt so viele talentierte Künstler, die entschlossen für ihre Träume arbeiten! Und ich? Ich scheitere beim bloßen Gedanken daran, tätig zu werden. Wovor habe ich Angst? Vor dem Scheitern? Vor der Enttäuschung?

Wenn ich nie etwas unternehme, werde ich meinen Trott nie verlassen. Dann wird die Enttäuschung vielleicht nicht so gewaltig ausfallen, aber leide ich nicht, während ich ohnmächtig zuschaue, wie das Leben an mir vorbeizieht?

Ich reibe mir eine Träne aus dem Augenwinkel und öffne meine liebste Comic App, in der Künstler ihre Graphic Novels kostenlos oder verknüpft mit unterschiedlichen Bezahlsystemen hochladen.

Bevor mich der Mut verlässt, erstelle ich ein Künstler-Profil und lade die ersten drei Kapitel einer meiner abgeschlossenen Geschichten hoch. Dabei handelt es sich um die Liebesgeschichte einer Frau, die im Haus ihrer Familie alte Briefe findet. Um die letzten Wünsche ihrer Vorfahren zu erfüllen, begibt sie sich auf eine Reise, bei der sie den Urenkel des besten Freundes ihrer Urgroßmutter kennenlernt.

An der Geschichte liebe ich am meisten die Kombination aus der erlebnisreichen Mission, der Reise ins Unbekannte und der Verbundenheit der Protagonisten. Sie kennen sich nicht, fühlen sich aber durch ihre Vorfahren wie Komplizen in einem Abenteuer.

Mit klopfendem Herzen starre ich auf das hochgeladene Kapitel und warte darauf, dass sich die Welt verändert. Plötzlich in die andere Richtung dreht oder dass irgendetwas passiert, was sich ansatzweise so gewaltig anfühlt, wie dieser Schritt für mich.

Stattdessen passiert nichts. Nach Dreißig Minuten habe ich einen ersten Like. Eine Stunde später ein paar mehr davon, sowie einen ersten Kommentar von einem Leser, der meinen Stil lobt und sich auf die nächsten Kapitel freut.

Grinsend zwinge ich mich, die App zu schließen, damit ich nicht mehr alle fünf Sekunden prüfe, ob sich etwas verändert hat, und öffne den Chat mit Pia. Ich bin ihrer Nachricht lang genug aus dem Weg gegangen. Es ist bereits kurz vor zwölf Uhr nachts, was bedeutet, dass meine beste Freundin am anderen Ende der Welt wahrscheinlich schon für ihren Arbeitstag aufgestanden ist.

Ihre Stimme füllt das Zimmer und ich schließe die Augen, stelle mir vor, sie wäre hier. Wäre mit mir in diesen Urlaub gefahren, anstatt auf die Geschäftsreise.

Würde sie dann dasselbe sagen?

Pia: »Hast du mich schon ausgetauscht?«

So passiv aggressiv habe ich sie das letzte Mal vor zwei Jahren erlebt, nachdem ich meine Bedenken über ihren damaligen Freund geäußert hatte. Ich weiß, dass sie so reagiert, wenn sie sich unsicher und verletzt fühlt. Was nichts daran ändert, dass ich sofort furchtbar wütend werde.

Sie seufzt, es raschelt.

Pia: »Ich bin echt sauer auf dich, Sophie. Du stürzt dich in diese Sache, redest nur noch von Ben und seinen Freunden. Und dann antwortest du mir einen ganzen Tag lang nicht? Was glaubst du, was für große Sorgen ich mir mache, dass dir etwas zugestoßen ist? Immerhin habe ich gesehen, dass du ab und zu online warst, sonst hätte ich die Polizei verständigt.«

Ihre Stimme wird noch schneidender.

Pia: »Das heißt, dass du mich mit Absicht ignoriert hast.«

Meine Wut verwandelt sich in Enttäuschung und diesen ätzenden Knoten, der mir meine Eingeweide in Stücke zerfetzt.

Zu allem Überfluss schweift Pia zur Arbeit ab und redet über den Auftrag der deutschen Firma, den meine Eltern akquirieren konnten.

Ich höre gar nicht richtig zu. Stattdessen starre ich nur auf die Leiste, die den Fortschritt der Aufnahme anzeigt, bis alles durchgelaufen ist und die Nachricht endet.

Einen Herzschlag später befindet sich das Telefon an meinem Ohr. Es klingelt mehrere Male und fast siegt die Panik über meine Wut.

»Sophie?« Pia zu hören, schneidet scharf in mein Herz.

»Wie kannst du es wagen?«, frage ich mit erstickter Stimme.

»Bitte?!« Die Ungläubigkeit am anderen Ende wandelt sich ebenfalls in Wut. Ein vernünftiger Teil von mir schreit mich an aufzulegen, bevor wir irgendetwas sagen, das wir später bereuen.

Doch ich kann nicht. Wenn ich meine Gedanken nicht rauslasse, explodiere ich innerlich.

»Fierstett war deine Idee.« Ich springe aus dem Bett und laufe daneben auf und ab. »Du hast mit mir diesen Urlaub geplant, damit wir nicht ständig an die Arbeit denken. Und jetzt wirfst du mir vor, dass ich etwas unternehme?«

»Dich an den ersten Kerl ranzuschmeißen, der deine Unterwäsche in der Hand hält, ist wohl keine normale Unternehmung!«

»Du kennst ihn doch gar nicht!«

»Außer, dass er es schafft, dass wir nach zwei Tagen das erste Mal miteinander sprechen und uns anschreien? Ein super Kerl ist das.«

»Ich schreie dich an, weil du dich über meine Gefühle lustig machst. Du denkst, ich verändere mich, nur weil ich versuche abzuschalten?«

»Und dich naiv auf irgendwelche Fremden einlässt.«

Ich schnaube abfällig. »Weil meine Menschenkenntnis so furchtbar ist? Glaubst du etwa, ich kann keine Serienmörder von einer Gruppe normaler Erwachsener unterscheiden?«

»Wenn sie so leicht zu unterscheiden wären, gäbe es keine Opfer.«

Ich reibe mir die Nasenwurzel. Mein ganzer Körper bebt und ich setze mich auf die Bettkante. »Ich wollte dich hier dabeihaben. Aber noch mehr wollte ich, dass du in die Stadt deiner Träume fliegst.«

Am anderen Ende der Leitung wird es still. Lediglich schnelle Atemzüge sind zu hören.

»Ich wollte dich an meinem Urlaub teilhaben lassen, weil du meine beste Freundin bist und ich dich liebe. Aber ich habe dich nicht um Erlaubnis gefragt, ob ich etwas mit Ben oder der Gang unternehmen darf, Pia. Du kannst es mir sagen, wenn du nicht überzeugt oder begeistert bist. Aber wage es nicht, mich oder meine Intelligenz infrage zu stellen, nur weil du anderer Meinung bist.«

»Ich habe nie ...«.

»Doch, das hast du.« Pia zu unterbrechen fällt mir schwer, aber ich halte es nicht mehr aus, ihre Stimme zu hören. »Du kannst dich wieder bei mir melden, sobald du aufhörst, mich zu beleidigen!«

Dann lege ich auf. Tränen laufen mir über die Wangen und ich wische sie weg. Die Wut ist verraucht und zurück bleibt der bittere Schmerz, der sich wie eine Schlange würgend um meine Kehle legt.

In dieser Nacht bekomme ich kein Auge zu.

8. Kapitel

Mein Telefon klingelt und erlöst mich aus dem Zustand zwischen Wachliegen und vergeblichen Schlafversuchen. Mein Kopf dröhnt, meine Zunge klebt am Gaumen und die Schultern sind verspannt. Ich drehe den Kopf und ein stechender Schmerz begleitet die Bewegung. Stöhnend greife ich an die Stelle über dem Schulterblatt und massiere einen festen Knoten. Auf meinem Display leuchtet mir der Name eines eingehenden Anrufs entgegen.

Ben.

Ein bisschen bin ich erleichtert, dass nicht Pia anruft. Gleichzeitig breitet sich die Enttäuschung mit jedem Herzschlag in mir aus. Sie schnürt mir die Brust zu und packt meine Gedanken in Watte: Wie soll ich meinen Urlaub genießen, wenn dieser Streit zwischen mir und meiner Quasi-Schwester steht?

Ich nehme den Anruf an und hebe das Smartphone ans Ohr.

»Wann passt es dir heute?« Bens Stimme hat diesen tiefen, ruhigen Bass.

Erschöpft sinke ich tiefer in die Kissen, lasse mich von seiner Stimme einlullen. Fast könnte ich loslassen und vergessen, wie angespannt und aufgewühlt ich bin. Vielleicht würde ich dann wenigstens ein paar Stunden

Schlaf nachholen können. Zur Antwort kriege ich nur ein Brummen hin.

»Sophie?« Er klingt besorgt. »Alles okay?«

»Ich ... Ja. Ja, alles okay. Habe nur nicht gut geschlafen.«

»Also doch kein Matratzendiebstahl am Ende deiner Reise?«

Ich schnaube, denke an unsere blödsinnige Unterhaltung, dass ich das Bettzeug der Ferienwohnung klauen wollte. »Daran lag es nicht.«

Er wartet ab, gibt mir Raum, selbst zu entscheiden, ob ich ihm erzähle, woran meine aufreibende Nacht lag. Ich kann es nicht erklären, bringe keinen Ton heraus.

»Wir können auch verschieben.« Ein verständnisvoller Unterton schwingt mit, dennoch höre ich die Enttäuschung. Oder ist das meine eigene und ich möchte sie gern in seiner Stimme hören?

»Nein«, antworte ich schnell.

»Später muss ich zum Strand, ein paar Sachen für den Aufbau des Strandfests vorbeibringen. Ich kann dich auch danach noch mal anrufen, wenn du erst ein paar Stunden Schlaf nachholen willst.«

»Nein.« Ich setze mich auf. Über den Aufbau und seine Schicht im ›Circle‹ hatten wir bereits während des Grillabends gesprochen. »Ich kriege eh kein Auge mehr zu. Und ...«. Entschlossen schlage ich die Decke zurück und kämpfe mich auf die Füße. An Tagen wie diesen verdiente das bereits einen Applaus! »Ich will beim Strandfest helfen.« Beschäftigung ist gut. Das ist genau das, was ich brauche. Den Kopf freibekommen, nicht mehr an Pia, unseren Streit und dieses schreckliche Telefonat denken.

›Du kannst dich wieder bei mir melden, sobald du aufhörst, mich zu beleidigen!«

Zu dem schalen Geschmack bei der Erinnerung an diese Worte mischt sich dennoch die Erleichterung, dass ich ausgesprochen habe, wie ich mich fühle. Vielleicht sollte ich mir eine mentale Notiz machen, und jedes Mal, wenn ich meine Wünsche und Gefühle unterdrücke, daran denken, dass Grenzen aufzuzeigen nicht nur schmerzhaft ist, sondern auch etwas Heldenhaftes in sich trägt.

Am anderen Ende der Verbindung höre ich ein Rascheln. »Du musst dich nicht zwingen, Sophie. Du hast Urlaub, genieß diese Zeit. Wir können wann anders ...«.

»Nein, Ben. Halt. Stopp.« Ich husche bereits zum Kleiderschrank und ziehe Leggins und einen längeren Pulli heraus. Komfort-Outfit und eine Unternehmung. Das klingt nach genau dem richtigen Plan. »Ich will nicht absagen, nur weil ich schlecht geschlafen habe. Verstanden?«

»Okay.«

»Okay!« Ich klemme mir die Kleidung unter den Arm und husche aus dem Schlafzimmer. »Ich will dich sehen«, füge ich leise hinzu, klammere mich an meiner mutigen Seite fest, die in Bens Gegenwart irgendwie lauter wird.

»Das ...«, er räuspert sich, »... trifft sich ganz gut.«

Ein Klopfen an der Tür lässt mich innehalten. Schnell streiche ich mir ein paar lose Strähnen aus dem Gesicht und öffne sie.

Ben steht davor. Er trägt eine dunkle Jeans und einen grauen Kapuzenpullover, unter dessen Bund ein weißes T-Shirt herausschaut. In den Fältchen um seine Augen spielt ein Lächeln.

»Hi«, sage ich atemlos.

»Hi.« Er grinst mich an und hebt eine große braune Tüte und einen Becherhalter mit dampfendem Kaffee in mein Sichtfeld. »Frühstück?«

Mein Blick zuckt von ihm zu dem herrlich duftenden Becher Koffein und wieder zurück. »Du ...«.

»Keine gute Idee?« Ein verunsicherter Ausdruck huscht über sein Gesicht.

»Die beste Idee.« Ich ziehe ihn am Oberarm in die Wohnung. Mein Magen schlägt Saltos und plötzlich bin ich hellwach. Genauso schnell wird mir bewusst, dass ich zerzaust und ungeduscht vor ihm stehe. Ganz oben auf dem Kleiderbündel, das unter meinem Arm klemmt, befindet sich meine Unterwäsche.

»Gib mir zehn Minuten.« Ich husche ins Badezimmer und werfe meine getragene Kleidung hinein. Als ich mich umdrehe und nach Ben sehe, kommt er gerade mit beiden Kaffeebechern vom Esstisch in meine Richtung.

»Hafermilch oder schwarz?«

»Lebensretter«, seufze ich und nehme den Becher mit Milch entgegen.

»Lass dir ruhig Zeit.«

Ich inhaliere gierig drei große Schlucke. »Danke.«

Im Bad vor dem Spiegel bleibe ich einen Moment stehen, betrachte mein vertrautes Gesicht und empfinde es gleichzeitig als fremd: Drei Tage in Fierstett haben ausgereicht, um einen ersten Umschwung in mir anzustoßen. Sofort höre ich innerlich Pias Worte, dass ich zu einem anderen Menschen werde. Ich nippe an dem bitteren Getränk, schließe die Augen und stelle mir vor, wie Ben draußen den Frühstückstisch deckt.

Ich bin hier. Er ist hier. Pia nicht.

Eine heiße Dusche, ein Franzbrötchen und zwei Scheiben Pumpernickel später sitze ich mit Ben auf der Terrasse, neben uns neu gefüllte Tassen mit Kaffee aus Hannis Kaffeemaschine. Den Streit mit Pia kann ich dennoch nicht vergessen. Er schwebt wie eine Gewitterwolke über mir.

»Willst du darüber reden?« Bens Arm berührt meinen, er hat die Beine ausgesteckt und schaut in den kleinen, aber sorgfältig angelegten Garten. »Mir geht es danach immer besser.«

»Ich dachte, ich hätte es gut zur Seite geschoben«, witzle ich.

Er wendet sich mir zu und schaut mich direkt an. »Du musst dich vor mir nicht verstellen.«

Der Kloß in meinem Hals ist sofort zurück und ich schlucke dagegen an. »Es fällt mir schwer, meine Gefühle auszudrücken.«

»Woran liegt das?«, fragt er, ohne wertend zu klingen. Das Einzige, was ich in seinem Ton vernehmen kann, ist offenes Interesse.

»Es kommt mir so vor, als würde ich damit andere enttäuschen.«

Er zieht die Augenbrauen zusammen und sieht empört aus. »Du solltest enttäuscht sein, wenn jemand so auf deine Gefühle reagiert. Das, was du fühlst, ist valide, ganz egal, was es für dein Gegenüber bedeutet.«

Ich senke den Blick und nehme die Tasse in die Hand, um eine Beschäftigung für meine Finger zu haben. Und dann sprudelt alles aus mir heraus: dass ich traurig war, dass Pia nicht mitgekommen ist, ich mich aber gleichzeitig so für sie gefreut habe, dass sie in die Stadt ihrer Träume reisen kann. Über die Distanz zwischen uns, die plötzlich entstanden ist, ihre verletzenden Worte und unseren Streit gestern Abend.

Ben sieht nachdenklich aus, nachdem ich fertig erzählt habe. »Ich kenne Pia nicht«, stellt er zuerst klar. »Ich kenne ihre Gründe nicht und das, was ich jetzt sage, ist kein Urteil über sie als Person. Aber es ist unfair, wie sie dich behandelt und ich finde es gut, dass du ihr diese Ansage gemacht hast.«

Ein leichtes Lächeln zupft an meinen Lippen. »Meinst du?«

»Du hast deine Grenzen gezeigt, ohne beleidigend zu werden – in Streitereien erscheint es oft einfacher, verbal um sich zu schlagen, anstatt die eigenen Gefühle zu kommunizieren. Wenn sie dir eine gute Freundin ist und dich schätzt, dann wird sie sich melden. Gib ihr einfach etwas Zeit.«

»Ich hoffe es.« Mit einem großen Schluck Kaffee spüle ich die Angst hinunter, dass dieser Streit nur den Vorboten für eine Veränderung darstellt, die mich weiter von Pia entfernen wird.

»Falls nicht ...«. Ben zieht die Beine an und stützt die Ellbogen auf die Knie. Seine Miene ist nachdenklich und sein Blick voll von Emotionen, als er sich mir zuwendet. »Ich kenne mich damit aus, andere zu enttäuschen. Es ist anfangs schlimm, aber es wird besser.« Er knetet seine Hände und senkt die Schultern. »Mein Vater wollte aus mir einen Profi-Volleyballspieler machen. Das war sein Traum, nicht meiner. Ich bin niemand, der Zielen und Hoffnungen hinterherjagt, sich einen Plan zurechtlegt und Freude daran findet, auf etwas hinzuarbeiten.« Entschuldigend lächelt er mich an, und gibt mir damit das Gefühl, dass er mich und meine To-do-Listen nicht verurteilt, aber dies einfach nie sein Weg war, mit den Dingen umzugehen. »Mir gefällt es, im Moment zu leben, den Menschen in meinem Umfeld zu helfen und kleine Dinge zu bewirken. Ein gerichteter Zaun sorgt dafür, dass der Familienhund nicht mehr entkommt. Ein paar Vorarbeiten im Garten der Ferienwohnungen ermöglichen es einer älteren Dame, ihrer Liebe für die Gartenarbeit nachzugehen.«

»Du hast das hier gemacht?«, frage ich und deute auf die sorgfältig angelegten Blumenbeete und Sträucher.

»Ich helfe nur ein wenig. Nichts davon geht wirklich auf mein Konto. Ich bin ein Taugenichts, wie mein Vater vorhergesehen hat.«

Kopfschüttelnd streiche ich über seinen Unterarm. Er hat den Pullover bis zum Ellbogen hochgeschoben und die Haut ist von der Sonne gewärmt. »Das stimmt nicht.«

Er verschränkt seine Finger mit meinen. Kleine Blitze jagen durch meine Adern, die Arme hinauf und bis in mein Gesicht, das angenehm kribbelt. »Immerhin bin ich ein glücklicher Taugenichts. Wenn mein Vater wüsste, dass ich in einer Bar gelandet bin, würde er vermutlich einen Herzinfarkt bekommen.«

»In einer Bar zu arbeiten ist aufregend!«

»Findest du?«

Ich streiche mit dem Daumen über seine Haut und löse damit weitere Stromschläge aus. Mein Magen zieht sich zusammen. »Früher habe ich mir immer vorgestellt, in einer Bar zu arbeiten.«

Das schelmische Grinsen auf Bens Gesicht verheißt nichts Gutes. Er beugt sich näher zu mir. »Wo ist dein iPad?«

Wenige Sekunden später habe ich das Tablet von drinnen geholt und entsperre es. Von gestern Nacht ist noch die Comic-App geöffnet und ich verharre, als ich einen neuen Kommentar lese. Ein Benutzer namens Mochi lobt den dynamischen Aufbau meiner Panels. Ich kann nicht anders, sofort sammeln sich Tränen in meinen Augen. Das ist der eine Punkt, der mir selbst beim Zeichnen so unglaublich viel bedeutet. Dass einer meiner Leser genau das hervorhebt, bringt in mir etwas zum Schwingen: Es ist eine Melodie aus Hoffnung und der Bestätigung, das Richtige zu tun.

Ich blinzle ein paar Mal und sehe zu Ben, der mich geduldig beobachtet. »Das ...«. Meine Stimme bricht und ich wische mir über die Augen. »Vielleicht habe ich gestern etwas Mutiges getan.« Während ich ihm von meinem Comic erzähle und dass ich die ersten paar Kapitel online veröffentlicht habe, hellt sich seine Miene auf. »Vielleicht war es töricht«, füge ich schnell hinzu.

»Nein!« Ben nimmt meine Hände und drückt sie fest. »Das ist unglaublich. Lass ruhig zu, dass du dich darüber freust.«

Ein Knoten in meiner Brust löst sich auf und als die Spannung verschwindet, brennen wieder Tränen in meinen Augen. Plötzlich möchte ich über alles mit ihm sprechen. Über die Dinge, die ich meiner Familie verschweige und die Träume, die ich insgeheim hege. »Auf meiner To-do-Liste steht ein Punkt. ›An einer geheimen Liste arbeiten.‹ Du hast ihn gesehen.«

Er nickt. Denkt vermutlich auch daran, wie ich damals um einen Themenwechsel gebeten hatte, als er diesen Punkt ansprechen wollte. Auch jetzt fragt er nicht nach, sondern wartet darauf, dass ich auf ihn zukomme. Er spürt meine Grenzen, ohne dass ich sie aktiv setzen muss.

Ich wechsle zwischen den To-do-Listen und zeige ihm meinen geheimen Plan: Es ist das erste Mal, dass ein anderer Mensch diese Liste zu sehen bekommt. Mein Herz klopft mir bis zum Hals, doch entgegen der grummelnden Angst, die mich sonst stets in die Tiefe zieht, fühle ich mich jetzt lebendig. »Ich arbeite gerne in der Agentur meiner Eltern. Grafikdesign ist ausdrucksstark. Mit einem Logo oder einem Plakat wird so viel vermittelt! Stimmung, Ziele, offensichtliche und versteckte Botschaften. Ich kann verstehen, dass meine Eltern das gerne machen und es lieben, wenn ein Kunde begeistert reagiert.«

»Aber du liebst das nicht?«

»Ich will meine Geschichten anders erzählen. Über Graphic Novels und Illustrationen.«

»Hast du mit ihnen je darüber geredet?«

»Nein.« Meine Hände schließen sich von allein fester um das iPad. »Meine Eltern haben jahrelang für unsere Agentur gekämpft, bis ihnen endlich der Durchbruch gelang. Ihr Traum ist es, dass ich den Familienbetrieb irgendwann übernehme.«

»Aber das ist nicht dein Traum.«

Erstaunt schaue ich zu Ben auf. Er beherrscht die Kunst, so etwas zu sagen und es wie eine Tatsache klingen zu lassen, die einfach im Raum steht, ohne ihr einen Stempel aufzudrücken. Er bezeichnet lediglich einen Zustand, mit dem es sich auseinanderzusetzen gilt.

»Ja. Das ist nicht mein Traum.«

Er nimmt mir das iPad aus der Hand und wechselt etwas umständlich zu meiner anderen To-do-Liste zurück. Den Punkt, an der geheimen Liste zu arbeiten, versieht er mit einem Herzchen. »Damit du nicht vergisst, deinem Herzen zu folgen.«

Ich nicke, bekomme keinen Ton heraus.

Am Ende der Liste fügt er hinzu:

In einer Bar arbeiten

»Ich kenne zufällig einen Barkeeper, mit dem könnte ich dich bekannt machen.«

Eine Windböe fegt am Haus vorbei, lässt mich frösteln. Bens Haar fällt ihm in die Stirn, wirft Schatten auf seine Augen.

Ich habe mit vielem gerechnet, als ich diesen Urlaub buchte, aber weder damit, ohne Pia hier zu sitzen, noch einem Mann zu begegnen, der meine ganze Welt durcheinanderbringt.

Meine Brust zieht sich zusammen, dieses Mal nicht aus Angst oder Enttäuschung: Da ist Abenteuer in mir. Die wilde Hoffnung, mich ins Chaos zu stürzen und glücklicher daraus hervorzugehen.

»Du warst sehr fleißig.« Er deutet auf die durchgestrichenen Punkte in meiner Liste, die ich in den letzten

Tagen verwirklicht habe. Plötzlich weiß ich ganz genau, was ich tun will.

Ich nehme Tablet und Stift, streiche wortlos den Punkt ›einen Fremden küssen‹ durch und sehe zu Ben auf.

Er öffnet leicht den Mund. Sein Blick huscht von der Liste zu meinem Gesicht, über meine Augen hinab und bleibt an meinen Lippen hängen. In der Luft liegt eine Spannung, die ich beinahe mit Händen greifen kann. Ich richte mich in meinem Stuhl auf und beuge mich näher zu ihm.

Sein Atem streicht warm über meine Wange. »Sophie ...«. Seine Stimme klingt rau, brüchig vor Verlangen. Er legt eine Hand an meinen Hals, streicht über meine Haut. Darunter tobt mein Puls. Ich öffne den Mund, lecke mir über die Unterlippe.

Am liebsten würde ich ihn am Kragen seines Pullovers greifen und an mich ziehen, doch die Zeit scheint mich in diesem Moment festzunageln. Jeder Muskel in meinem Körper ist angespannt. Ein Sturm tobt in mir, wirbelt alles durcheinander. Endlich erlöst Ben mich aus der Anspannung und seine Lippen treffen auf meine. Sie sind so wunderbar warm, dass ich ein Seufzen ausstoße.

Bens Finger an meinem Hals zucken, er schiebt seine Hand in meinen Nacken und zieht mich näher an sich. Mein Körper entflammt. Überall, wo mich Ben berührt, löst er einen Lavastrom aus, der von mir Besitz ergreift. Die Hitze sickert meine Wirbelsäule hinab. Sie pulsiert in unserem Kuss, in meinen Fingern, die ich in seinem Haar vergrabe.

Er lächelt und ich spüre die Bewegung, kann nicht anders, als meine Lippen ebenfalls zu verziehen. Das iPad drückt sich in meinen Bauch und ich schiebe es vorsichtig zur Seite, will mich enger an Ben drängen, doch die Armlehne des Stuhls ist im Weg. Wir lösen uns atemlos voneinander und sehen einander an.

»Das war ...«.

»Wahnsinn?«, fragt er und streicht mir eine Haarsträhne aus dem Gesicht.

»Ich wollte eigentlich ›ganz okay‹ sagen.« Neckend stoße ich ihn mit dem Ellbogen an. Er schnaubt und am liebsten würde ich ihn sofort wieder an mich ziehen und küssen. Seine Lippen an meinen bedeuteten für mich ein Gefühl grenzenloser Freiheit.

Bens Smartphone brummt. »Alex fragt, ob wir auf dem Weg noch die Lichterketten abholen können.« Mit einem leisen Klicken sperrt er den Bildschirm.

»Soll ich etwas Spezielles anziehen oder mitnehmen?«

Er schüttelt den Kopf. »Heute ist die Innendeko für die kleine Bühne dran. Nichts allzu Aufwendiges.«

Ich horche auf. Auf dem Design von Alex stand etwas vom jährlichen Sommerfest und einer Spendenaktion für das ›Circle‹. Von einer Bühne hatte sie nichts erwähnt. Gespannt, was mich gleich erwartet, folge ich Ben von der Terrasse in die Wohnung und stelle die Tassen in die Spüle.

Wenige Minuten später sitzen wir im Auto, unterwegs zu dem Strand, an dem alles angefangen hat.

9. Kapitel

Dieses Mal schaffe ich es über den Steg, ohne mit meinem Ballast in den Dünen zu landen. Ben quittiert diese Tatsache mit einem anerkennenden Nicken. »Das heißt aber nicht, dass du die Lichter nicht vielleicht im Sand verteilst.« Mit dem Kinn deutet er auf den Karton in meiner Hand. »Ich halte mich bereit, um hinterher zu hechten.«

»Blödmann«, witzle ich. »Damit willst du nur vertuschen, dass zwei Kartons doch zu schwer sind.« Ich betrachte die wacklige Konstruktion in seinen Armen. Gegen meinen Einwand hatte er darauf bestanden, beide mitzunehmen. Aber trotz aller Befürchtungen schaffen wir es ohne Zwischenfall über den Steg bis zum Strand. Das Rauschen der Wellen wird mit jedem Schritt lauter, eine Möwe schreit und ihr Ruf vermischt sich mit dem Stimmengewirr einer Gruppe. Ich erkenne den Rest der Gang darin und ein paar Personen, die mir unbekannt sind. Wie sich herausstellt, handelt es sich dabei um weitere Mitarbeiter oder Ladenbesitzer des ›BlueTides‹. Ein Pärchen stellt sich als Marie und Jörn vor. Sie betreiben den Unverpacktladen. Helen und Rita gehört das Secondhand-Geschäft, Martin arbeitet in der Poststation.

»Dann los«, fordert Alex auf und die Gruppe schwärmt aus. An uns gewandt, fährt sie fort: »Wir haben die Aufteilung bereits durchgesprochen. Ich habe euch, wie versprochen, für die Bühne eingeteilt.« Sie deutet auf die Kartons in unseren Händen und führt uns an mehreren aufgebauten Buden vorbei. Sie sind am Fuß der Düne aufgereiht und stehen mit einigem Abstand zueinander. Bisher sind es hauptsächlich Holzverschläge ohne Kennzeichnung, um welche Art von Stand es sich später handeln wird.

»Ich habe nicht damit gerechnet, dass dieses Fest so groß wird!«, staune ich.

»Wir auch nicht.« Ben ächzt und der obere Karton rutscht gefährlich. Er zuckt vor und stabilisiert ihn mit seinem Kinn.

»Dieses Jahr findet das fünfjährige Jubiläum statt«, erklärt Alex. »Letztes Mal mussten wir kurzfristig noch Getränke und Lebensmittel auftreiben, weil wir nicht mit dem Besucheransturm gerechnet hatten. Dieses Mal wollen wir richtig vorbereitet sein.« Sie deutet auf die Räume zwischen den Ständen. »Wir ordnen die Buden etwas luftiger an, damit mehr Platz für Liegestühle und Handtücher bleibt. Dann können die Leute sich auch hier niederlassen.«

Wir erreichen die Bühne, die den Mittelpunkt des Fests zu markieren scheint. Auf der anderen Seite erkenne ich weitere Stände.

»Wir leihen nur wenige tragbare Stromaggregate, hauptsächlich für ein Mikrofon, die Lichterketten und ein paar der Buden. Wir versuchen dabei, so sparsam wie möglich zu sein. Schließlich soll das Fest den Grundgedanken des ›BlueTides‹ widerspiegeln.«

»Habt ihr ein Programm geplant?« Ich sehe zu Ben, der mit den Schultern zuckt, was er sofort bereut. Die Kartons rutschen ihm fast aus den Händen und er stellt sie schnell auf der Bühne ab. Die ist überdacht und zu drei Seiten offen. An der Rückseite, die von einer Wand getragen wird, liegen eine Leiter und Werkzeug.

»Täglich lokale Musik-Acts, Kinderprogramm und der Spendenaufruf. Neben den Waren, die wir in den drei Tagen verkaufen, wollen wir auch zur Verfügung gestellte Objekte versteigern und in der Tombola anbieten.«

Ich stelle meinen Karton neben Bens und dehne die Arme kurz. »Hast du das Design inzwischen fertig?«

Erleichtert seufzt Alex auf. »Ja!« Sie zieht ihr Smartphone heraus und zeigt mir den fertigen Aushang und die Gestaltung der Lose. »Ist alles schon im Druck. Die Lose stellt eine Druckerei für das Strandfest zur Verfügung. Deren Papier kann am Ende eingegraben werden und da Samen eingearbeitet sind, wachsen daraus bienenfreundliche Blumen.« Sie strahlt über das ganze Gesicht, die verflogene Anspannung spricht aus ihrer sanften Miene.

»Es sieht toll aus.«

»Danke noch mal für deine Hilfe.« Alex knufft mir gegen den Arm und stemmt dann die Hände in die Hüften. »Aber genug getrödelt, jetzt wird gearbeitet.« Nach einer kurzen Einweisung befestigen Ben und ich die Lichterketten an der Bühne und den Buden. In der Zwischenzeit bringen Martin und Helen mehrere Fuhren Liegestühle, die sie in den umliegenden Cafés, Bars und von Privatpersonen ausgeliehen haben. So wie das ›BlueTides‹ verströmt der wachsende Rahmen des

Standfests eine gemütliche Atmosphäre der Nachhaltigkeit.

Dan setzt sich hinter den Stand, an dem ich gerade die vorletzte Lichterkette für heute anbringe. »Kann ich mich kurz hier verstecken?«, erkundigt er sich.

»Vor wem denn?«

»Alfi.« Er seufzt, es klingt leicht verzweifelt. »So schön manche Momente mit ihm sind, manchmal wächst er mir echt über den Kopf.«

Ich werfe ihm einen mitfühlenden Blick zu. »Die Verantwortung für ein Lebewesen zu übernehmen, ist nie einfach.«

Er legt die Arme auf den Tresen und vergräbt den Kopf darin. »Respekt vor allen Müttern und Vätern! Ich bin manchmal kurz davor, die Nerven zu verlieren – und das bei einem Haustier.«

»Eine Freundin hat das über ihren Welpen auch gesagt. Niemand kann dir prophezeien, wie anstrengend die Haltung wird. Du denkst, du weißt, was auf dich zukommt, aber in der Situation zu stecken, ist ganz anders.«

Dan reibt sich die Augen und richtet sich auf. Er hilft mir, die letzten Drahtschlaufen um die Lichterkette zu schließen.

»Danke.« Er kommt um den Stand herum und nimmt mich kurz in den Arm.

»Wofür denn?«

»Fürs emotionale Aufbauen und ein paar beruhigende Worte.«

»Danke dir fürs Befestigen der Lichterkette.«

»Die paar Handgriffe? Das war das Mindeste, nachdem ich dir erst tatenlos zugeschaut habe. Die hier geht auf mich.« Er nimmt die letzte Lichterkette aus dem Karton und geht zum Stand nebenan, um sie anzubringen.

Ich folge ihm und halte den oberen Teil fest, damit er die ersten Drahtschlaufen befestigen kann. Ein paarmal bewege ich die Worte in Gedanken, bevor ich sie ausspreche. »Ich versuche auch, meine Komfortzone zu verlassen. Das ist gar nicht so einfach. Sobald ich einen Schritt hinaus mache, nagen die Ängste und Zweifel an mir. Dann ist es so viel einfacher, wieder zurückzutreten, anstatt durchzuhalten.«

Dan nickt verständnisvoll. »Durchhalten ist überhaupt nicht einfach. Das klingt immer so, aber wie schwer sieht der Weg vor einem aus, wenn er mit Angst gepflastert ist?«

»Unbezwingbar.« Ich denke an die Liste, die ich jetzt nicht mehr furchtsam meide. Die ersten Kapitel meiner Grafic Novel, die ich wirklich hochgeladen habe, und das offene Gespräch mit Ben über meine Träume. Ich bin noch lange nicht dort, wo ich gerne wäre, aber ich gehe die ersten Schritte in die richtige Richtung. Ganz egal, wie viele Streitereien mit Pia oder vielleicht mit meinen Eltern bevorstehen. Es wird wehtun, es wird einschüchternd und es wird schmerzhaft. Aber ich glaube daran, dass am Ende alles gut wird.

Und wenn nicht?

Dann werde ich einen Weg finden. Irgendwie wird es weitergehen. Die Erkenntnis, dass ich aus meiner Komfortzone hinauswollte, war ein Zeichen. Ich muss allem nur etwas Zeit geben.

Dan schließt die letzte Schlaufe um die Lichterkette. »Wir werden das schon durchstehen. Auch wenn es mal nicht so läuft.«

Lächelnd sehe ich ihn an. »Ja. Wir schaffen das.«

Er lässt die Hände sinken und betrachtet nun mich. »Weißt du, manchmal bin ich sogar ein bisschen stolz darauf, was ich schon geschafft habe. Man darf auch mal stehenbleiben, zurückblicken und Anerkennung zollen.«

Ich blicke aufs Meer hinaus, auf dessen Oberfläche sich die Sonne bricht. Tausende Lichtpunkte wiegen sich auf dem Wasser. Ich denke an das Lob meiner ersten Leser, an die positiven Kommentare und lasse das alles einen Moment sacken.

Du hast etwas veröffentlicht. Sei stolz!

Tief in meiner Brust, irgendwo zwischen Angst und Unsicherheit, glimmt ein kleines Feuer. »Und wir müssen nirgendwo allein durch.«

Wie aufs Stichwort kommt Lisa an den Stand, Alfi auf den Fersen. Sie sieht Dan mit einem verständnisvollen Blick an und legt ihm einen Arm um die Taille.

»Wieder besser?«

Er nickt. »Sophie hat mich aufgemuntert.«

Ich winke ab, komme aber nicht gegen den stechenden Neid in meiner Brust an. Die wenigen Tage haben ausgereicht, um zu sehen, wie eng die Gang zusammenhält. Diesen Zusammenhalt spüre ich in Bezug auf Pia im Moment nicht. Außer ihr und meinen Eltern habe ich kaum jemanden. Das Problem eines Workaholics: Es gibt nur die Arbeit.

Eine leise Stimme flüstert mir zu, wie gerne sie wohl bei Ben und der Gang bliebe. Wie wäre das für mich:

Für immer gefangen in diesem Urlaub, ohne Verpflichtungen und mit der nötigen Distanz zu meinem Alltag? Von hier scheint mein Traum greifbarer als aus München und die Differenzen mit Pia kommen mir vor wie ein böser Traum, anstatt wie die Realität.

»Hast du dich entschieden, ob du heute im ›Circle‹ dabei bist?«

Ich schiele zu Ben, der gerade mit dem leeren Karton in unsere Richtung kommt.

»Mich von Ben bedienen lassen?«, antworte ich so laut, dass er es hört und den Kopf neugierig schief legt. »Darum muss man mich nicht zweimal bitten.«

***

Sehr viel später als geplant liege ich an diesem Abend im Bett. Zum Essen war die Gang kurz vollständig. Ein Ritual, das sie alle paar Tage pflegt. Dan und Mark machten währenddessen die größte Veränderung durch. Ich konnte ihnen ansehen, wie der Stress des Tages von ihnen abfiel. Nachdem sich Mark mit Alex verabschiedet hatte und Ben hinter den Tresen ging, blieb ich mit Lisa und Dan zurück und spielte ein Exit Game, das sie mitgebracht hatten.

Gähnend kuschle ich mich nun unter die Decke. Meine Augen brennen und meine Gedanken kreisen um die vielen Ereignisse des Tages. Um herunterzukommen, nehme ich meine To-do-Listen und setze eine Neue auf. Dort erstelle ich einen Zeitplan, wann die nächsten Kapitel meines Comics online gehen und verschaffe mir einen Überblick, wie viele Monate die Graphic Novel laufen wird. Da ich eine abgeschlossene

Story für meine erste Veröffentlichung geplant habe, will ich zwei Kapitel pro Woche posten, um meine Leser bei Laune zu halten.

Gleichzeitig überlege ich, welche meiner Geschichten ich für die Zeit danach vorsehe. Das Feuer der Begeisterung brennt lichterloh und ich gebe mich ihm hin, schalte jeden Selbstzweifel aus und genieße das Gefühl der Produktivität, das mich erfasst.

Die kleine Uhr auf dem iPad zeigt fast drei Uhr nachts, als ich erschöpft das Tablet zur Seite lege und das Nachttischlämpchen ausschalte.

Ich falle in einen bunten Traum voller Sanddünen, Meerwind und Sonnenstrahlen, die das Wetter angenehm machen. Bekannte Gesichter von Menschen, die mir in wenigen Tagen ans Herz gewachsen sind, warten auf mich und sie winken mir zu. Ich lasse alles hinter mir und renne einfach drauflos.

10. Kapitel

Am nächsten Nachmittag stehe ich vor Eröffnung des
›Circle‹ hinter dem Tresen. Während Klaus die letzten
Vorbereitungen trifft, Tische abwischt und Besteckbe-
hälter auffüllt, macht mich Ben mit den Gegebenheiten
hinter der Bar vertraut.

Überall sind Kühlschränke, es gibt Waschbecken und
Düsen zum Reinigen von Gläsern. Total überfordert
versuche ich, mir zu merken, was Ben erklärt.

»Du siehst leicht panisch aus.«

Ich greife mir an die Wange und spüre die Hitze hin-
einschießen. »Den Gesichtsausdruck habe ich extra für
heute aufgesetzt. Steht er mir nicht?«

Ben beugt sich näher, bis sich unsere Nasenspitzen
berühren. Er haucht mir einen blitzschnellen Kuss auf
den Mundwinkel, der einen Tornado in meinem Magen lostritt.

»Du siehst umwerfend aus, wie vom ersten Tag an, als
du mit deinem wirren Haar vor mir aufgetaucht bist.«

Meine Hände zittern und ich halte mich an der Spüle
fest.

»Aber keine Sorge. Eins nach dem anderen. Ich helfe
dir und sag dir, was du tun musst.«

»Okay.«

»Okay.« Er zieht sich zurück und betrachtet mich mit
einem amüsierten Schimmern in den Augen.

»Ich unterbreche nur ungern eure Vorbereitungen.« Klaus tippt auf den Tresen und ich schrecke zurück. »Macht ihr auf? Ich geh schon mal in die Küche.«

»Klar.« Auf das Kommando hin schnappt sich Ben den Schlüssel und geht zur Terrassentür.

»Danke, dass ich hier helfen darf.«

Klaus winkt ab. »Da nich' für!« Er schlappt in die Küche, Schüsseln klappern und kurz darauf ertönt das rhythmische Hacken eines Messers.

Ich versteife mich, spüre Lampenfieber vor meinem ersten Einsatz in einer Bar aufkeimen und klammere mich an das Geschirrtuch, das ich neben dem Zapfhahn finde. Ben ist noch nicht vom Haupteingang zurück, da betritt der erste Gast durch die Außentür das ›Circle‹.

»Ein unbekanntes Gesicht.« Eine ältere Frau setzt sich auf einen Barhocker und mustert mich von oben bis unten. »Hat Klaus dich eingestellt?«

»Nein, ich helfe heute nur ein bisschen aus«, stammle ich und mein Mund wird ganz trocken. »Was kann ich Ihnen bringen?«

»Um Himmels willen, wehe, du siezt mich noch einmal!« Sie hebt tadelnd den Zeigefinger. »Margret! Ich will ein stilles Wasser und das Gericht des Tages.«

»Sophie«, stelle ich mich höflich vor. Während ich nach einem Glas greife und die Wasserflasche hole, kläre ich sie über Klaus' heutige Kreation auf. Er hat sich für einen üppigen Salat entschieden, den er mit Zitrone würzen und Mango verfeinern will.

»Das klingt hervorragend.«

Ich schreibe die Bestellung auf einen Zettel und pinne ihn an das Holz der Küchentür.

Als ich mich wieder umdrehe, steht Ben bei Margret und erkundigt sich nach der Gesundheit ihres Mannes.

»Ach, du weißt ja, man wird nicht jünger.« Ein trauriger Ausdruck huscht über ihre Miene und Ben tätschelt ihr den Arm. »Wenn du etwas brauchst ...«.

»... dann rufe ich dich an. Ich weiß. Du bist ein guter Junge.«

Unsere Blicke treffen sich und er verdreht die Augen. ›Guter Junge‹, forme ich mit den Lippen.

Er schnaubt und schenkt etwas ein, das er vor einen Gast stellt, mit dem er vom Haupteingang zurückgekommen sein muss. In der nächsten halben Stunde rotieren wir hinter der Bar.

Der erste Ansturm löst eine Welle von Verwirrung und Erfolgsgefühl in mir aus. Jede Bestellung bedeutet eine neue Herausforderung, die ich mal mit mehr und mal mit weniger Hilfe bewältige. Ich stelle gerade einen Tee und eine Zitronen-Limonade auf den Tresen vor einen Familienvater, der mit seinem volljährigen Sohn im ›Circle‹ vorbeischaut, bevor sie sich einen Kinofilm ansehen. Bei einem Paar räume ich die leeren Gläser ab. Als ich aufblicke, sehe ich die Gang am Tresen lehnen.

»Was macht ihr denn hier?« Das regelmäßige Essen hatte doch erst gestern stattgefunden.

»Wir wollten uns anschauen, wie du dich so hinter der Bar schlägst.«

Ich verziehe das Gesicht. »Durchhalten ist mein Motto.«

»Sie untertreibt.« Plötzlich steht Ben hinter mir und stützt die Arme zu beiden Seiten meines Körpers auf den Tresen. Seine Brust berührt meinen Rücken und sofort breitet sich Wärme in jeder meiner Zellen aus. »Du machst das super.«

Das wohlige Gefühl bündelt sich in meinem Magen und ich verschränke verlegen die Arme, bin mir des Mannes in meinem Rücken überdeutlich bewusst. »Was darf ich euch bringen?«

»Wie wäre es mit einer Runde Signature-Drinks?« Lisa grinst schelmisch. »Als maximale Herausforderung für heute.«

»Das ist fies.« Ben lässt von mir ab, tritt neben mich. Seine Hand streicht über meinen unteren Rücken. »Ich kann übernehmen.«

»Nein.« Ich ziehe eine Schnute und stelle mich aufrecht hin – ganz die eifrige Schülerin. »Ich will das machen. Aber ich brauche deine Hilfe.«

»Immer.«

In den nächsten Minuten lerne ich nicht nur etwas über die zugrunde liegenden Drinks, sondern mixe unter Bens Anleitung die beliebten Cocktailvarianten seiner Freunde. ›Drei Kiesel‹ für Lisa, eine ›Gerollte Fischgräte‹ für Dan, ›Schwarzer Sand‹ für Alex und zum Schluss eine ›Rote Boje‹ für Mark.

»Erdbeersirup?« Leicht angewidert verziehe ich das Gesicht, als ich die Abwandlung der Bloody Mary vor Letzterem abstelle.

»Tomaten und Erdbeeren passen super zusammen«, wehrt Mark sich.

»Das bezweifle ich.«

Mark zieht eine Augenbraue hoch und dreht sich um. Er hebt sein Glas und ruft: »Rote Boje.«

Vereinzelte Jubelrufe, durchbrochen von ein paar widersprechenden Brummern erklingen im ›Circle‹.

Auch Ben wirkt ungläubig. »Es gibt tatsächlich genug Fans, sodass der Drink sich auf der Karte hält.«

»Ihr könnt ruhig zugeben, dass ihr alle eure Wette verloren habt!« Mark klingt triumphierend.

Dan seufzt. An mich gewandt erklärt er: »Jeder hat auf einen Zeitraum getippt, ab wann sich die rote Boje nicht mehr verkauft. Sie ist aber seit vier Jahren auf der Karte.«

Dennoch nicht überzeugt, beäuge ich den feuerroten Drink.

»Willst du probieren?« Mark schiebt mir das Glas hin, dessen Inhalt ich gemixt und vor ihm abgestellt hatte – weil ich verdammt noch mal in einer Bar arbeite. Die Aufregung flutet mich und ich greife mutig nach dem Getränk. Meine Lippen schließen sich langsam um den Glasstrohhalm und ich sauge daran. Würze erfüllt meinen Mund, die kurz danach von Süße abgelöst wird. Erstaunt schaue ich auf. »Gar nicht so übel ...«.

Mark grinst breit.

»... für eine Suppe.«

Die Gang bricht in schallendes Gelächter aus.

Mark schmollt. »Ihr seid nur beleidigt, weil ihr verloren habt!«

»Rede dir das weiterhin ein«, meint Alex und klimpert mit den Wimpern.

Bens Freunde bleiben eine Weile am Tresen, trinken ihre Signature-Drinks und unterhalten sich. Wenn ich kurz eine Pause habe, stelle ich mich zu ihnen und werde jedes Mal in das Gespräch mit einbezogen. Nach der Runde kassiere ich ab und sehe der Gruppe hinterher, die munter schwatzend das ›Circle‹ verlässt.

»Ein Bier, bitte.«

Ich reiße mich los und betrachte den Mann vor mir. Er ist etwa Ende fünfzig, hat blondes Haar, das zum Großteil von grauen Strähnen durchzogen ist. Seine strenge Ausstrahlung besitzt etwas Wertendes. Ganz so, als vermittelte sein Blick zusätzlich seine Gedanken beziehungsweise wie er alles und jeden genau ins Visier nimmt.

Ich zähle auf, welche Marken angeboten werden. »Gerade gibt es eine Aktion von einer kleinen Brauerei.« Ich schiele auf das mit Kreide beschriebene Schild. »Rainbrew‹. Ein dunkles Lager, mild-hopfig.«

»Das klingt gut.« Er schiebt schon einmal einen Schein über den Tresen. »Im Glas, bitte.«

Ich erstarre. Da ich selbst ungern Bier trinke, habe ich noch nie selbst eins eingeschenkt. Ich weiß, dass das Glas dabei schräg gehalten wird, damit der Schaum nicht überläuft.

Mit zittrigen Fingern nehme ich ein Bierglas aus dem Schrank, öffne den Kühlschrank und hole ein ›Rainbrew‹ heraus. Mir gefällt das Wortspiel mit Rainbow sowie der Text, der in Druckbuchstaben darunter steht: ›Every dream is followed by fear. You don't need to be brave. Have faith in yourself.‹

Etwas ungeschickt hantiere ich mit dem Flaschenöffner. »Ähm, Ben?«

Ich trete mit Glas und Bierflasche an seine Seite. Er legt sofort die Hände um meine und zeigt mir, wie das Getränk einzuschenken ist. Den letzten Rest in der Flasche schwenke ich auf seine Anweisung hin und fülle so etwas Schaum als Krone nach.

»Perfekt«, meint er, den Blick sanft auf mein Gesicht gerichtet. »Du bist ein Naturtalent.« Er haucht mir einen Kuss auf die Wange und richtet sich auf.

»Danke«, raune ich in seine Richtung, gehe zurück und stelle das Glas auf den Tresen vor den Mann. »Das macht vier Euro fünfzig.« Während ich das Geld vom Tresen nehme, spüre ich weiterhin Bens Blick auf mir.

»Was?«, flüstere ich und hole das Wechselgeld hervor.

Im nächsten Moment kippt die Stimmung. Bens gesamte Aura wird dunkler; das Fröhliche, das ihn sonst umgibt, verschwindet und die Anspannung zeigt sich bis in seine zu Fäusten geballten Hände. »Was machst du hier?!«

»Da du auf keinen meiner Anrufe reagierst, musste ich dich aufsuchen.«

Ben verschränkt die Arme; alles an ihm deutet auf eine tief verwurzelte Ablehnung. »Wir haben nichts mehr zu bereden.«

Der Mann trinkt einen Schluck, seufzt und nickt mir zu. »Sehr lecker.«

»Was willst du?«

»Es gibt einige geschäftliche Details, die ich mit dir besprechen möchte.«

»Wir werden keine Geschäfte machen.«

»Wenn du nicht in Ruhe mit mir reden möchtest, kann ich das auch hier erledigen.« Er legt eine Aktentasche auf den Tisch und holt Unterlagen heraus.

»Untersteh dich!«

Der Mann zieht eine Augenbraue hoch. »Wie redest du mit deinem Vater?«

Bei diesem Wort zucke ich zusammen und denke an das Gespräch, das Ben und ich im Garten meiner Ferienwohnung geführt haben. Sein Vater, der zu hohe Ansprüche an ihn hat und ihn nicht akzeptiert, wie er ist oder was er will. Was macht der hier? Und von welchen Geschäften spricht er?

»Fünf Minuten.« Ben wirft das Geschirrtuch, das ihm über der Schulter liegt, hinter dem Tresen neben die Spüle. »Mehr gebe ich dir nicht.«

Sein Vater steckt die Unterlagen wieder ein und nimmt einen großen Schluck von seinem Bier. »Du bist heute ja in Spendierlaune.«

Ohne darauf einzugehen oder ihn anzusehen, geht Ben kurz zu Klaus, um ein paar Worte mit ihm zu wechseln, und schließlich durch den Terrasseneingang ins Freie.

»Es war interessant, Ihre Bekanntschaft zu machen.« Bens Vater wirft mir einen prüfenden Blick zu. In seinen Augen sehe ich förmlich, wie er sich bemüht, mich einzuordnen: Bin ich Bens Freundin, ein Sommerflirt oder etwas anderes? Die Schubladen tun sich vor mir auf und ich verlagere lässig das Gewicht auf ein Bein. Soll er doch versuchen, mich in eine seiner Schubladen zu stecken, ich weiß ja selbst nicht, wohin ich gehöre. »Ihre Zeit läuft.«

Sein Blick verfinstert sich und er stapft hinaus. Ein kollektives Aufatmen ist im ›Circle‹ zu hören, als Bens Vater die Bar verlässt.

Nach der kurzen Stille bricht ein Stimmengewirr los, aus dem ich nur einzelne Fetzen heraushöre.

»Dass er sich das traut ...«.

»... taucht hier auf.«

»Der arme Ben ...«.

Die nächsten fünf Minuten verstreichen in einer eigenen Zeitrechnung. Jeder Gast scheint ständig auf die Uhr zu schauen. Auf der Terrassentür liegt scheinbar ein Sog, der sämtliche Blicke anzieht. Doch als Ben das ›Circle‹ wieder betritt, ist niemandem anzumerken, dass die Gäste mit ihm gelitten haben. Sie schenken ihm eine Form von Privatsphäre, die er seiner finsteren Ausstrahlung nach gebrauchen kann.

Die nächste Stunde verbringt Ben schweigend. Er nimmt Bestellungen auf, kassiert und hilft mir, wenn ich etwas nicht weiß. Es fehlen die ungezwungenen Gespräche, die er sonst mit den Besuchern führt, die er alle persönlich zu kennen scheint. Hier und da sehe ich ein paar Gäste besorgte Blicke wechseln, doch niemand traut sich, Ben auf seinen Vater anzusprechen.

Als der Ansturm der Besucher am Abend abflaut, kommt Klaus zu mir und senkt die Stimme. »Bring ihn hier raus. Unternimm was mit ihm oder redet ein bisschen. Bitte.«

Ben steht ein paar Meter von mir entfernt, ein Glas in der Hand, das schon längst trocken sein muss. Dennoch bearbeitet er es stoisch mit dem Geschirrtuch.

»Kommst du allein zurecht?«, erkundige ich mich bei Klaus.

Der winkt ab. »Tine kommt später noch. Ich schaff das schon.«

Dankend drücke ich seinen Arm und schlüpfe aus der Schürze. Wortlos nimmt Klaus sie entgegen und scheucht mich mit einer Handbewegung davon.

Ich trete neben Ben und lege ihm eine Hand auf den Rücken. Er zuckt unmerklich zusammen und sein Kopf dreht sich ruckartig zu mir.

»Sophie.«

»Lass uns gehen.«

Irritiert zieht er die Augenbrauen nach oben und schaut zu seinem Kollegen.

»Ist alles besprochen.« Ich löse den Knoten der Schürze in seinen Rücken und nehme sie ihm ab. »Willst du nach Hause?«

Er blinzelt, legt den Kopf in den Nacken. »Ja, bitte.«

Schweigend gehen wir zu seinem Auto. Ich bestehe darauf, dass er mir den Schlüssel reicht, und fahre mithilfe seiner Anweisungen zu seiner Wohnung. Sie liegt in Fierstett auf der anderen Seite des Hafens quasi gegenüber den Ferienwohnungen von Hanni. Die kleine Siedlung ist weitläufig errichtet. Häuschen mit bunt gepflegten Gärten wechseln sich mit kleineren Mehrfamilienhäusern ab. Wir parken im ›Maiglöckchenweg‹ und steigen aus.

»Es ist schön hier.«

Von Ben ertönt lediglich ein zustimmendes Brummen.

Er führt mich auf Haus Nummer fünfzehn zu und in die erste Etage. Seine Wohnung empfängt mich mit einem frischen Duft, der unverkennbar nach Ben riecht. Auf einem kleinen Tischchen stehen Pflanzen, daneben legt er seinen Schlüssel. Die Einrichtung gleicht einer Mischung aus ›Industrial‹ und ›Minimalismus‹. Dennoch wirkt alles unheimlich gemütlich.

»Willst du einen Tee?«

Ben lehnt sich in den Türrahmen zur Küche, die die besten Jahre hinter sich hat: Einige Schränkchen sind zerkratzt, Macken schimmern auf der Arbeitsfläche und in der Spüle steht das Geschirr der letzten Tage. Kurz bin ich erleichtert, dass Ben auch nur ein Mensch ist, der seinen Haushalt nicht immer auf Vordermann bringt.

»Wenn du mir sagst, wo alles ist, übernehme ich.« Ich schiebe meine Ärmel nach oben und lege den Kopf schräg. »Hab mal in einer Bar gearbeitet, weißt du?«

Er lacht leise. »Was du nicht sagst.«

»Bin wohl ein Naturtalent.« Ich hebe entschuldigend die Hände, als könnte ich nichts für den Umstand.

Ben stößt sich ab und überbrückt den letzten Meter zwischen uns mit einem Schritt. Er nimmt eine meiner Haarsträhnen und wickelt sie sich um den Finger. »Linker Hängeschrank, Schublade neben der Spüle.«

»Aye, aye, Kapitän.« Ich salutiere, küsse kurz seine Hand und schiebe mich an ihm vorbei. Im Schrank finde ich Tassen und eine beachtliche Teesammlung in der Schublade.

»Pfefferminz?«, schlage ich vor und er brummt wieder zustimmend. Ich setzte Wasser im Kocher auf und betrachte den Mann im Türrahmen. Sein Blick wirkt müde, seine Haltung abgekämpft. Fünf Minuten mit seinem Vater haben ausgereicht, um ihm sämtliche Energie zu entziehen.

»Setz dich doch schon ins Wohnzimmer. Ich komme gleich nach.«

Sein Kopfschütteln ist schwach. »Mir gefällt der Anblick.«

Sofort schießt mir Hitze durch die Brust und klammert sich an mein Herz. Mein Pulsschlag beschleunigt sich, pumpt das Kompliment durch meinen ganzen Körper. »Du Charmeur.«

Er tritt hinter mich und schlingt die Arme um meine Taille. Den Kopf vergräbt er in meinem Nacken. Ich spüre, wie sein warmer Atem meinen Hals streift, und erschaudere.

»Können wir einfach kurz so dastehen?« Bei jedem Wort gleiten seine Lippen über meine Haut. »Nur ganz kurz.«

Ich streiche über seinen Arm und schließe die Augen. Die Nähe und Geborgenheit fluten mich mit einem Gefühl der Sicherheit. Hier, in diesem Moment, kann ich fest daran glauben, dass alles gut werden wird.

Der Wasserkocher meldet lautstark seine erfolgreiche Tätigkeit und ich gieße den Tee auf. Im Anschluss schnappe ich mir beide Tassen, bevor Ben Anstalten machen kann, seine zu nehmen, und stelle sie auf den Couchtisch.

»Willst du darüber reden? Oder willst du lieber einen Film schauen, etwas unternehmen?«

Seufzend sinkt er neben mir in die Kissen. Den Kopf legt er auf die Rückenlehne, die Augen sind geschlossen.

Ich nehme seine Hand und drücke sie. Er erwidert den Druck.

»Reden.« Er zieht mich an sich und schließt mich in eine Umarmung. »Ich würde gern alles rauslassen, wenn das okay ist.«

»Natürlich ist das okay.«

Bevor er loslegt, atmet er tief ein und stößt die Luft geräuschvoll wieder aus. »Mein Vater möchte das ›BlueTides‹ pachten.«

Ich zucke zusammen. »Er will was?«

»Hillmanns Mannschaft 2.0.« Die Worte klingen wie eine Beleidigung. »Ein Zentrum für Volleyballspieler reicht ihm nicht. Natürlich plant er genau das Gebäude zu erwerben, in dem ich ein Zuhause gefunden habe.«

»Du meinst, er macht das mit Absicht?«

Jeder Muskel in seinen Armen scheint sich anzuspannen. »Auf jeden Fall.«

»So ein Arsch!«

»Tja, das ist mein Vater, wie er leibt und lebt.« Die Anspannung entweicht wieder aus Bens Körper. Er setzt sich auf und wir lösen uns voneinander. Nach einem Schluck Tee sieht er mich direkt an. »Der Pachtvertrag für das Gebäude läuft bald aus. Mit Rücklagen aus den Einnahmen der Shops und den Spendenerlösen vom Strandfest haben wir gehofft, dem Besitzer ein gutes Angebot unterbreiten zu können. Aber mein Vater will eine unmenschliche Summe bieten. Dagegen kommen wir niemals an.«

Ich klammere mich an meinen Tee. Die Tasse ist so heiß, dass ich mir fast die Finger verbrenne. Dennoch kann ich nicht loslassen und halte mich krampfhaft daran fest. »Wieso tut er dir das an?«

»Er will mich so dazu zwingen, ihn wahrzunehmen. Dass ich seinen Plänen nicht gefolgt bin und ohne ihn glücklich wurde, treibt ihn in den Wahnsinn. Er kauft sich mit dem Manöver in mein Leben ein und bringt es durcheinander.«

Ich stelle die Tasse zurück, bevor ich sie in meinen Händen vor Wut noch zu Feinstaub zerdrücke. »Und dann? Dann zerstört er das ›BlueTides‹, wandelt es in ein Sportzentrum um und raubt vielen ihre Arbeitsplätze? Das kann er doch nicht ernst meinen, nur weil du ihn ignorierst.«

Ben verzieht das Gesicht. »Er hat angeboten, ein paar der Läden zu behalten, sofern sie in seinem Zentrum sinnvoll sind.«

»Aber doch keine Bar oder einen Fahrradladen?« Ich denke an all die Menschen, die von diesem Egotrip betroffen sind. Klaus, Mark und damit auch sein Sohn. Freunde, Angestellte und Menschen, die hier zuhause sind.

»Eben. Und aus einem Unverpacktladen wird er im Handumdrehen einen kleinen Supermarkt machen, in dem die Sportler einkaufen können. Das ist schließlich viel praktischer.«

»Das ist so unfair!«

Ben vergräbt das Gesicht in den Händen. »Ich hatte echt gedacht, dass ich hier vor ihm in Sicherheit wäre. Dass ich dieses Leben, das ich mir mit Mühe selbst aufgebaut habe, ohne ihn und seine Machtspiele verbringen kann. Da habe ich mich wohl getäuscht.«

»Das ist nicht fair!«

Sein Kopf sackt an meine Schulter und er schlingt die Arme um mich. Er hält mich so fest, dass ich die Last, die auf ihm liegt, erahnen kann. Den Wunsch, unabhängig von den Erwartungen seines Vaters zu sein, in einem Leben, das ihn erfüllt. Ich kann mir nicht vorstellen, wie schwierig Bens Kindheit und Jugend waren, wenn er von einer seiner wichtigsten Bezugspersonen lediglich erwartet, dass sie absichtlich seine Sicherheit zerstört.

Ich fahre mit den Fingern in Bens Haar und drücke ihm einen Kuss auf den Kopf. »Noch haben wir nicht verloren. Er ist vielleicht ein starker Gegner, aber du bist nicht allein. Du hast mich, die Gang, ganz Fierstett! Irgendwie finden wir einen Weg.«

Ben lehnt sich zurück und zieht mich auf sich. Sein Körper unter meinem fühlt sich so warm und fest an! Wir schmiegen uns aneinander, passen perfekt zusammen. Er streicht über meinen Rücken, findet den Bund meines T-Shirts und schiebt einen Finger darunter. Warm prickelt seine Haut auf meiner. Ich schließe die Augen, genieße die Nähe, den Moment.

»Versprichst du mir das?«

Ich lasse die Augen geschlossen und stupse mit der Nase seinen Hals an. »Dass ich dir helfe?«

»Dass du mir eine To-do-Liste schreibst.«

Ein Lachen schlüpft aus meiner Kehle. »Du kriegst sogar zwei, wenn du willst.«

»Du bist zu gütig.«

Ich küsse die warme pulsierende Haut, arbeite mich Stück für Stück seinen Hals hinauf. Er brummt genüsslich und spornt mich an, mutiger zu werden. Mit Ben ist es so einfach! Es fühlt sich richtig an. Meine Brust pumpt dickes, aufbrausendes Blut durch meine Adern. Jedes Mal, wenn meine Lippen ihn berühren, entfacht das ein Feuerwerk zwischen uns. Er zieht mich höher und endlich erreiche ich seinen Mund. Unser Kuss ist leidenschaftlich, voller Furcht und Hoffnung, Verlust und Wünsche.

Dieser Moment scheint genauso brüchig, wie die Zukunft des ›BlueTides‹. Vielleicht treibt mich die Erkenntnis an, dass es keine Gewissheit gibt, was die Zukunft bringt. Dass wir nur in diesem Augenblick leben, mit all seinen Freuden und allem Leid.

Wer sagt mir, wo ich in einer Woche stehe, oder in einem Monat, einem Jahr? Werde ich meine Träume verfolgen oder die Agentur meiner Eltern übernehmen? Wird es mit Pia wie früher werden oder entfremden wir uns? Wird sich Bens Vater in Fierstett einnisten oder schaffen wir es, ihn zu verdrängen?

Nichts wissen wir über die Zukunft! Aber die Gegenwart, die können wir verändern und auf eine Welt hinarbeiten, die unserer erwünschten Zukunft am nächsten kommt.

Ben öffnet den Mund, unsere Zungen berühren sich und ich schmiege mich enger an ihn. Er dreht sich mit mir zur Seite, plötzlich liegt er auf der Couch, ich auf ihm.

Der Tatendrang verwandelt sich in das pure Bedürfnis, diesen Moment vollkommen auszuschöpfen. Wenn ich schon nicht weiß, was die Zukunft bringt, dann will ich mit ganzem Herzen in der Gegenwart leben.

Ich schiebe meine Hand unter Bens Shirt und schmunzle, als er erschaudert. Mit den Fingern erforsche ich seine Taille, seinen Bauch und gleite hoch zu seiner Brust. Feste Muskeln zeichnen sich unter seiner Haut ab, sie zucken unter meiner Berührung.

»Sophie«, haucht Ben. Er löst den Kuss und sieht mir in die Augen.

»Mhm?« Ich streiche über seinen Nippel, der hart vor Lust ist.

»Fuck.« Er beißt sich auf die Unterlippe. »Wenn du so weiter machst, weiß ich nicht, ob ich mich beherrschen kann.«

»Wer sagt, dass du das sollst?« Ich beuge mich zu ihm und knabbere an seinem Kinn. »Ich würde dich gerne unbeherrscht sehen.«

Er schluckt, ein leises Stöhnen entweicht seinen Lippen. Ich drücke einen Kuss auf seinen Kehlkopf und grinse, als der hüpft.

Ben packt mich an der Hüfte und zieht mich fest an sich. Seine Erektion drückt durch viel zu viele Lagen Stoff gegen mich. Am liebsten würde ich ihm sofort alles vom Leib reißen. »Bist du dir sicher?«

»Verdammt, Ben.« Ich drücke ihn tiefer in die Couch und setze mich aufrecht hin. Seine Härte zwischen meinen Beinen zu spüren, fühlt sich so verboten süß an. Die Lust übermannt mich und plötzlich sind meine sonstigen Hemmungen wie weggeblasen. Nichts hält mich zurück. Da ist nur der Wunsch, ihm nah zu sein. »Ich will nicht aufhören. Und du anscheinend auch nicht. Also küss mich endlich – oder zieh dich einfach sofort aus.«

Einen Herzschlag lang sieht er mich mit leicht geöffnetem Mund an, offensichtlich überrascht angesichts meiner direkten Ansage. Dann endlich verziehen sich seine Lippen zu einem ehrlichen Lächeln, das kurz darauf von glimmernder Lust in seinem Blick abgelöst wird.

Er hebt sein Becken und reibt sich an mir. Ich lege den Kopf in den Nacken und seufze genüsslich, lasse jede

Bewegung wie einen Stromschlag durch meinen Körper jagen. Seine Hände fahren unter mein Oberteil und ich hebe die Arme, zeige ihm, dass es mir nicht schnell genug geht. Mit einem Ruck setzt er sich auf, seinen Körper fest an meinen gepresst, saugt er an meinem Hals. Stück für Stück schiebt er mein T-Shirt nach oben, bis er den Bund meines BHs erreicht. Heute trage ich das ansehnliche schwarze Spitzenteil. Bei dem Gedanken, dass es nicht das erste Mal ist, dass er es berührt, lache ich.

»Hm?« Ben zieht mir das Oberteil aus und wirft es zur Seite.

»Hättest du das gedacht?« Ich nehme sein Gesicht in beide Hände. »Dass du den BH von den Dünen wiedersiehst?«

Er beugt sich zu mir, drängt mich nach hinten, bis ich in seinen Armen liege. Dann küsst er sich von meinem Hals zwischen meine Brüsten hinab. »Wirklich ein schönes Teil.« Er knabbert an meiner Haut und ich erschaudere. »Aber noch mehr gefällt mir, was drinsteckt.«

Ich lasse von ihm ab, auch wenn meine Hände sofort die Nähe zu seiner Haut vermissen, und öffne meinen BH. Ben streift ihn mir von den Schultern und saugt dabei jeden freigelegten Millimeter in sich auf. Er streicht über meine Brust, fährt über einen Nippel und entlockt mir mit jeder Sekunde ein weiteres Stöhnen.

In einer fließenden Bewegung hebt er sein Becken und wirbelt uns herum. Jetzt liege ich unter ihm, das Sofa im Rücken und er befindet sich über mir.

»Fuck, Sophie.« Er lässt den Kopf hängen und wirft mir einen verschleierten Blick zu. »Du bist so wunderschön.«

Ich schlinge die Beine um ihn, bewege mich genüsslich. Die Reibung seiner Erektion an meiner Klitoris treibt mich fast in den Wahnsinn. Warum sind da immer noch diese vielen Lagen Stoff zwischen uns? »Du. Ausziehen. Sofort.« Mein Befehlston lässt ihn schmunzeln. Er reißt sich das T-Shirt vom Leib und entblößt seine wohlgeformte Brust. Mit den Fingern folge ich den Konturen seiner Muskeln. Sie zeugen von der vielen körperlichen Arbeit, den ständigen Aufgaben, die er übernimmt. »Sehr schön«, kommentiere ich, deute dann aber auf seine Hose. »Die auch.«

Bevor er meiner Aufforderung nachkommt, beugt er sich zu mir und küsst mich um den Verstand. Ich schmelze mit einem Gefühl von Lust und Schwerelosigkeit.

Widerwillig gebe ich ihn frei, als er sich aufrichtet und aufsteht. Er sieht auf mich herunter, betrachtet mich, als wäre ich das Begehrenswerteste auf der Welt. »Ich bin gleich zurück. Bleib genau so liegen.«

Ich stützte mich auf die Ellbogen und richte mich ein bisschen auf. »Beeil dich, sonst fang ich ohne dich an.«

Sein Blick verfinstert sich und er leckt sich über die Lippen. »Du kannst ganz schön frech sein.«

»Mir hat mal jemand gesagt, dass ich über meine Gefühle reden soll.«

»Kluger Rat. Die Folgen gefallen mir.« Ich höre ihn durch die Wohnung eilen und in einem anderen Zimmer ein Schränkchen öffnen. Kurz darauf steht er am Türrahmen zum Wohnzimmer, eine Kondompackung in der einen Hand. »Du bist dir sicher, dass du das hier ...«.

»Verdammt, Ben.« Ich lache und stehe auf. Vor seinen Augen öffne ich meine Jeans und schiebe sie samt Slip herunter. »Ich will das. Ich will dich.« Das Herz schlägt mir bis zum Hals und ich hoffe, dass er endlich wieder herkommt. Ohne ihn ist mir ganz kalt.

Mit wenigen großen Schritten durchquert er den Raum, lässt die Kondompackung auf den Wohnzimmertisch fallen und schlingt die Arme um mich. Ich nehme eine seiner Hände und führe sie zwischen meine Beine. Er bewegt seine Finger in kleinen kreisenden Bewegungen und entlockt mir damit ein genüssliches Seufzen.

Während er mich berührt, öffne ich seine Hose und helfe ihm heraus. Nackt sieht er noch umwerfender aus. In meinem Kopf gibt es einen Kurzschluss. Ich nehme ein Kondom und streife es ihm über. Als er mich zurück auf die Couch verfrachtet, bin ich so bereit für ihn, wie ich es noch nie zuvor für einen Mann gewesen bin.

Die Zeit steht still, ist ausgefüllt von der Berührung unserer nackten Haut. Ich genieße jeden Augenblick, unsere Küsse, wie er sich langsam vortastet. Mit einem erstickten Stöhnen komme ich ihm entgegen. Als er in mich eindringt, füllt er alles in mir aus. Meine Gedanken, mein Herz, meine Welt. Da ist nur Ben. Und ich bin da.

Wir, zusammen.

Seine Stöße werden kräftiger, ungebändigt. Seine Lust strahlt aus jeder Pore, jedem entzückten Geräusch, das er von sich gibt. Ich lasse mich fallen in einen

Rhythmus, der unsere Herzen zum Bersten bringt und meinen Körper in Sehnsucht ertränkt.

Mehr. Ich brauche mehr davon. Kriege nicht genug von dieser Harmonie, mit der er meine Gedanken in Luft auflöst und mich in flüssige Glut verwandelt.

»Ben«, raune ich, kralle meine Finger in seinen unteren Rücken.

Er richtet sich auf, ohne aufzuhören, und verankert seinen Blick in meinem. Grinsend sehe ich ihn an, nehme jeden Millimeter in mich auf: seine flatternden Lider, den vor Verlangen und Anstrengung geöffneten Mund. Den dünnen Schweißfilm auf seiner Haut, jeden Muskel, der an seinem Hals, seiner Brust zuckt.

Ich biege den Rücken durch, bäume mich auf und lege den Kopf in den Nacken. Die Lust explodiert in mir, ich stöhne und lasse mich mitreißen. Bens Höhepunkt folgt kurz darauf. Wir werden überschwemmt von einer Welle und fortgerissen von einer Windböe, die einem Orkan gleicht.

11. Kapitel

Bens leise Atemgeräusche vermischen sich mit dem letzten Rest meines Traums: *Wir spielen Beachvolleyball mit der Gang, während Alfi am Spielfeldrand liegt und abwechselnd von seinem Kauknochen und dem fliegenden Ball abgelenkt wird.*

Das Netz besteht aus Lichterketten vom Strandfest und Ornamenten, wie sie in der Gestaltung des ›BlueTides‹ eingesetzt werden. Jedes Mal, wenn wir den Ball über das Netz schlagen, rieseln ein paar Geldscheine zu Boden.

»Es ist nicht genug«, sagt Ben. »Er ist schon da.«

Sein Blick richtet sich auf die Düne und ich folge seinem Beispiel. Die Holzplanken winden sich über die Sandhügel. Auf der Spitze steht ein Mann, Dutzende unkenntliche Gestalten in seinem Rücken. Die Geräusche von Baumaschinen erklingen. Sie reißen plötzlich alles ein, zerren die Sonne vom Himmel, baggern das Meer aus, bis nur noch eine schlammige Masse zurückbleibt. Fast wie bei Ebbe, nur endgültiger, ohne die Hoffnung, dass das Wasser zurückkehrt.

Panik erfasst mich und ich klammere mich an die gleichmäßigen Atemzüge, die mich letztlich aus der Traumwelt holen. Ben liegt mit dem Gesicht zu mir, auf seiner Stirn bilden sich kleine Falten.

Obwohl wir gestern Abend für ausreichend Ablenkung gesorgt haben, hängt das Gespräch mit seinem

Vater wie ein dunkler Schatten über uns und ganz Fierstett.

Kurz wird mir heiß bei der Vorstellung, wie direkt und forsch ich war – und wie ich jede Sekunde davon genossen habe. Ben schafft es, dass ich mich unbesiegbar fühle. Wenn ich bei ihm bin, fällt die Scham in Bezug auf meine Gefühle ab und ich finde zu der Version, die ich tief in meinem Innern bin.

Leise schäle ich mich aus dem Bett und tapse in die Küche. Ein kaltes Glas Wasser später fühlt sich der Traum nicht mehr überwältigend an.

Ja, das ›BlueTides‹ schwebt in Gefahr. Wenn wir nichts unternehmen, wird sich dieser kontrollsüchtige Mann in diesem kleinen Paradies einnisten. Das können wir nicht zulassen!

Ich fülle das Wasserglas wieder auf und setze mich im Wohnzimmer an den Esstisch. Smartphone und iPad lege ich neben mich. Auf dem Tablet öffne ich eine neue To-do-Liste und schreibe erste Punkte auf, die Nachforschung benötigen.

Nur weil Bens Vater viel Geld bieten will, heißt das nicht, dass der Eigentümer bestechlich ist. Um die richtige Vorgehensweise festzulegen, benötige ich weitere Informationen.

Wer ist Bens Vater? Wofür steht sein Verein? Wer ist der Besitzer des ›BlueTides‹ und wie können wir ihn überzeugen, weiter die jetzigen Shopinhaber zu unterstützen?

Ich swipe auf meinem Smartphone nach unten und gebe in die allgemeine Suchleiste zuerst den Begriff ›Hillmanns Mannschaft‹ ein. Den hatte Ben gestern erwähnt. Sofort werden mir einige Treffer im Browser vorgeschlagen. Berichte über gewonnene Meisterschaften, die Vereinswebseite und Unterseiten der einzelnen Trainingsangebote. Es werden Ferien-Intensivkurse offeriert sowie Unterricht in regelmäßig trainierenden Mannschaften oder Einzelstunden für angehende Profisportler.

Ich scrolle weiter, kann mich nicht entscheiden, wo ich mit meiner Recherche beginnen möchte – und stutze.

Der Begriff ›Hillmanns Mannschaft‹ zeigt mir ebenfalls Suchergebnisse in meiner Mail-App an. Im ersten Moment halte ich es für Zufall, doch das ist unmöglich. ›Hillmanns Mannschaft‹ ist keine Wortkombination, die einfach so in einer E-Mail vorkommt.

Die gefundenen Mail-Nachrichten wurden alle von Pia verschickt. Laut ihrem Betreff handelt es sich um unsere Kundenplanung, in der alle bestehenden und zukünftigen Aufträge aufgeführt sind. Wichtige Meetings werden dort vermerkt und teilweise Notizen hinterlegt, falls es etwas gibt, über das alle Mitarbeiter der Agentur meiner Eltern informiert werden müssen. Mit jeder Sekunde sickert das Gefühl von Verrat deutlicher in mein Bewusstsein. Die letzte Mail stammt von heute Morgen – keine dreißig Minuten alt. Bei Pia ist gerade Mittag.

Das Herz schlägt mir bis zum Hals und die böse Vorahnung setzt sich wie ein giftiger Eiszapfen in meiner Kehle fest.

Nein! Das kann nicht sein. Das würde Pia nicht tun …

Ich klicke die Mail an und scrolle durch den Nachrichtenverlauf. Knapp gehaltene Worte über Updates, neu anberaumte oder verschobene Meetings.

Dann sehe ich es schwarz auf weiß. Ein Meeting mit Herrn Hillmann. Stichwort:

›nach Seoul-Reise übernehmen‹.

Ich würde mein unverschämt hohes Jahreseinkommen darauf verwetten, dass vor dem Einfügen des Kommentars mein Name in der Spalte, wer das Meeting übernimmt, gestanden hat. Obwohl ich zum Urlaub hergekommen bin, wurde über meinen Kopf hinweg entschieden. War es unser Streit, der Pia dazu brachte, den Kommentar zu verfassen?

Plötzlich wird es um mich herum dunkel. Das Licht, welches hinter mir durch die Fenster fällt, schafft es nicht mehr, bis zu mir vorzudringen. Mir wird heiß. Kalt. Übel. Schwindelig.

Nein.

Das ... Nein!

Mit einem Schlag fühle ich mich benutzt. Der Urlaub und Fierstett erhalten einen faden Beigeschmack, der nicht abzuschütteln ist.

Ich denke nicht nach, sondern wechsle in die Telefon-App und rufe Pia an. Es ist mir egal, dass sie wahrscheinlich gerade arbeitet und eventuell mit den zukünftigen Geschäftspartnern, die für ihre Deutschland-Kampagne auf Pias Bewerbung eingegangen waren, in einem Meeting sitzt. Sind meine Vermutungen wahr, will ich eine Bestätigung dazu von ihr selbst hören.

Mit jedem Klingeln schießt mein Puls weiter in die Höhe. Der erste Anruf läuft ins Leere. Aber so schnell kommt sie mir nicht davon! Ich wiederhole die Prozedur. Es läutet, mein Herz überschlägt sich. Dann endlich nimmt Pia ab und ich explodiere.

»Wie kannst du es wagen?!«

Pia schnappt nach Luft. »Sophie, was ist los?«

»Was los ist?« Ich lache auf, es klingt schrill. »Das würde ich gern von dir erfahren. Also. Mach schon! Sag mir, was das hier soll.«

Stille legt sich über das Telefonat. Ich bin froh, dass Pia nicht die Dreistigkeit besitzt, alles abzustreiten oder die Unwissende zu spielen. Gleichzeitig schneidet die Erkenntnis wie eine Klinge in meine Brust. »Du hast es von Anfang an geplant, oder?« Aufgebracht springe ich auf die Füße und tigere durch das Wohnzimmer. Die Wut treibt mich an, irgendwie muss ich sie rauslassen.

»Du verstehst das nicht.«

»Wie, Pia?« Ich presse mir die freie Hand an die Augen. Mit der anderen umklammere ich das Telefon fester, um es an mein Ohr zu halten und nicht von mir zu werfen. »Wie soll ich es verstehen, wenn du mich belügst? Wenn du hinter meinem Rücken agierst?«

»Ich agiere nicht hinter deinem Rücken! Ich habe dir einfach nicht alles erzählt.«

»Und was verschweigst du mir alles? Dass du den Urlaub hier in Fierstett gebucht hast, um einen neuen Auftrag abzuwickeln?« Meine Stimme zittert, klingt weinerlich. Ich hasse es, so schwach zu wirken. »Was glaubst du, warum ich dich um einen Urlaub angefleht habe? Weil wir seit Jahren nur arbeiten. Alles dreht sich bloß noch darum. Um die Agentur, um unsere Kunden, die Designs und Aufträge, den Umsatz und die Expansion.«

»Aber was ist so schlimm daran?«, wirft Pia ein. »Wir lieben unseren Job! Er ist unser Zuhause, unser Leben.«

»Nein.« Mir wird speiübel und ich presse eine Hand auf den Mund. »Ich wollte mit dir verreisen, weil ich eine Auszeit brauchte. Weil ich es nicht mehr aushalte, dass sich alles nur um das Familienunternehmen dreht.«

»Wie meinst du das?«

»Genau so, wie ich es sage. Ich wollte Abstand, meinen Kopf sortieren. Einfach mal nicht an die Arbeit denken.«

Pia atmet geräuschvoll ein. »Du hast alles, Sophie. Liebende Eltern, eine Wahnsinnswohnung mitten in München. Eine Karriere, wegen der alle vor Neid erblassen und die Gewissheit, dass die Firma irgendwann dir gehört. Komplett.«

Mit jedem Wort, das sie sagt, schnürt sich die Schlinge enger um meinen Hals. Ich kriege keine Luft mehr.

»Urlaub machen? Abstand nehmen?« Sie schnaubt. »Würdest du wichtige Aufträge aufs Spiel setzen, nur weil du mal ausschlafen willst?«

Eine Träne kullert über meine Wange und ich wische sie energisch weg. »Ich will nicht ausschlafen, Pia. Ich will durchatmen. Ich will nachdenken.«

»Dadurch verdienen wir kein Geld, das ist dir schon bewusst, oder?«

»Natürlich ist mir das bewusst!« Mein ganzer Körper bebt. »Aber deswegen kannst du doch nicht für mich Entscheidungen treffen.«

»Also wirfst du mir jetzt vor, dass ich die Geschäftsreise angetreten und das Meeting mit Herrn Hillmann auf einen Termin danach verschoben habe?«

Ich lehne mich an den Esstisch, schließe die Augen und kneife mir in die Nasenwurzel. »Hörst du mir überhaupt zu?« Zitternd atme ich ein, versuche, irgendwoher Energie in mich aufzunehmen. »Ich war keine Sekunde wütend darüber, dass du die Geschäftsreise unternimmst. Ich weiß doch, wie viel dir das bedeutet. Aber du hast das alles eingefädelt. Fierstett, das ›BlueTides‹ – alles. Du wolltest hier Urlaub machen, damit wir einen weiteren Auftrag abwickeln. Du hast sogar mich eingeplant, damit ich das Meeting mit Hillmann übernehme, oder nicht?«

Ein kraftloser Seufzer ertönt auf der anderen Seite der Leitung. »Ja, das ist wahr.«

»Wie konntest du mich so hintergehen?«

»Mach mal halblang, Sophie. Du wolltest Urlaub, ich habe ein süßes Städtchen ausgesucht. Ob ich dann mal vor Ort gearbeitet hätte, kann dir doch egal sein.«

Die idyllische Vorstellung, wie der gemeinsame Urlaub mit Pia hätte verlaufen können, wäre nicht die Geschäftsreise dazwischengekommen, zerfällt in winzige Scherben. Wir waren fast immer einer Meinung gewesen – wann hatten wir uns so auseinandergelebt? Als bei mir die Zweifel wegen meiner beruflichen Zukunft aufgekommen waren? Für einen Moment beneide ich Pia, mit welcher Leidenschaft und Hingabe sie für die Agentur meiner Eltern arbeitet. Sie ist mit mir aufgewachsen, wurde von meiner Familie großgezogen, weil ihre Mutter sie die meiste Zeit vernachlässigte. Wären wir richtige Schwestern, könnte ich die Verantwortung an sie abtreten und mein Erbe ihr überlassen. »Es ist mir nicht egal, weil ich keine Arbeitskollegin brauchte, sondern meine beste Freundin.« Neue Tränen brennen in meinen Augen.

Darauf weiß sie nichts zu erwidern.

»Aber jetzt weiß ich, wo ich mit dir stehe. Ich habe immer geahnt, dass dir die Arbeit wichtiger ist, als ich es bin.«

»Die Arbeit ist mir nicht …«. Ihre Stimme bricht.

Aber ich glaube ihr nicht. »Dann nimm den Auftrag von Herrn Hillmann nicht an.«

»Wieso nicht?« Sie klingt deutlich irritiert. »Weißt du, was er alles möchte? Neues Logo, zig Banner und Flyer. Dazu eine ganze Kampagne zur Vermarktung seines neuen Standorts.«

»Hast du dir eine Sekunde lang Gedanken darüber gemacht, was er für ein Mensch ist? Er will diesen Ort an sich reißen, Arbeitsplätze zerstören und sich hier einnisten.«

»Das ›BlueTides‹ ist nur ein Gebäude, Sophie. Es werden neue Arbeitsplätze geschaffen und junge Menschen erhalten die Möglichkeit, zu Profisportlern ausgebildet zu werden. Er fördert Träume.«

Kraftlos sinke ich auf einen Stuhl, schaue aus dem Fenster. Draußen auf dem Baum hüpft ein Vogel von Ast zu Ast. Hat sie gerade ihre Entscheidung getroffen? Für den Auftrag, gegen mich? »Das ›BlueTides‹ ist nicht bloß ein Gebäude. Es ist ein Zuhause.«

»Das sagst du nur, weil dein Barkeeper dort arbeitet.«

»Sie alle sind mir wichtig geworden, Pia. In wenigen Tagen. Was du vorhast zu unterstützen, wird hier alles verändern.«

»Veränderung ist nicht immer schlecht.«

In diesem Punkt sollte ich ihr wahrscheinlich zustimmen. Veränderung an sich muss nicht schlecht sein. Sie ist aufreibend und beängstigend. Aber manchmal kommt etwas Gutes dabei heraus. Ich bezweifle jedoch, dass Bens Vater und die Schließung des ›BlueTides‹ für Fierstett positiv wären.

»Sag das Meeting mit Herrn Hillmann ab!« Mein Ton ist ernst, ich will keine Widerrede zulassen. Doch Pia lässt sich davon nicht einschüchtern. Ich höre ihre Einwände kaum, denn plötzlich erkenne ich einen Schatten, der am Türrahmen steht.

Ben.

Natürlich. Bei allem, was jetzt sowieso passiert, hört er ausgerechnet dieses Telefonat mit. Mir sinkt das Herz und ich lege einfach auf, schneide Pia das Wort und ihre Ausführungen über die Wichtigkeit von Kundenbindung für unser Image ab.

Was jetzt zählt, ist, Ben davon zu überzeugen, dass er dieses Gespräch wahrscheinlich völlig missverstanden hat. Der Gedanke, er könnte mich für eine Lügnerin halten, zuckt eiskalt durch meinen Körper. »Lass es mich erklären.«

In seiner Miene spiegelt sich eine Abwehrhaltung, die ihn viel härter und unnahbarer aussehen lässt, als ich ihn je gesehen habe. »Ich höre.«

Ich gehe einen Schritt auf ihn zu, doch Ben bewegt sich keinen Millimeter. Er zuckt nicht vor mir zurück, was ich als gutes erstes Zeichen deute, aber er kommt mir auch nicht entgegen.

Am liebsten würde ich wieder in seinen Armen versinken, meinen Kopf auf seine Brust legen und dem gleichmäßigen Schlag seines Herzens lauschen. »Ich wusste nichts von diesem Auftrag.« In kurzen Stichworten fasse ich zusammen, wie ich den Verein von Bens Vater googeln wollte und auf die Mails gestoßen bin. »Es klang für dich vielleicht, als würde ich da mit drinstecken, aber das tue ich nicht.«

Er kratzt sich im Nacken, senkt den Kopf und seufzt. »Ich glaube dir.«

Eine tonnenschwere Last löst sich von meinen Schultern und ich atme tief durch. Das erleichterte Lächeln erlischt jedoch, sobald mich Bens Blick trifft. »Du zweifelst an mir?«

»Nein.« Er stützt die Hände auf die Hüften, in jedem anderen Moment hätte ich den Ausblick genossen, wie er nur in Boxershorts bekleidet vor mir steht. Doch ich habe mich ihm noch nie so fern gefühlt. »Aber ich glaube nicht, dass du unbeteiligt in diesem Spiel bist.«

»Wie meinst du das?«

»Du kennst meinen Vater nicht. Ihr seid nicht irgendeine Agentur, die er beauftragt hat, sondern sein Werkzeug. Es würde ihn wahrscheinlich ungeheuer freuen, wenn er wüsste, wie gut es funktioniert hat, mir mithilfe der Agentur deiner Eltern in die Quere zu kommen.«

Das kann er nicht ernst meinen. »Du glaubst, ich habe mit dir geschlafen, weil dein Vater mit Pia ein Meeting hat?«

Er schnaubt abfällig. »Wenn du es so ausdrückst, klingt es lächerlich.«

»Weil diese Vorstellung lächerlich ist, Ben!«

Er rauft sich das Haar, schüttelt den Kopf. »Du verstehst das nicht.«

»Dann erklär es mir!«

»Mein Vater weiß über alles Bescheid, bevor er eine Entscheidung trifft. Es würde mich nicht wundern, wenn er sogar die Privatadresse und den Lebenslauf von jedem von euch rausgesucht hat, bevor er euch engagiert hat.«

»Du meinst, er stalkt uns, nur weil er uns einen Auftrag erteilen will?«

»Nein. Er ermittelt Daten, um die beste Entscheidung für seinen nächsten Schachzug zu treffen. Ich will nicht wissen, wie viele Jahre er darauf gewartet hat, um endlich seinen Plan umzusetzen. Das Ende der Pacht. Alles passt zusammen.«

Hilflos trete ich einen Schritt näher. Als Ben vor mir zurückweicht, zerreißt es mir das Herz. »Und ich bin seine Marionette? Weil ich aus der Agentur komme, die er für seine Werbemittel ausgesucht hat?«

»Ich bin nicht so naiv zu glauben, dass er so viel Macht besitzt, um das hier vorherzusehen.« Er deutet zwischen uns hin und her. »Aber irgendwie tue ich es doch.«

Die Wut in mir kann sich gar nicht richtig entzünden. Sie erstickt unter dem Schmerz, wie schnell Ben das zwischen uns wegwirft. Nur weil sein Vater aufgetaucht ist und sich hier einnistet. »Bist du dir sicher, dass du nicht nach einem Grund suchst, um mich loszuwerden?«

Sein Kiefer mahlt, er wendet den Blick ab. »Ich habe lange gebraucht, um seinen machtgierigen Fingern zu entkommen. Die Vorstellung, dass er sich in mein Leben einmischt ...«.

»Ben.« Ich strecke den Arm nach ihm aus. »Ich habe
nichts mit deinem Vater zu tun. Ich bin nicht hier und
ich habe definitiv nicht mit dir geschlafen, weil er unsere Agentur beauftragen will.«

Traurigkeit zeigt sich in Bens Augen. »Das glaube ich
dir. Aber du hängst mit ihm zusammen. Und sei es nur
über wenige Ecken. Er hat sich in deinem Leben festge-
hakt und ich kann nicht zulassen, dass er wieder Teil
von meinem wird.«

»Also ist das hier vorbei?«

»Es tut mir leid, Sophie.«

»Nein. Mir tut es leid«, sage ich und meine es auch so.
Wer weiß, was aus uns hätte werden können, wenn
Ben nicht so verzweifelt um die Unabhängigkeit von
seinem Vater kämpfen müsste?

Ich stapfe an ihm vorbei, greife im Flur nach meiner
Handtasche und gehe ins Schlafzimmer. Ich reiße mir
das T-Shirt, das Ben mir zum Schlafen gegeben hatte,
vom Körper und schlüpfe in die Kleidung vom Vortag.

Bevor ich die Türklinke erreichen kann, hält Ben
mich zurück. »Das gestern Nacht ...«.

»... war ein Fehler?« Ich schlucke schwer, dränge die
Tränen zurück.

»Es war wunderschön und ich hätte mir gewünscht,
das mehr als einmal zu wiederholen.«

Nun kommt doch Wut in mir auf. Sie schreit wie ein
wildes Tier, trampelt über meinen Schmerz, bis sie Ben
an die Brust springt. »Du könntest das wiederholen,
weil ich mich gerne auf dich eingelassen habe. Ich bin
hier Ben, ich stehe auf deiner Seite. Aber das willst du

gar nicht sehen, oder? Dein Vater hat meine Eltern beauftragt, also bin ich wie sein Gift, das dein Leben verseucht?«

Darauf sagt er nichts und es macht mich fast noch wütender, als die hilflosen Ängste, die er zuvor geäußert hatte.

»Weißt du was?« Meine Stimme bricht, doch es ist mir egal. »Du hast mich ermutigt, meine Träume zu verfolgen. Ich verstehe, dass du für deine Freiheit kämpfen willst. Aber du solltest Verbündete annehmen, anstatt sie von dir zu stoßen.«

Ich reiße mich von ihm los und verlasse Bens Wohnung. Ich erreiche den Fuß des Treppenhauses und öffne die Eingangstür; als ich oben Schritte vernehme, bleibe ich stehen.

Einen hoffnungsvollen Moment warte ich ab, sehe ihn die Treppe herunterkommen. Er trägt seine Unterwäsche und hat sich eine Jacke übergeworfen. Einige Meter vor mir hält er an, in seiner Hand erkenne ich den Autoschlüssel. Es zerreißt mich fast, zu sehen, wie verloren er aussieht.

»Ich fahre dich zurück ...«.

In diesem Moment verliere ich den letzten Glauben daran, dass das mit uns noch irgendwie eine Zukunft hat. »Lass stecken, Ben. Du streichst mich aus deinem Leben, dann ist das hiermit erledigt. Keine weiteren Verpflichtungen.«

Die Tür fällt hinter mir ins Schloss. Dieses Mal kommt er mir nicht nach.

12. Kapitel

Der Morgen vergeht und ich funktioniere lediglich auf Autopilot. Ich laufe durch Fierstett, das mit dem Sonnenaufgang aussieht wie einer Postkarte entsprungen. Weit entfernt fühlt es sich an, wie ein Bild, das ich betrachte, von dem ich aber kein Teil bin.

In der Ferienwohnung ist es still, ich mache mir einen Kaffee und setze mich in den Sessel. Das iPad lege ich auf meinen Schoß, ohne es anzuschalten. So verbringe ich Minuten, die sich wie Stunden dehnen.

Der Verrat von Pia schlingt sich wie eine Schlange um meinen Körper. Das Traurige ist, dass ich vor einem Jahr wahrscheinlich noch genauso gehandelt hätte wie sie. Immer auf Effizienz aus, das Beste für die Agentur im Sinn.

Wann hat sich das geändert? Und wie kann etwas, das mir damals wie das Wichtigste auf der Welt vorkam, nun so erdrückend wirken? Ich liebe meine Familie, ich bin unglaublich stolz auf das, was sie geleistet und erreicht hat.

Meine Tasse leert sich, obwohl ich mich nicht erinnere, daraus getrunken zu haben. Ich stehe auf und mache mir einen zweiten Kaffee.

Ich setze mich wieder und trinke bewusst einen Schluck. Was jetzt? Ich bin hergekommen, um den

Kopf freizukriegen, um Abstand zu nehmen und zu mir selbst zu finden.

Nichts an diesem Urlaub fühlt sich noch frei und unbeschwert an. Alles scheint auf einem Netz von Lügen aufgebaut zu sein. Die Arbeit webt sich in die glücklichen Erinnerungen ein. Ist plötzlich Teil davon, obwohl ich sie zunächst so gut vergessen konnte.

Kein Wunder, dass Pia nicht begeistert davon schien, wie verbunden ich mich dem ›BlueTides‹ fühle.

Ich nehme mein Handy heraus und bin machtlos gegen den Stich der Enttäuschung, der sich sofort einstellt: Ben hat mir nicht geschrieben.

Ist es wirklich vorbei?

Gedanken an unsere Küsse, an die intimen Momente der letzten Nacht überschlagen sich wie eine Welle, die über mir bricht. Ich liege darunter, kann kaum atmen. Ben war wie ein Sturm, der in mein Leben getreten und jetzt daraus wieder verschwunden ist.

Ich kneife die Augen zusammen, will die Tränen nicht zulassen. Aktivismus – der hat bisher gegen negative Gedanken geholfen. Also schlüpfe ich in meine Laufschuhe und renne kurz darauf los.

***

Den ganzen Tag über schiebe ich To-dos vor meine Gedanken. Ich buche beispielsweise eine Robbentour und fahre mit dem Boot hinaus. Dabei höre ich einen Podcast und überlege, wo ich Muscheln für eine Muschelkette auftreiben könnte.

Es ist später Nachmittag, als ich vollkommen erschöpft in die Ferienwohnung zurückkehre. Mein

Smartphone hatte ich inzwischen auf Fokusmodus gestellt; so wurden mir eingehende Nachrichten und Anrufe nicht angezeigt. Das Herz schlägt mir bis zum Hals, als ich den Modus wieder deaktiviere. Eine leise, hoffnungsvolle Stimme wünscht sich, dass Ben mich nicht wirklich aus seinem Leben streicht, nur weil ich auf eine verquere Weise mit seinem Vater in Verbindung stehe.

Im Gruppenchat der Gang geht es wild zu. Informationen zum Strandfest werden geteilt, aktuelle Stände von Bestellungen und Lieferungen durchgegeben und Alex hat ein Foto von den Losen der Tombola geschickt.

Dann häufen sich die Fragen nach Ben. Ob er mit dem Bäcker gesprochen hat. Wo er für die letzten Vorbereitungen steckt.

Einige Nachrichten gehen direkt an mich. Die Gang wundert sich, wo wir stecken, warum Ben nicht antwortet.

Mein Telefon klingelt.

»Mark?«

»Sophie, endlich. Alles okay bei euch? Wir haben uns ...«.

Ich wimmere, heule los wie ein kleines Kind.

»Was ist passiert?«

Ich fasse ihm mit brüchiger Stimme zusammen, was seit gestern Abend vorgefallen ist. Von dem ungewollten Treffen mit Bens Vater, dem Aufdecken der Verwicklung mit der Agentur meiner Eltern und Pias Beteiligung an der Planung dieses vermeintlichen Urlaubs.

Mark schweigt, im Hintergrund höre ich Alex' Stimme, die sich mit Paul unterhält und ihn zum Essen animiert.

»Sch … Scheibenkleister. Das tut mir so leid, Sophie!« Mark klingt mitgenommen. »Sein Vater«, flüstert er erklärend in den Hintergrund und Alex zieht scharf die Luft ein.

»Schon okay, es war eh nicht klar, was das zwischen uns ist oder was daraus wird, oder …?« Oder was? Hatte ich gedacht, ich würde hierbleiben, meine Graphic Novels zeichnen und mit der Gang im ›Circle‹ zu Abend essen?

»Sag das nicht.« Es raschelt und Paul schreit einmal laut ›Papa‹. »Jeder von uns hat gesehen, dass das zwischen euch etwas Besonderes ist. Es geht uns allen mit dir so. Du gehörst bereits zur Gang.«

Marks Worte lösen einen Schwall Tränen aus. Ich schniefe, stehe auf und suche ein Taschentuch. »Du darfst ihm nicht verübeln, dass er gerade dichtmacht. Sein Vater hat diesen Effekt auf ihn. Da sind wir alle machtlos.«

»Er hat das mit uns beendet und mich rausgeworfen. Ich denke nicht, dass es ein Zurück gibt.«

Mark seufzt schwer. Wieder raschelt es und kurz darauf ist Alex zu hören. »Sophie? Soll ich vorbeikommen? Wir könnten einen Film schauen, etwas essen und quatschen?«

Das Angebot klingt verlockend. Dennoch kann ich nicht annehmen. Ich will nicht annehmen.

»Nein.« Ich wische mir übers Gesicht. »Ich möchte nicht rumsitzen und Trübsal blasen. Wir brauchen einen Plan, um Bens Vater davon abzuhalten, das ›BlueTides‹ zu pachten.«

»Dafür ist auch morgen noch Gelegenheit. Trübsal blasen gehört dazu. Manchmal muss man im Selbstmitleid versinken, damit der nächste Tag besser werden kann.«

Vehement schüttle ich den Kopf, während sie redet. »Uns bleibt keine Zeit. Wir können nicht tatenlos rumsitzen, sondern müssen etwas unternehmen.«

»Okay.« Alex lässt sich von meiner Entschlossenheit offensichtlich anstecken. »Ich trommle die Gang zusammen. Sollen wir zu dir kommen?«

»Nein.« Entschlossen stapfe ich ins Schlafzimmer und ziehe meine liebste Jeans und einen kuschligen Pullover aus dem Schrank. An schlechten Tagen kann schon die richtige Kleidung einen positiven kleinen Teil zur Grundstimmung beisteuern. »Wir gehen ins ›Circle‹. Wir sollten alle aus dem ›BlueTides‹ in unsere Überlegungen mit einbeziehen, die sich beteiligen wollen. Ich werde Ben nicht aus dem Weg gehen, nur weil er mich meiden möchte.«

»Gute Einstellung. Aber du musst dich gar nicht wappnen. Ben wird untertauchen. Das macht er jedes Mal, wenn etwas mit seinem Vater passiert.«

»Aber die Lieferanten, die Bäckerei ...«.

»Er hat mir letztlich alle Mails weitergeleitet und dort Bescheid gegeben, dass sie sich an mich wenden sollen. Er geht nicht, ohne sich um das Wichtigste zu kümmern. Aber er geht.« Ihre Stimme bricht. »Und manchmal zweifeln wir daran, ob er wiederkommt.«

***

Im ›Circle‹ herrscht Ausnahmezustand. Ben hat Klaus angerufen und sich abgemeldet, ohne Angabe, wie lange er fehlen wird. Klaus' Frau Tine ist für heute eingesprungen und hilft aus. Allein dieser Umstand scheint für einen Großteil der Gäste genug auszusagen: Ernste Mienen und leise Gespräche erfüllen die Bar. Es fehlen der lebhafte Eifer, das Gelächter und die Ungezwungenheit, die hier sonst herrschen. Es erfüllt mich mit Stolz, dass offenbar Fierstett hinter Ben steht und ihn so ins Herz geschlossen hat, dass man mit ihm leidet.

»Sophie!« Margret, die Dame, für die ich vor Kurzem die erste Bestellung hinter dem Tresen ausgeführt hatte, bemerkt mich und kommt auf mich zu.

»Weißt du, was passiert ist?« Sie sieht bedrückt aus und ich denke an ihr Gespräch mit Ben. Dass er ihr und ihrem kranken Mann hilft. Sie seufzt herzzerreißend und lässt sich auf einen freien Hocker an der Bar sinken. »Es tut mir jedes Mal in der Seele weh, wenn er verschwindet.«

»Das kommt also häufiger vor.«

»Öfter, als uns lieb ist.« Sie verschränkt die Arme und zieht eine Schnute. Die verleiht ihr etwas Kindliches. »Er ist ständig da, um uns zu helfen. Aber wenn er selbst Hilfe gebrauchen kann, lässt er nicht zu, dass wir für ihn da sind.«

»So is' er. Dieser sture Bock.« Klaus stellt vor Margret einen Teller mit gebratenen Würstchen und Kartoffeln

175

ab und holt ihr Glas von ihrem ursprünglichen Platz herüber.

Tränen schimmern in Margrets Augen und sie stochert lieblos in ihrem Essen herum. »Das ist ungerecht. Wir alle wollen ihm etwas zurückgeben.«

Sie schaut über die Schulter und lässt den Blick über die Anwesenden im ›Circle‹ schweifen. Ich folge ihrem Beispiel. Fast alle Augenpaare sind auf mich gerichtet. Das Herz schlägt mir bis zum Hals. Mir wird schlecht bei dem Gedanken, dass dieser Ort, dieser Zusammenhalt, von Bens Vater zerschlagen werden könnte.

Am hinteren Ecktisch erkenne ich Dan, Lisa und Alex. Auch in ihrer Haltung spiegelt sich die drückende Last wider.

»Wir können ihm helfen«, verkünde ich laut. Ich tätschle Margrets Arm und trete weiter in den Raum hinein. War ich davor nicht schon Zentrum der Aufmerksamkeit, so bin ich es spätestens jetzt. Wahrscheinlich wird mich Ben verfluchen, wenn ich über seinen Vater spreche. Aber soll er mich für aufdringlich oder übergriffig halten, wenn ich damit das ›BlueTides‹ retten kann, nehme ich das in Kauf.

»Wie?«, fragt ein Mann, der mit einer Gruppe von Freunden an einem Stehtisch trinkt.

»Indem wir für die Erhaltung des ›BlueTides‹ kämpfen«, erkläre ich.

»Es ist in Gefahr?«

Ich fasse kurz zusammen, dass der Pachtvertrag ausläuft und ein neuer, potenzieller Pächter aufgetaucht ist. »Uns bleiben nur wenige Tage, um die Lage für uns zu entscheiden. Jeder, der Informationen hat, einen

Beitrag leisten möchte oder uns unterstützt, der ist herzlich willkommen.«

»Aber wie sollen wir das machen?«, fragt jemand.

»Haben wir überhaupt eine Chance?«

»Ich will das ›BlueTides‹ nicht verlieren!«

Wilde Gespräche erfüllen die Luft. Die Anwesenden müssen den Schock erst verdauen. Ich sehe in ihren Gesichtern, wie schwer die Angst wiegt, dass Veränderung in Fierstett einzieht.

»Ich starte eine Unterschriftenaktion!«, ruft eine junge Frau und hebt die Hand. »Damit zeigen wir, wie viele Leute das ›BlueTides‹ unterstützen.«

»Das ist eine schöne Idee!«, freue ich mich und lächle anerkennend.

»Ich will auch helfen.« Margret steht auf und reckt das Kinn. Sie sieht aus wie eine Kämpferin. »Ich rede mit meiner Häkelgruppe, die Mädels kennen jeden.«

Die junge Frau strahlt. »Das ist toll, Margret. Lass uns später alles besprechen.«

Ein Mann steht auf, er kratzt sich am Ohr und zieht verlegen den Kopf ein. »Ich helfe auch gern, aber ich weiß nicht wie.«

Zustimmendes Gemurmel erfüllt die Luft und ich sehe – ebenfalls hilflos – zur Gang. Es gibt einiges zu tun. Wir müssen dringend mit dem Besitzer des Gebäudes sprechen, einen Plan ausarbeiten und uns überlegen, wie wir an Gelder kommen, um konkurrenzfähig zu sein.

»I-ich ...«, stottere ich und bin trotz des anfänglichen Tatendrangs völlig überfordert. »Ich weiß das selbst noch nicht so genau.«

»Wir nehmen gerne weitere Gegenstände für die Spendenaktion an.« Alex hat sich erhoben und lächelt mir aufmunternd zu. »Jeder, der etwas beisteuern möchte, kann sich bei mir melden.«

»Bei mir könnt ihr euch in eine Liste eintragen.« Lisa stellt sich neben Alex, schlingt einen Arm um die Schulter ihrer Freundin. »Wir richten eine E-Mailgruppe ein mit allen, die helfen wollen. Jeder der Ideen zur Unterstützung hat, kann sich bei mir melden. Sobald es konkrete Vorschläge gibt, sage ich Bescheid.«

In den nächsten Minuten schlendern Alex und Lisa durch das ›Circle‹, nehmen Kontaktdaten auf und führen kurze Gespräche.

Ich setzte mich solange zu Dan, der am Tisch die Stellung hält. Mark ist mit Paul zu Hause geblieben, erkundigt sich aber alle paar Minuten übers Handy, wie die Lage aussieht.

»Trink erst mal was.« Dan stellt ein Wasser vor mir ab, das er offensichtlich für mich mitbestellt hatte, wenn ich die Anzahl der Gläser betrachte. Ich nehme einen kräftigen Schluck. Danach ziehe ich das iPad aus meiner Tasche und öffne die ›Safe-the-›BlueTides‹-Liste‹.

»Was hast du bisher?« Dan beugt sich näher, schielt auf das Tablet. Ich drehe es so, dass er mitlesen kann. Schnell ergänze ich die Punkte mit der Unterschriftenliste und der Idee, Vorschläge zu sammeln und in einem interessierten Kreis zu teilen. Die Spendenaktion hatte ich bereits aufgeschrieben, notiere aber zusätzlich, dass sie von Alex ausgebaut wird. Wenn ich korrekt informiert bin, waren Versteigerung und Tombola nur für jeweils einen Tag beim Strandfest geplant. Vielleicht können wir das Programm noch mal ändern.

»Kennt ihr den Besitzer?« Mit einer Handbewegung schließe ich den Raum ein und beziehe mich damit auf das Gebäude.

Dan wiegt nachdenklich den Kopf. »Ich glaube, Mark hatte schon mit ihm zu tun.«

»Was ist der Eigner für ein Mensch?«

»Keine Ahnung.« Dan verzieht das Gesicht und nimmt sein Smartphone zur Hand. Aus der Jackentasche zieht er Airpods und gibt mir einen davon ab. Er wählt Marks Nummer. Keine Sekunde später hebt der ab.

»Was ist los?« Die Unruhe in Marks Stimme steckt mich innerlich an. »Habt ihr was von Ben gehört?«

»Noch nicht.«

»Und wie geht es weiter? Was unternehmen wir?«

»Genau deshalb rufen wir an. Sophie sitzt neben mir.« Marks Stimme wird sanfter. »Hi, Sophie.«

Ich nuschle ein ›Hi‹, obwohl ich nicht weiß, ob er mich hören kann. Besitzt jeder Airpod-Kopfhörer ein Mikrofon? Darüber habe ich mir bisher nie Gedanken gemacht.

Dan streicht mit dem Finger über das Kondenswasser an seinem Glas. »Wir sind noch dabei, einen Plan auszuarbeiten. Kannst du uns etwas über den Besitzer des ›BlueTides‹ erzählen?«

»Ich habe ihn nur einmal gesehen.« Kurz fasst Mark zusammen, was er weiß: Der Besitzer ist ein älterer Herr, der im Ausland lebt. Dänemark, Schweden, Norwegen. Anscheinend hatte er von seinen vielen Aufenthalten erzählt, die er sich durch den Besitz mehrerer

Immobilien finanziert. Wenn es ihn an die Nordsee verschlägt, stattet er hier kurze Besuche ab. In den letzten fünf Jahren kam es zu genau zwei davon. Eine dieser Visiten hatte Ben betreut, die andere Mark. »Er war sehr zurückhaltend, ich konnte damals unmöglich sagen, was er denkt. Außer, dass er ein paar Mal knapp genickt hat, gab es wenig Reaktion.«

»Das ist schlecht«, murmle ich und öffne eine leere Seite, um mir Notizen zu machen. Mark verweist mich außerdem an Klaus, der als Ansprechpartner im ›BlueTides‹ für den Pachtvertrag zuständig ist.

Alex und Lisa kommen zurück an unseren Tisch und rutschen nacheinander auf die Bank. Als sie sehen, dass wir telefonieren, unterbrechen sie ihr Gespräch und beobachten uns gespannt.

»Kannst du einschätzen, ob der Eigentümer sich mit dem Konzept des ›BlueTides‹ identifizieren kann? Oder glaubst du, in ihm steckt ein reiner Unternehmer, der mit seinen Immobilien Gewinne erzielen will?«

»Keine Ahnung.« Mark seufzt.

»Schade.« Ich reibe mir über das Gesicht und betrachte die wenigen Stichworte, die ich aufgeschrieben habe.

»Ich muss auflegen.« Auf Marks Seite scheppert es und er unterdrückt einen Fluch. »Oh Mist! Paul hat gerade den Pfannkuchenteig auf dem Boden verteilt.«

»Wir wollen dich auch nicht aufhalten«, wirft Dan ein. »Wir melden uns, wenn es etwas Neues gibt.«

»Danke und ... Sophie?«

»Hm?« Ich setze mich aufrechter hin.

»Danke für deine Hilfe. Ich bin froh, dass du bei uns aufgetaucht bist.«

Dan nickt zustimmend.

Sofort brennen Tränen in meinen Augen und ich schiebe die aufwallenden Gefühle schnell zur Seite. Es ist schön, das von Mark gesagt und von der Gang zu spüren zu bekommen. Dennoch würde ich es lieber von Ben hören.

Nachdem wir das Telefonat beendet haben, setzen wir Lisa und Alex in Kenntnis.

Lisa stützt die Ellbogen auf den Tisch und schaut verdrießlich in die Runde. »Ein Weltenbummler, der sich seinen Lebensstandard mit seinen Gebäuden finanziert, könnte auf das Angebot von Bens Vater anspringen, ohne zu zögern.«

»Das befürchte ich auch«, murmelt Alex.

Ich schlucke die Sorge hinunter. »Wir müssen es versuchen. Mit allen Mitteln.«

»Du hast recht.« Lisa richtet sich auf, verschränkt die Arme. »Trübsal blasen können wir, wenn wir versagt haben.«

»Wir werden nicht versagen«, wirft Alex ein. »Zumindest weigere ich mich, das in Betracht zu ziehen.«

»Du musst aber realistisch bleiben. Unsere Lage ist verzwickt. Möglicherweise versagen wir.«

Beschwichtigend hebe ich die Hände. »Noch ist nichts passiert. Ich wäre dafür, wir konzentrieren uns auf all das, was wir unternehmen können.«

»Sollen wir die verschiedenen Aufgaben unter uns aufteilen?«, fragt Dan.

»Das macht Sinn.« Ich liste auf, welche Tätigkeiten für den Anfang sinnvoll sind: ein Netzwerk aufsetzen, um alle über die Situation und anstehende Vorgänge zu informieren. Die Anpassung der Spendenaktion, um mehr Einnahmen zu erzielen. Und den Besitzer ausfindig zu machen.

Alex zieht ein Notizbuch aus ihrem Rucksack. »Ich übernehme die Erweiterung der Spendenaktion und versuche, mehr Gäste anzulocken.«

»Ich übernehme das Netzwerk«, wirft Lisa ein. »Dann frage ich auch gleich rum, wer noch etwas für Alex beizusteuern hat.«

»Wir sollten versuchen, alle einzubeziehen, auch die, die technisch nicht gut ausgestattet sind.« Dan zeigt auf sein Smartphone. »Diejenigen, die über Entwicklungen und mögliche Aktionen informiert bleiben möchten, kommen in einen E-Mail-Verteiler. Damit sollten wir alle weitgehend erreichen. Für den Notfall brauchen wir Kontaktpersonen, die gerne rumtelefonieren. Und wer sich aktiv bei Ideen und Umsetzungen beteiligen will, kommt in eine WhatsApp Gruppe.«

Lisa nickt zustimmend und zückt ihr eigenes Smartphone. »Lass uns einen Text verfassen und an alle Kontakte schicken. Danach gehen wir im ›BlueTides‹ herum und besuchen die anderen Shops.«

»Du kannst auch auf die Unterschriftenaktion verweisen.« Ich deute auf die Frau, die an ihrem Tisch ebenso konzentriert über ihr Smartphone gebeugt sitzt, wie wir an unserem.

»Und sag, dass eigene Ideen an uns gemeldet werden können.« Dan sprüht vor Eifer. »Vielleicht ist was Gutes dabei, an das wir nicht denken.«

»Und ich rede mit Klaus.« Mein Blick zuckt wie von selbst zum Tresen. Es ist ein komisches Bild, Klaus' Frau dort an Bens Stelle stehen zu sehen. Für mich gehören Ben und das ›Circle‹ zusammen, wie der Wind und die Nordsee. »Ich erstelle ein Porträt über das ›BlueTides‹, mit dem wir den Besitzer überzeugen werden, dass Bens Vater hier nicht mithalten kann.«

»Niemand kann mit dem ›BlueTides‹ mithalten!« Alex grinst frech über das ganze Gesicht. »Du kannst mich fragen, was immer du wissen willst. Ich kann dir vielleicht nicht alles erklären, aber ich beschaffe dir die nötigen Informationen.«

Nachdem die Arbeitsteilung beschlossen ist, widmet sich jeder seinen Aufgaben. Lisa und Dan formulieren eine Nachricht, schicken sie an ihre Kontakte und verschwinden nach draußen. Alex ist vertieft in ihre Notizen, führt Telefonate mit den Lieferanten und schildert die Lage, fragt nach Rabatten, Spenden oder der Möglichkeit, Werbung für das ›BlueTides‹ und seinen Erhalt zu machen.

Ich warte unterdessen den heftigsten Ansturm auf den Tresen ab und sammle inzwischen Informationen über alles, was mir in einer Argumentation pro ›BlueTides‹ einen Vorteil verschaffen könnte. Die Bedeutung von Nachhaltigkeit in der heutigen Zeit unterstreiche ich dabei besonders oft. Aber abgesehen davon finde ich viele positive Artikel im Web, die besagen, wie wichtig ein zentraler Anlaufpunkt für eine Gemeinde ist. Ein Trainingslager würde die Vielfalt in Fierstett deutlich einschränken, was auf lange Sicht die Attraktivität für den Tourismus verringern würde. Das führt letztlich zu einem niedrigeren Wert der Immobilie.

Im Raum kehrt langsam Ruhe ein. Zwar liegt Spannung in der Luft und schwingt in den Gesprächen mit, doch allgemeine Erschöpfung hat die Besucher ergriffen. Das ist meine Gelegenheit. Ich gehe an die Bar und setze mich auf einen freien Hocker. Kurz darauf steht Klaus' Frau vor mir.

»Was kann ich dir bringen, Liebes?«

»Ich habe mich noch gar nicht richtig vorgestellt. Ich bin Sophie.«

Sie nimmt meine angebotene Hand und schüttelt sie. »Klaus hat mir schon nach seinem ersten Treffen mit dir einiges erzählt.« Sie zwinkert mir zu, streichelt meine Hand. »Du kannst mich Tine nennen.«

»Schön, dich kennenzulernen, Tine.«

»Ganz meinerseits, Liebes.«

Sie stellt mir ungefragt ein Wasserglas hin und fordert mich auf, genug zu trinken. »Ihr habt euch ganz schön in die Arbeit gestürzt.«

»Wir wollen das ›BlueTides‹ unbedingt retten.«

Mitgefühl legt sich über ihre Miene. »Es bedeutet mir viel, dass du dich für uns einsetzt. Ben hat wirklich einen guten Fang gemacht.«

Ihre Worte treffen mich unvorbereitet und hart. Mich auf die bevorstehenden Aufgaben zu konzentrieren, hat mich für wenige Stunden von der verzwickten Situation mit Ben abgelenkt. Um nicht näher darauf einzugehen, winke ich einfach ab. »Hat Klaus mit dir über den Pächter gesprochen? Kannst du mir etwas über ihn erzählen?«

Tine verzieht entschuldigend das Gesicht. »Da fragst du ihn am besten selbst.« Sie geht in die Küche und kommt kurz darauf mit Klaus zurück.

»Ich will euch gar nicht lange aufhalten«, wende ich ein. »Aber könntest du noch mal mit dem Besitzer sprechen, um ihn vom Konzept des ›BlueTides‹ und seiner Erhaltung zu überzeugen? Ich erstelle ein Porträt und sammle Informationen, die du ihm weiterreichen kannst.«

»Es könnte schwierig werden, ihn zu erreichen, er ist viel auf Reisen«, meint Klaus.

»Ein Telefonat oder Videocall könnten schon helfen.« Flehend betrachte ich ihn. Klaus wirkt erschöpft, dunkle Ringe liegen unter seinen Augen.

Er beißt sich auf die Unterlippe und lässt den Blick durch die Bar schweifen. »Kann das nicht jemand anderes übernehmen? Ohne Ben wird der Laden brennen.«

»Natürlich!« Ich schenke ihm ein aufmunterndes Lächeln, will nicht, dass er sich schuldig fühlt, die Aufgabe abgelehnt zu haben. Sofort denke ich an die Mitglieder der Gang, die mit ihrem Leben, den Hilfsaktionen und dem Fest beschäftigt sind. Ihnen noch mehr aufzuerlegen, fühlt sich falsch an. Also bleibt nur eine logische Schlussfolgerung. »Ich führe das Telefonat.« Geschäftliche Telefonate liegen mir sowieso im Blut, außerdem bin ich immer erreichbar.

Ich reiche Klaus einen Zettel mit meinen Kontaktdaten. »Der Besitzer kann mich zu jeder Tages- oder Nachtzeit kontaktieren. Egal, in welcher Zeitzone er sich befindet.«

»Ich gebe das weiter, aber mach dir keine allzu großen Hoffnungen.«

Nachdem ich mich bedankt habe, kehre ich an den Ecktisch zurück. Das Gespräch mit Klaus hat meine Stimmung gedämpft, dennoch gebe ich die Hoffnung nicht auf. Auch wenn es mir mit jeder Stunde schwerer fällt.

»Und?« Dan ist zurück und sieht von der Speisekarte auf. »Was hat Klaus gesagt?«

»Das Gleiche wie Mark. Aber er gibt meine Kontaktdaten weiter. Wollen wir hoffen, dass sich der Besitzer meldet.«

»Das wird schon«, sagt er, doch seine Stimme klingt ebenso wenig überzeugt wie die von Klaus. »Lasst uns eine Essenspause einlegen, danach geht es uns sicher besser.«

Ich entscheide mich für den Nudelauflauf von der Tageskarte, Alex für eine Bowl und Dan bestellt für sich und Lisa je ein Clubsandwich. Als das Essen an unseren Tisch gebracht wird, ruft er sie kurz an. »Wir sollen schon anfangen«, richtet Dan uns aus und ich lasse mir das nicht zweimal sagen. Genüsslich nehme ich eine volle Gabel meines Auflaufs und schließe die Augen. Egal, wie schlecht es mir geht, Essen schafft es immer, mich für einen Moment alles vergessen zu lassen.

»Leute!« Lisa kommt an den Tisch, greift über Dans Teller zu ihrem Sandwich und gönnt sich drei schnelle Bissen. Ihre Aufregung lässt uns gebannt zuschauen, bis sie endlich das Essen geschluckt hat und weitersprechen kann. »Rita und Marie hatten eine super Idee! Sie wollen ein Crowdfunding starten.«

»Das ist es!« Alex legt ihr Besteck ab und blättert durch ihr Notizbuch. »Ich habe ein paar Kontakte, die nichts für die Tombola spenden können, aber trotzdem gern helfen würden. Eine direkte Spende wäre die Lösung.«

»Den Link zum Crowdfunding können wir über den Mailverteiler versenden«, wirft Dan ein. »Oder besser noch, wir fügen ihn in die Fußzeile unserer E-Mail-Signaturen ein.«

»Und wir sollten das Crowdfunding auf der Webseite vom ›BlueTides‹ verlinken. Übrigens – der Onlineauftritt könnte generell noch etwas ausgebaut und mit aktuellen News versehen werden. Da steckt viel mehr Potenzial drin«, werfe ich ein.

Alex verzieht das Gesicht. »Die Seite haben wir damals machen lassen, aber nie verstanden, wie die funktioniert, und schaffen es gerade so, ein paar bestehende Texte zu aktualisieren.«

»Könnt ihr dort anfragen, wo ihr sie herhabt, ob man uns bei einer Überarbeitung unterstützen würde?«

»Wir können es versuchen, aber ich glaube nicht, dass man uns hilft. Zumindest nicht ohne einen ordentlichen Geldbetrag.«

Ich nicke nachdenklich. »Klar, wir können nicht erwarten, dass jeder umsonst arbeitet.«

Lisa lacht. »Aber es wäre schön.«

»Ich klappere meine Arbeitskontakte ab, hole verschiedene Angebote ein. Dann können wir versuchen, die Kosten möglichst gering zu halten.«

»Perfekt.« Lisa stopft sich den letzten Rest von ihrem Sandwich in den Mund und wischt sich die Lippen mit einer Serviette ab. »Dann mache ich mal weiter.«

»Bevor du gehst, kannst du mir Ritas und Maries Kontaktdaten geben?«, frage ich an sie gewandt. »Dann stimme ich mich mit ihnen ab, was wir auf die Crowdfunding-Seite packen und was auf die Website des ›BlueTides‹.«

»Klar.« Sie gibt mir die Nummern und verabschiedet sich für eine erneute Runde durch die Shops. Dan schlingt sein Sandwich eilig hinunter und folgt ihr.

»Ich schicke dir die Rückmeldung und das Angebot, sobald ich eine Antwort bekomme.« Alex macht sich eine Notiz, holt ihr Smartphone heraus und beginnt, etwas zu tippen. Vermutlich eine Mail an den Dienstleister.

»Kannst du mir ein paar technische Infos über den Host und verwendete Programmiersprachen geben?«

Alex sieht entschuldigend zu mir auf. »Ich habe keine Ahnung, aber das finden wir raus.«

13. Kapitel

Meine Augen brennen, als ich am nächsten Morgen mein Handy checke. Die kurze Nacht steckt mir in den Gliedern. Ich rapple mich auf und überfliege die eingegangenen Nachrichten. Es dauert eine halbe Stunde, bis ich alle Informationen aufgenommen und verarbeitet habe.

Im Chat der Gang werden die aktuellen Stände geteilt: wie Alex das neue Programm gestalten will, wie weit die Vorbereitung für das Crowdfunding ist, zu dem ich am Abend noch kurz mit Rita und Marie telefoniert hatte. Lisa und Dan haben den Verteiler zusammengestellt und die WhatsApp-Gruppe eröffnet. Dort sammeln sich weitere Ideen, wie zum Beispiel kostenlose Häkelkurse im ›BlueTides‹ anzubieten oder andere Aktivitäten, um neue Besucher dorthin zu locken. Es bilden sich erste Untergrüppchen, um die genannten Ideen in die Tat umzusetzen.

Der offensichtliche Tatendrang löst den Angstknoten in meiner Brust auf und für einen Herzschlag fühle ich mich unbesiegbar. Doch dann leuchtet eine neue Nachricht auf.

Ben.

Mein Puls schießt in die Höhe und ich springe auf die Füße. Ich wechsle in den Chat der Gang, in den er geschrieben hatte.

Ben: Könnt ihr bitte Sophie aus dem Chat entfernen?

Ich öffne den Mund zum Protest, doch selbst die wütenden Worte bleiben mir im Hals stecken. Er erträgt es nicht, mit mir in einem Chat zu sein?
Die Antworten trudeln sofort ein.

Lisa: Spinnst du?

Alex: Was glaubst du, wer für das alles hier verantwortlich ist?

Dan: Ben ... ohne Sophie hätten wir nichts von alledem auf die Beine gestellt.

Ben: Ohne Sophie gäbe es dieses Problem nicht.

Lisa: So ein Bullshit.

Alex: Du weißt, dass das nicht stimmt. Sie ist nicht dein Vater.

Ben hat den Chat verlassen.
Ich rege mich, obwohl der Stich der Enttäuschung durch meine Glieder fährt und alles taub werden lässt. Langsam huschen meine Finger über die Tastatur.

Ich: Schon gut. Das ist euer Chat. Holt ihn zurück. Ich eröffne einen neuen für die Rettungsaktion.

Aus dem Chat auszutreten, schmerzt mehr, als ich für möglich gehalten hätte. Das Gefühl, inkludiert zu werden, ein Teil von Fierstett und des ›BlueTides‹ zu sein, geht dabei verloren. Stattdessen bin ich wieder die Neue, die Urlauberin, die kurz in die Kleinstadt hereinschneit und letztlich wieder verschwindet.

So wird es sein: In einer Woche ist meine Zeit hier um, dann gehe ich. Doch ich bezweifle, dass das sich schlimmer anfühlen kann als dieser Morgen.

Ich lege das Smartphone zur Seite, tapse ins Bad und stelle mich für eine gefühlte Ewigkeit unter die heiße Dusche. Dort versuche ich, alle Sorgen, den Schmerz und meine wirren Gedanken abwaschen zu lassen.

Es gibt einen Plan. Eine To-do-Liste für die Rettung des ›BlueTides‹. Darin besteht meine Mission. Alles andere ist zerbrochen und ich bezweifle, dass es sich wieder reparieren lässt.

Also schalte ich meinen Arbeitsmodus an und richte mir eine Basis auf dem Esstisch ein. Dort stelle ich das iPad auf und öffne die Liste. Davor lege ich einen Notizblock, den Hanni für ihre Gäste auf dem kleinen Tisch im Flur bereitgestellt hat. Ich kritzle zuallererst eine neue To-do-Liste auf den Block. Kleine Teilschritte, die meinen Tag bis zum Anschlag füllen und mich hoffentlich vom Nachdenken abhalten werden. Morgen beginnt das Strandfest; ich habe den Leuten aus der Gang versprochen, vor Ort zu sein und auszuhelfen. Sie rechnen nicht damit, dass Ben kommt, daher gibt es einige Aufgaben, die ich übernehme.

»Genug gegrübelt.« Ich richte mich auf, schüttle die Erinnerungen an Ben ab und lege los: Als erste konkrete Aufgabe checke ich meine E-Mails, beantworte

Fragen und leite Kontakte, die Interesse am ›BlueTides‹
bekunden, für den Verteiler an Lisa und Dan weiter.

Von Alex finde ich eine Nachricht, die mir das Briefing und die Korrespondenz von damals weitergeleitet
hat, als die Website erstellt wurde. Ich scanne die Nachrichten und schreibe alle wichtigen Informationen heraus. Da die Website nie großartig betreut wurde, gab es
nur wenige Anpassungen, hauptsächlich an aktuell
veränderte Gesetzeslagen. Der Rest wirkt veraltet,
nicht wie auf dem neusten Standard. Aber damit war
zu rechnen.

Zur Antwort schicke ich ihr ein schnelles

›Danke‹

rüber, streiche die Punkte

›E-Mails checken‹

und

›Informationen Website sammeln‹

auf meiner Liste durch.

Eine ganze Weile betrachte ich die Auflistung der
nächsten Aufgaben, die sinnvoll sind. Dennoch kostet
es mich große Überwindung, das Telefon zur Hand zu
nehmen und meine Mutter anzurufen.

»Schatz?« Im Hintergrund ertönen die üblichen Geschäftsgeräusche, die meine Mutter umschwirren wie
Vögel eine Märchenprinzessin. »Schön, dass du dich
meldest! Wie ist dein Urlaub?«

»Es ist toll hier«, versichere ich; obwohl das genussvolle Urlaubsleben für mich vorbei ist, ändert es nichts an der Tatsache, wie traumhaft ich Fierstett finde. Ich berichte meiner Mutter von der Stadt, dem kleinen Hafen, den Stränden und dem ›BlueTides‹.

»Das klingt idyllisch.«

»Das trifft es.« Ich weiß, dass Bens Vater nicht mehr als ein Kunde ist, dessen Hintergrund meine Eltern nicht kennen. Dennoch fühlt es sich so an, als wären sie daran beteiligt, diesen Ort zu gefährden und schlimmstenfalls zu zerstören. So gerne ich es auch tun würde, ich kann sie nicht darum bitten, die Zusammenarbeit mit Hillmann zu beenden. Das brächte nichts, außer dass er sich eine andere Agentur besorgt. Dennoch gibt es etwas, worauf ich hoffe: Kontakte. »Ich brauche eure Hilfe.«

Meine Mutter wird hellhörig, das spüre ich förmlich durch das Telefon. Es zeigt sich in der Art, wie sie atmet, wie sie still darauf wartet, dass ihr weitere Informationen zur Verfügung gestellt werden.

»Kannst du mir bitte eine Liste unserer Dienstleister für Webentwicklung schicken? Ich will ein paar Freunden helfen, ein Crowdfunding auf ihrer Internetseite zu platzieren und der Webauftritt könnte gleichzeitig eine kleine Politur brauchen.«

Meine Mutter lacht beinahe. »Ich wusste doch, dass du es nicht ohne Arbeit aushältst. Du hättest deinen Laptop mitnehmen sollen.«

Ich verkneife mir einen Kommentar und gebe ihr stattdessen ein paar Eckdaten durch, die sie für die Auswahl der Kontakte nutzen soll.

Wir unterhalten uns noch ein paar Minuten, in denen sie hauptsächlich von der Arbeit erzählt. Pias Geschäftsreise und welche Aufträge nach meinem Urlaub anstehen sind dabei die vorherrschenden Themen. Ich schalte auf Durchzug, merke, wie mich das alles nicht wirklich interessiert. Mein Fokus liegt auf Fierstett und dem Menschen, der ich hier geworden bin.

Anstatt über Kundenwünsche, Pitches und Präsentationen zu grübeln, will ich in meine eigenen Geschichten eintauchen, Emotionen auf Papier bringen und Leser begeistern.

Dass ich ihr davon nicht erzähle, weil die Angst vor Enttäuschung zwischen uns liegt, zieht für mich einen Graben, der sich nicht überwinden lässt. Es bräuchte nur wenige Worte, um sie vom Thema ›Arbeit‹ abzulenken und über das zu reden, was mir etwas bedeutet, mich begeistert. Aber ich bleibe stumm, lausche ihrem Monolog und gebe hier und da ein paar Geräusche von mir, die Zustimmung oder Überraschung ausdrücken. In der richtigen Dosierung, um nicht unhöflich zu sein, aber auch nichts darüber hinaus. Für mehr fehlt mir die Energie.

»Ich will dich nicht länger aufhalten, Schatz«, sagt sie schließlich und ich weiß, dass es sich eigentlich andersherum verhält. Wie Pia – und vor wenigen Tagen auch ich – kennen wir in unserer Familie keine Pausen. Unser ganzes Leben ist der Agentur gewidmet. »Ich schicke dir die Kontaktliste gleich zu.«

»Danke, Mama. Grüß Papa von mir.«

»Das mache ich. Und du genieß deinen Urlaub, ja?«

»Bis bald.«

Wir legen auf und ich starre eine Weile mein Smartphone an. Der Bildschirm wird abgedunkelt und erlischt schließlich ganz. Vor etwas mehr als vierundzwanzig Stunden war dieser Urlaub perfekt. Jetzt gleicht er einer einzigen Katastrophe. Ich schüttle mich, atme geräuschvoll aus und lasse mit meinem Atem einige Emotionen entweichen.

Funktionieren, Sophie. Du musst jetzt nur noch funktionieren, bis das ›BlueTides‹ gerettet ist!

Die Wartezeit, bis mir meine Mutter die Liste mit den Kontaktdaten der Dienstleister zukommen lässt, überbrücke ich damit, die E-Mail zu formulieren, die ich dorthin verschicken möchte. Darin schildere ich die technische Lage unserer Situation und äußere die Bitte um ein Angebot. Außerdem füge ich Links zum Crowdfunding an und ergänze eine Einladung zum Strandfest.

Die Nachricht meiner Mutter enthält etwa fünfzehn Kontakte, außerdem hängt sie ein Gesprächsprotokoll von einem Meeting an, das sie während meiner Abwesenheit geführt hat samt der Bemerkung:

›Wenn du Lust hast, kannst du ja mal drüberlesen.‹

Ich seufze innerlich und ignoriere den Hinweis. Stattdessen konzentriere ich mich darauf, meine Mail an alle Kontakte in Sachen Webdesign zu versenden. Bei jenen Dienstleistern, mit denen ich bereits zusammengearbeitet habe, ergänze ich jeweils eine persönliche Note: Ich bedanke mich für die vergangene Zusammenarbeit und füge, wenn möglich, eine kleine Anekdote an.

Mein Magen knurrt, doch ich arbeite die Liste ab, bevor ich mir eine Pause gönne. Danach stürze ich zwei Gläser Wasser hinunter und hole mir in der Bäckerei genug zu essen, um meinen Hunger zu stillen und mir einen kleinen Vorrat für den restlichen Tag anzulegen.

Die Gang fragt zwar, ob ich gegen Abend im ›Circle‹ vorbeischauen möchte, doch ich lehne ab. Der Esstisch wird zu meinem Arbeitsplatz, die Nacht zum Tag.

Es ist fast vier Uhr in der Früh, als ich mich endlich zurücklehne und den letzten Punkt auf der To-do-Liste streiche. Meine Gedanken sind träge vor Erschöpfung und mein Körper fühlt sich bleischwer an. Ich stelle mir noch schnell einen Wecker, damit ich rechtzeitig für die Eröffnung des Strandfestes aufstehe, und falle ins Bett.

14. Kapitel

Wir bilden eine Fahrgemeinschaft und quetschen uns zu fünft in Alex' kleinen Fiat. Ich bin die Letzte, die abgeholt wird. Mit vollgepacktem Auto fahren wir von Hannis Ferienanlage zum Strand.

»Du machst dich mit Absicht breit«, raunt Lisa und stößt Dan einen Ellbogen in die Seite.

»Ich habe Platz«, beteuere ich und grinse, als Dan sich möglichst schwerfällig auf Lisa lehnt.

»Hör ... auf.« Sie zwickt ihn in die Seite und er jault gespielt.

»Brauchst du später das Auto?« Alex schaltet in den nächsten Gang und ihr Blick zuckt kurz zu Mark. Von meinem Platz aus, sehe ich ihr Gesicht. Ihr Gesichtsausdruck wirkt sanft. So wie immer, wenn sie Mark betrachtet.

»Nein. Paul schläft heute bei Opa.«

»Alfi schläft auch bei Opa«, wirft Dan ein.

»Wir können also alle bis zum Ende bleiben?« Ein freudiges Funkeln erfüllt Alex' Augen. »Lasst uns den Tag heute genießen!«

»Für das ›BlueTides‹«, ruft Dan, als wäre das ein Schlachtruf.

Lisa stimmt lachend mit ein, dann der Rest der Gang.

Bis wir den Parkplatz erreichen, gehen wir ein letztes Mal die jeweiligen Aufgaben durch. Lisa und Dan sind an einem der Essensstände eingeteilt. Alex und Mark überwachen, dass alles glatt anläuft, und managen schließlich das Programm. Ich übernehme Bens Position und helfe Klaus an der Bar aus. Zum Glück werden die Getränke fertig gemixt in Flaschen ausgegeben, so muss ich nicht mit meinen fehlenden Fähigkeiten als Barkeeperin glänzen. Außerdem vermeiden wir so Müll in Form von Bechern, die aufgrund einer fehlenden Alternative zum Spülen von Gläsern die einzige Option gewesen wären.

Der Laster des Getränkelieferanten wurde dicht beim Steg positioniert, um die Laufwege möglichst kurz zu halten, und ragt wie ein Monster neben der Düne auf. Mir sackt das Herz in die Hose, als mir beim Anblick der Getränkelieferung die Größe des Festes bewusst wird. Alex hat mir schon gestern den Plan gezeigt, auf dem sie jeden in Schichten eingeteilt hat, damit alle Helfer sich beim Kistenschleppen abwechseln.

»Jeder schnappt sich, so viel er tragen kann.« Sie parkt das Auto neben dem Laster und scheucht uns hinaus. Kaum aus dem Auto beginnt die Arbeit. »Denkt dran, immer etwas mitzunehmen, egal, wo ihr hingeht. Keine verschwendeten Laufwege!«, betont Alex noch einmal.

Vollbepackt stapfen wir im Gänsemarsch über den Steg. Direkt auf der anderen Seite befindet sich auf der Seeseite am Fuß der Düne eine Holzwand, die mit Fotos und Texten aus den letzten Jahren geschmückt ist. In einem kleinen Kästchen befinden sich Stifte, damit sich die Besucher auch dieses Jahr wieder verewigen können.

Wir waren hier. Mama, Papa, Mareike, Leonie.

Das Essen war so lecker!

In Gedenken an den besten Opa der Welt. Du fehlst mir.

Added mich auf meinen Socials ...

Kann ich die Nummer vom Barkeeper haben? Lol.

Hannes ist ins Wasser gesprungen, 10/10.

Nächstes Jahr komme ich wieder.

Ich schmunzle, kann gar nicht aufhören, die Nachrichten zu scannen. Das Fest hat noch nicht begonnen, dennoch erfüllt eine knisternde Spannung die Luft, unter anderem gefüttert von den Erinnerungen der letzten Jahre, die auf der Wand festgehalten wurden.

»Hinter der Wand mit den Notizen links sammeln wir leere Getränkekisten, rechts stehen dann die vollen. Damit vereinfachen wir der Schicht die Arbeit und niemand muss überall einsammeln gehen, verstanden?«

»Ja, Chef.«

Alex wirft Mark einen finsteren Blick zu.

Ich verlagere das Gewicht und hieve die Kiste auf meine Hüfte. Die Regel, volle Kisten hinter der Wand zwischenzulagern, gilt offensichtlich nicht für uns. Wir schleppen die Getränke bis zu den Ständen, an denen später ausgeschenkt wird. Mit dem Stand des ›Circle‹ sind es insgesamt drei, um die Besucher auf mehrere Bereiche verteilen zu können.

Wir laufen an den ersten beiden Ständen vorbei bis zum hintersten, bei dem sich bereits ein kleines Getränkelager angestaut hat. Stöhnend lasse ich die Kiste sinken und stelle sie neben die anderen.

Die Stunden bis zur Eröffnung vergehen wie im Flug und werden begleitet von hektischen Rufen, herumwuselnden Menschen und dem anfänglichen Kreischen beim Mikrofontest.

Eine halbe Stunde vor Eröffnung trommelt Alex alle zusammen. Sie verteilt an jeden eins der Sandwiches, die von der Bäckerei geliefert worden sind. Zur Auswahl stehen rote Beete mit Ziegenkäse, Grillgemüse und marinierter Tofu mit Tomaten und Rucola. Der Hunger überfällt mich nach den körperlich herausfordernden Vorbereitungen mit aller Wucht und ich schlinge mein Brot in Rekordzeit hinunter.

»Danke, dass ihr heute alle hier seid und dieses Fest mit uns auf die Beine stellt. Jedes Jahr fordere ich uns auf, Spaß zu haben. Das will ich auch jetzt. Aber wir alle wissen, dass mehr auf dem Spiel steht als sonst.« Eine bedrückende Stille senkt sich über die Umstehenden. Nur die leisen Kaugeräusche sind zu hören. »Also werden wir nicht nur ein unvergessliches Fest auf die Beine stellen, sondern mit allem Herzblut für das ›BlueTides‹ kämpfen. Damit dieses Fest noch weitere fünf, zehn oder sogar fünfzig Jahre stattfindet!«

Die zustimmenden Rufe schwellen zu einem Jubelgeschrei an. Ich recke wie die anderen die Faust in die Luft und falle in den Chor ein.

»Für das ›BlueTides‹! Für das ›BlueTides‹! Für das ›BlueTides‹!«

Alex durchquert den Kreis und fällt mir um den Hals. »Ohne dich hätte ich das niemals geschafft.«

»Du übertreibst.« Ich drücke sie fest an mich und genieße die Umarmung. »Du hast das alles alleine auf die Beine gestellt.«

»Aber du bist die treibende Kraft, die Ordnung in das Chaos bringt. Dank dir haben wir einen Weg gefunden, um unser Ziel vielleicht zu erreichen.«

Ich schiebe sie von mir und sehe ihr ins Gesicht. »Im Ernst, Alex. Ich war das nicht. Das waren alle hier, jeder, der mit Begeisterung seine Nächte opfert, um Bens Vater zu stoppen.«

»Dass wir für ein Ziel brennen, heißt nicht, dass es erreichbar ist. Das hast du geschafft, Sophie. Mit deiner Ansprache im ›Circle‹, mit deiner Art, wie du Riesengroßes in handliche Stücke herunterbrichst und unserer Arbeit Struktur gibst. Du bist hier, zeigst Präsenz und vermittelst allen das Gefühl, dass sich das Kämpfen lohnt.«

»Kämpfen lohnt sich immer. Nur der Sieg ist nicht gewiss.«

Traurigkeit legt sich über Alex' Augen. Ihr Blick schweift zur Düne, zum Steg und weiter in die Ferne. »Ich wünschte, Ben würde kämpfen und sich nicht vor seinem Vater verstecken.«

Ihre Worte schlingen sich fest um meinen Magen und drücken ihn unangenehm zusammen.

»Hey.« Ich knuffe sie in die Seite. »Schwermut ist nicht erlaubt. Konzentrier dich ganz auf das Fest. Wir rocken das.«

Sie verzieht die Lippen zu einem Lächeln, die Traurigkeit verschwindet nicht ganz. »Eigentlich sollte ich das zu dir sagen, oder? Ich heule hier herum, während es dir schlecht geht.«

»Nur weil es mir wegen Ben schlecht geht, heißt das nicht, dass du nicht auch traurig sein darfst. Ihr seid Freunde, natürlich sorgst du dich um ihn und wünschst ihm das Beste.«

»Danke, Sophie.« Sie drückt mich noch einmal schnell an sich, dann streckt sie den Rücken durch und setzt eine entschlossene Miene auf. »Auf geht´s! Lasst uns Spaß haben.«

Die erste Besucherschar kommt wie in einer Welle direkt zu Beginn über den Strand geschwappt. Die Sonne steht am fast wolkenfreien Himmel, zeigt sich allen Teilnehmenden und Mitarbeitenden von ihrer besten Seite. Hinter dem Stand des ›Circle‹ bekomme ich den Wind nicht mit, doch auch er scheint milder zu sein als sonst. Er trägt Gelächter zu mir, Wortfetzen von aufgeregten Gesprächen. Soweit ich es von meiner Position aus sehe, läuft das Fest so an, wie Alex es sich erhofft hatte.

Klaus und ich sind ohne Unterbrechung beschäftigt, geben Getränke aus, kassieren ab und empfehlen Programmpunkte. Mit jedem begeisterten neuen Besucher steigt meine Hoffnung auf einen Sieg in der laufenden Auseinandersetzung mit Hillmann.

Nach wenigen Stunden ist der Strand voller Menschen. Die Liegestühle sind besetzt und der Bestand in unserem Getränkelager neigt sich, trotz der stetigen Hilfe der Schicht, dem Ende zu. Klaus setzt sich für eine Weile vom Verkauf ab und hilft beim Auffüllen. Nach etwa einer halben Stunde ist er völlig verschwitzt.

»Klaus.« Ich halte ihn auf, nachdem er eine Kiste Bier abstellt. »Lass uns tauschen.« Am liebsten würde ich ihm eine Pause verschreiben, damit er sich erholt. Doch wir werden erst in über einer Stunde beim Standdienst abgelöst. Bis dahin sind die Getränke bestimmt komplett aufgebraucht.

»Das geht schon ...«. Er wischt sich mit dem Arm über die Stirn.

»Bitte.« Ich lächle ihn aufmunternd an. »Etwas Bewegung würde mir guttun nach dem ständigen Stehen.«

Wenig überzeugt nickt er und lässt sich von mir hinter die Theke bugsieren. Ich verschaffe mir einen schnellen Überblick über unser Lager. Am meisten wurde Bier getrunken, leere Kisten sammeln sich auf der einen Seite, darunter manche, in denen bereits die zurückgegebenen Flaschen stecken. Volle Kisten befinden sich auf der anderen Seite und dazwischen halb volle mit verschiedenen Cocktails, manche davon alkoholfrei.

Ich schnappe mir eine der Kiste mit leeren Flaschen und stapfe los. Der Weg bis zur Wand und dem Zwischenlager kommt mir unendlich weit vor. Ständig rutsche ich auf dem Sand weg, versuche, Besuchern auszuweichen, die völlig in Gespräche versunken sind. Als ich endlich die Holzwand erreiche, bin ich völlig aus der Puste. Wie hat Klaus das eine halbe Stunde lang durchgehalten?! In einer Bar arbeiten, macht wohl besser fit, als hin und wieder die Motivation zum Joggen zusammenzukratzen.

Mit jedem Gang wird der Weg weiter, anders kann ich mir meine schnell zunehmende Erschöpfung nicht erklären. Klaus fragt bereits nach dem dritten Gang, ob ich eine Pause brauche. Ich winke ab und hole noch eine Kiste, dann eine weitere.

Als ich das nächste Mal die Wand und das dahinterliegende Zwischenlager erreiche, lasse ich mich erschöpft auf ein paar Kisten sinken und atme tief ein, wappne mich für eine neue Tour. Das Haar klebt mir in der Stirn und ich wische es beiseite, löse meinen Zopf und binde ihn neu. Kurz schließe ich die Augen, lasse den Wind meine erhitzte Haut kühlen.

Ein Geräusch neben mir lässt mich zusammenzucken. Ich schrecke hoch und springe auf die Füße.

Neben mir steht – Ben?!

Über seine Schläfe rinnt ein Schweißtropfen. Sein T-Shirt klebt ihm an der Brust, schmiegt sich an die Muskeln, die ich vor wenigen Tagen mit meinen Lippen erkundet habe.

Ich schlucke schwer. »Du bist hier?« Etwas in mir freut sich, Ben zu sehen. Dass er das Strandfest nicht völlig hat ausfallen lassen. Der andere Teil ist verunsichert; ich weiß nicht, wie ich mich verhalten soll.

Er übergeht meine Frage und sieht mich abschätzig an. Ganz so, als würde ich etwas Verdächtiges plotten. »Was machst du hier? Hilfst du nicht am Stand?«, frage er mich direkt, schüttelt den Kopf und feine Schweißperlen lösen sich von seinen Haarspitzen. Dieses Verstrubbelte steht ihm, lässt ihn aussehen, als wäre er gerade aus dem Meer aufgetaucht.

Die unsichtbare Barriere, die er zwischen uns zieht, macht mich nervös. Ich reibe mir die Handflächen an der Hose trocken und scanne das Lager nach einer Kiste ›Ipanema‹. Gefunden! Ich gehe darauf zu und will danach greifen.

»Was wird das?«

»Ich hole Getränke.«

Ben mustert mich von Kopf bis Fuß. Dabei bleibt sein Blick an all den verräterischen Stellen hängen, die meine Erschöpfung zeigen: meinen geröteten Wangen, den Schweißflecken unter meinen Achseln, unter meinen Brüsten. Wie viel würde ich jetzt für ein frisches T-Shirt geben …

»Dafür ist die Schicht zuständig.«

»Na, die Schicht kommt eben angesichts der vielen Verkäufe nicht hinterher. Also helfe ich aus.«

»Du solltest zurückgehen.« Er lehnt sich gegen die Kiste, die ich nehmen wollte, und versperrt mir so den Zugang.

»Ich werde nicht mit leeren Händen gehen.« Es erfordert ganzen Körpereinsatz, um Ben zur Seite zu drängen. Wenn ich es mir nicht einbilde, dann huscht für einen Herzschlag lang ein grimmiges Grinsen über sein Gesicht, bevor es wieder hinter der undurchdringlichen Maske verschwindet.

Ich ächze unter dem Gewicht der Kiste und beginne meinen watschelnden Gang. Ben bleibt einen Moment zurück, ich spüre seinen Blick in meinem Rücken, bis ich hinter der Absperrung des Getränkelagers hervortrete.

Jeden Meter, den ich zurücklege, feiere ich innerlich. Trotz brennender Arme, schmerzender Hände und einer überstandenen Konfrontation mit Ben, bin ich hier. Und ich gebe alles.

Weiter so, Sophie!

»Gib her.« Ben taucht neben mir auf und legte seine Hände über meine.

»Nein. Ich mach das.«

»Sei doch nicht so stur!«

Ich schnaube verächtlich. »Ich bin nicht stur. Ich bin effektiv. Das solltest du auch sein. Füll lieber das Lager wieder auf.«

»Das kann ich danach, wenn ich dir diese Kiste abgenommen habe.«

Er greift den Boden der Kiste und zerrt daran. Ich lasse nicht los, funkle ihn stattdessen wütend an. Warum taucht er jetzt auf und wieso interessiert es ihn, ob ich eine schwere Kiste schleppe? Als er mich aus seiner Wohnung geworfen hat, war es ihm egal, wie es mir ging.

Ich halte an und zwinge ihn damit, ebenfalls stehen zu bleiben. Er ist mir so nah, dass ich seinen Atem auf der Haut spüre und seinen Duft rieche.

»Ben.« Nach einem tiefen Atemzug öffne ich den Mund, um etwas zu sagen. Doch die Worte bleiben mir im Hals stecken, als ich jemanden hinter Ben entdecke. Mir gefriert das Blut in den Adern. Der kühlende Wind lässt mich frösteln.

Bens Vater ist hier. Und er kommt genau auf uns zu.

15. Kapitel

Ben scheint an meinem Gesicht abzulesen, dass etwas nicht stimmt. Er folgt meinem Blick und sein ganzer Körper gefriert förmlich. Er zieht seine Schultern hoch und verkrampft die Hände, die sich nun um meine und den Griff der Kiste spannen.

»Darauf hat er doch nur gewartet!«, zischt er und ich rechne nicht mit dem Ruck, mit dem er die Kiste an sich zieht und davonstapft. Stolpernden Schrittes eile ich ihm hinterher.

»Habt ihr das geplant?« Er wirbelt zu mir herum und fixiert mich mit eiskaltem Blick.

»Geplant? Du denkst wirklich, ich kooperiere mit deinem Vater?«

»Die Agentur deiner Eltern tut es, oder nicht?«

Sprachlos starre ich Ben an. »Ich wusste nicht mal, ob du überhaupt wieder auftauchst. Und mir liegt nichts ferner, als deinem Vater bei seinem Vorhaben zu helfen.«

Die Skepsis in Bens Gesicht schlägt mir wie eine Ohrfeige entgegen. Jegliche weitere Erwiderung, die ich ihm an den Kopf werfen möchte, wird von einer dunklen Stimme unterbrochen.

»Ein schönes Fest habt ihr hier auf die Beine gestellt.« Herr Hillmann lässt demonstrativ den Blick schweifen und nippt an einem Getränk.

»Ich rede nicht mit dir«, stellt Ben ihm gegenüber klar und kämpft sich weiter durch den Besucheransturm. Ich folge ihm – und zu unserem Leidwesen sein Vater ebenfalls.

Der sagt im Plauderton: »Wir werden uns in Zukunft aber häufiger sehen, daher sollten wir uns dringend aussprechen.«

Ben sieht so angestrengt aus, dass ich befürchte, er zerdrückt die Kiste in tausend Teile.

»Was treibst du den ganzen Tag, wenn du nicht in einer Bar arbeitest?« Der verurteilende Unterton von Bens Vater klingt gleichzeitig falsch, süß und so klebrig wie Honig.

Auf den ersten Blick scheint es, dass die Worte an Ben abprallen. Doch ich sehe die Spannung, die sie auslösen und wie seine Schultern sich versteifen. Das feine Zucken seines Kopfes, als er kaum widerstehen kann, sich zu seinem Vater umzudrehen.

»Es ist besser, wenn Sie gehen«, verkünde ich möglichst ruhig, aber bestimmt.

»Ach, ich fühle mich hier sehr wohl.« Hillmann lächelt ein charmantes Lächeln. Es handelt sich um das eines Geschäftsmanns, der größenwahnsinnig denkt, bei jedem Deal zu gewinnen. »Das ist eine schöne kleine Abschiedsfeier.«

Mir reißt der letzte verbliebene Geduldsfaden.

»Sie!« Meine Stimme ist so scharf, dass sie durch die Luft schneidet, ohne dass ich dabei laut werde. Beide Männer sehen mich überrascht an. Von Herrn Hillmann ist es dieser entrüstete Blick, den man aufsetzt, wenn sich ein Untergebener anmaßt zu unterbrechen.

Es kostet mich viel Überwindung, ihm bei meinen folgenden Worten nicht den Finger in die Brust zu bohren. »Sie haben genug von diesem Fest gesehen. Und denken Sie nicht, ich mache Witze. Ich werde gleich ungemütlich.«

Er öffnet den Mund, um etwas zu erwidern, doch ich sehe ihn böse an und fahre wütend fort: »Wagen Sie es nicht, hier eine Szene zu machen! Sie sind der Feind des ›BlueTides‹! Was glauben Sie, was passiert, wenn alle hiervon etwas mitbekommen? Gehen Sie, bevor Sie es bereuen – oder bevor ich etwas bereuen muss.«

Meine Worte wirken. Hillmann sieht sich um, bemerkt die aufmerksamen Blicke der Umstehenden. Vor allem jene der Mitarbeitenden. Feindseligkeit schwebt in der Luft, nährt sich an seiner Anwesenheit.

»Wir sehen uns wieder«, verspricht er, tritt jedoch den Rückzug an. Erst nachdem er in der Menge verschwunden ist, atme ich auf.

Ben scheint es genauso zu gehen. Das Leben kehrt in ihn zurück, als sein Vater außer Sicht ist. Er steuert den Stand des ›Circle‹ an und stellt die Kiste ab. Ohne ein Wort dreht er um und marschiert davon.

Oh nein, dieses Mal lasse ich ihn nicht ziehen. Nicht, bevor ich ihm meine Meinung gesagt habe.

Ich eile Ben hinterher, brauche bis zum Steg, um ihn zu fassen zu bekommen. »Wo willst du hin?«

Er reißt sich von mir los und geht stur weiter.

Auf den Holzplanken gerate ich ins Stolpern, brauche bis zum Lastwagen, um ihn wieder zu erwischen. »Bleib stehen. Bitte!«

Er wirbelt zu mir herum. »Lass mich gehen, Sophie.«

»Und dann?« Ich keuche, spüre die Anstrengung des Kistenschleppens in meinen Muskeln und die Erschöpfung aufgrund der Konfrontation in meinem Innern. »Denkst du, du kannst ihn aufhalten, indem du dich verkriechst?«

»Wir können ihn nicht aufhalten. Wenn er sich etwas vorgenommen hat, wird er alles überrennen, bis er sein Ziel erreicht.«

»Aber du musst doch wenigstens versuchen, Widerstand zu leisten.« Wild gestikulierend deute ich hinter mich, schließe das Fest, die Beteiligten, ganz Fierstett ein. Neu ankommende Besucher beäugen uns, ziehen vorbei. Jemand aus der Schicht steigt aus dem Lastwagen und überfliegt kurz die Szene. Im ersten Moment denke ich, er will Ben begrüßen, doch er zieht mit einem vollen Kasten los über den Steg.

»Warum etwas versuchen, wenn man eh scheitert? Das ist vergebene Mühe.«

»So ist das Leben!«, rufe ich aufgebracht. »Wir treffen auf Hürden und gehen an unsere Grenzen. Manchmal scheitern wir, aber es gibt auch Hoffnung. Wenn du nichts unternimmst, schenkst du deinem Vater den Sieg.«

Bens Miene verhärtet sich. »Du willst mir etwas übers Kämpfen erzählen? Du versteckst dich vor deiner Familie, vergräbst deine Wünsche, ohne etwas zu unternehmen. Die Rettung des ›BlueTides‹ kommt dir gelegen, oder etwa nicht? Etwas Neues, worauf du dich stürzen kannst, um von deinen eigenen Problemen abzulenken.«

Seine Anschuldigung sitzt wie ein wohlplatzierter Schlag in die Magengrube. Er hat recht. Ich lasse mich von alten Ängsten ertränken und fixiere mich daher auf etwas anderes. Wann habe ich zuletzt in der App nach meiner Graphic Novel geschaut? Wollte ich nicht Bewerbungen rausschicken? »Darum kann ich mich kümmern, wenn das ›BlueTides‹ erhalten bleibt.«

»Ist das der wirkliche Grund? Oder redest du dir das bloß ein?«

Wütend verschränke ich die Arme, kralle die Finger in meine Haut. »Tu nicht so, als würdest du mich kennen. Du hast mich von dir gestoßen und dich verkrochen.« Ich atme tief ein, die Wut weicht einer Traurigkeit, die mir Tränen in die Augen treibt. »Alle haben sich Sorgen um dich gemacht. Denke von mir, was du willst. Daran kann ich wohl nichts mehr ändern. Aber ich sage das nicht, um dich zu verurteilen, sondern um dir zu helfen. Wir alle wollen helfen. Wenn du nicht zulassen möchtest, dass dein Vater hier einmarschiert, dann pack mit an! Wir haben dasselbe Ziel.«

Er sieht mich mit schmerzverzerrtem Gesicht an, tritt einen Schritt näher, aber ich weiche zurück.

»Wir brauchen jedes Paar Hände. Noch zwei Tage, dann ist das Fest vorbei und du musst mich nie wieder sehen.«

Ohne seine Antwort abzuwarten, mache ich auf dem Absatz kehrt und eile zurück zum Stand.

16. Kapitel

Als die Sonne untergeht, arbeite ich weiterhin am Stand. Ich weigere mich, mit meiner Ablösung zu tauschen, und bemühe mich, meine unangenehmen Gedanken mit Erschöpfung in Schach zu halten. Die Dinge in meinem persönlichen Leben stehen genau so, wie Ben es mir vorgeworfen hat, aber das ist mir in diesem Moment egal. Soll er mich für krassen Fall von Selbstüberschätzung halten – ich werde nachts gut schlafen, weil ich für das ›BlueTides‹ gekämpft habe.

Alex kommt mehrfach vorbei. Beim ersten Mal waren ihre Wangen vor Aufregung zart gerötet. Sie fragte mich, ob ich gesehen habe, dass Ben aushilft. Ich war erleichtert, dass er auf meinen Rat gehört hat, zeigte das Alex gegenüber jedoch nicht. Stattdessen freute ich mich mit ihr.

Beim nächsten Mal, als sie ihre Runde drehte, tadelte sie mich und forderte, dass ich eine Pause einlege. Ich deutete auf das stetig schwindende Getränkelager hinter unserem Stand und versprach ihr, mich nicht zu übernehmen.

Natürlich übernehme ich mich, aber genau das brauche ich in diesem Moment.

Mit dem Schwinden des Lichts der Sonne intensiviert sich alles andere. Gerüche erfüllen die Luft: eine dezente Note der süßen Cocktails und der satte Duft von

Pommesfett. Das Salz des Meerwassers, das im Wind zu uns getragen wird. Unter den ganzen Gesprächen höre ich plötzlich das Rauschen der Wellen. Es schnurrt in diesem monotonen Rhythmus, der bis in meine Brust vordringt und mein Herz zur Ruhe auffordert, die im Kontrast zum Sturm meiner Gedanken steht.

Dann werden die Lichterketten eingeschaltet. Eine Magie entfaltet sich, die sich wie ein Schleier über das gesamte Fest legt. Warmgelbes Licht strahlt einen gemütlichen Glanz aus. Alle Konturen werden weicher. Starre Formen lösen sich auf. Aus Holzbuden werden Gebäude für Erinnerungen, wie die an gemeinsame Stunden mit den Liebsten, erste Verabredungen, aus denen sich mehr entwickeln kann oder ein unvergesslicher Abend an Fierstetts Strand – Erinnerungen, die sich in unzähligen Köpfen einnisten. An diesem Abend erwachen Freude, Gemeinschaft, Liebe.

Wenn die Umstände andere wären, würden Ben und ich über den Strand schlendern. Tief in Gespräche versunken und vollgestopft mit leckerem Essen. Wir würden der Musik lauschen, vielleicht aneinandergeschmiegt zu dem soften Indie-Liebeslied tanzen, das gerade von der Bühne ertönt. Gitarrenklänge mischen sich in die konstante Melodie aus Wellenrauschen und ich schließe die Augen. Lasse die Vorstellung mit dem Wind davonwehen und verabschiede mich von allen Was-Wäre-Wenns.

»Du machst jetzt Feierabend!« Alex erscheint neben mir, hakt sich bei mir ein und zieht mich mit sich.

»Aber ...«.

»Kein Aber, Sophie.«

Hastig übergebe ich den Geldbeutel an Klaus, der mir lächelnd versichert, dass er alles Weitere allein hinbekommt und ich endlich das Fest genießen soll. Aus seinem Mund klingt es ein bisschen absurd, steht er doch selbst den ganzen Tag am Stand und verweigert seine Ablösung.

Schweigend folge ich Alex, die mich zur Bühne und zum unvollständigen Rest der Gang führt. Lisa und Dan wippen im Takt und Mark balanciert mehrere Getränke in den Händen. Natürlich fehlt Ben. Er ist anwesend, doch nicht richtig. Hilft aus, aber er hält Distanz zu seinen engsten Freunden.

Wahrscheinlich, weil du da bist, sagt meine innere Stimme und ich gebe ihr sofort recht. Also gibt es für mich nur eine Sache zu tun.

»Tut mir leid, Leute.« Ich drücke sanft Alex' Arm und mache mich von ihr los. »Auf mich wartet nur noch das Bett.«

»Das hast du dir auch verdient«, stimmt Lisa zu und zieht mich in eine Umarmung. »Danke für deine Hilfe.«

Alex schließt die Arme um uns beide. »Das wollte ich gerade sagen.«

Dan hilft Mark, die Getränke auf den Boden zu stellen und innerhalb von Sekunden hänge ich in einer Gruppenumarmung, die mein Herz gleichermaßen erfüllt wie zerbricht. Am liebsten würde ich die Gang in meinen Koffer packen und mit nach München nehmen. In wenigen Tagen haben sich diese Menschen in mein Leben geschlichen und dort verankert. Ich weiß gar nicht, wie ich ohne sie weitermachen soll.

Aber das muss ich. Da sie nach Fierstett gehören und ich nicht. Da Ben hier sein sollte und ich nicht. Er sieht in mir einen Feind. Die Gang wird nicht funktionieren, wenn ich zwischen ihren Mitgliedern stehe. Ich bin wie ein Eindringling, der von innen heraus die Strukturen zerstört, wenn ich nicht aufpasse.

»Danke, Leute.« Ich genieße die Warmherzigkeit und bilde mir ein, dass es Freundschaft hätte werden können. Unter anderen Umständen.

Ich lasse die Gruppe stehen und hoffe, dass mein Abgang es Ben ermöglicht, zu seinen Freunden zu gehen. Er braucht sie im Moment sicherlich mehr als ich.

Für den Rückweg quetsche ich mich mit unzähligen Besuchern in einen Shuttlebus und fahre bis an den Hafen von Fierstett. Von dort ist es ein angenehmer Spaziergang bis zur Ferienanlage von Hanni.

In meiner Unterkunft angekommen, hüpfe ich unter die Dusche und kuschle mich in einen Bademantel. Es juckt mich in den Fingern, Ben zu beweisen, dass ich meine Ziele nicht aus den Augen verliere. Doch meine Vernunft mahnt mich dazu, zuerst meine Mails zu checken.

Im ersten Moment schlägt mein Herz schneller, als ich die Anzahl der Rückmeldungen auf meine Anfragen an die Webentwickler entdecke. Sieben Nachrichten innerhalb eines Tages. Gar keine schlechte Ausbeute. Mein Enthusiasmus schrumpft mit jeder Absage oder jedem – für uns unbezahlbaren – Angebot, die ich durchgehe.

Meine Hoffnung auf einen Treffer ist fast vollständig verschwunden, als ich die letzte Nachricht öffne. Sie stammt von Ella, einer Entwicklerin, mit der ich eine

Kampagne für vegane Produkte eines Lebensmittelherstellers konzipiert habe. Sie hatte dafür den Webauftritt sowie einige interaktive Anzeigen gestaltet.

Ella: Mit diesem Thema hast du genau meinen Nerv getroffen.

Ich lächle in mich hinein und lese weiter. Sie ist begeistert vom ›BlueTides‹, unserem Engagement und entsetzt von der Webseite.

Ella: Ich kann dir kostenlos anbieten, das Crowdfunding einzubauen. Das geht superschnell. Vielleicht telefonieren wir dazu kurz? Du weißt ja, ich bin jederzeit erreichbar. Alles andere braucht eine Generalüberholung, aber vielleicht kommen wir hier zusammen. Das Angebot ist im Anhang.

Ich überfliege die Mail ein zweites Mal, öffne das Angebot und stutze angesichts des günstigen Preises. Der ist mehr als fair – der deckt kaum den Aufwand, den sie haben wird. Ich schüttle den Kopf und würde Ella am liebsten küssen.

Ich zücke das Telefon und rufe sie an. Es ist knapp 22 Uhr.

»Sophie! Schön, dass du dich meldest.«

»Wie kann ich das nicht tun? Dein Angebot ist frech gegenüber deinem Marktwert, das weißt du hoffentlich.«

»Natürlich weiß ich das. Aber ich will das machen. Bitte gib mir den Auftrag!«

Ich lache auf und kann nicht glauben, wie viel Hilfe ich auf dem Weg finde, wenn ich denn meine Hände suchend ausstrecke. Ist das immer so? Muss ich einfach öfter darum bitten, dass mich jemand unterstützt? »Und es tut mir leid, dass es so spät ist.«

»Spät?« Ella lacht. »Du weißt, ich schlafe eigentlich nie.«

»Wie kann ich das vergessen? Deine Mails kamen regelmäßig um drei Uhr nachts.«

»Nachts, morgens, mittags.« Sie gibt einen Laut von sich, der jegliche Bedeutung der Worte infrage stellt. »Also darf ich loslegen?«

»Mit dem Crowdfunding sofort. Dein anderes Angebot leite ich an eine Freundin weiter, die das entscheidet. Aber rechne damit, dass du morgen eine ellenlange, sehr emotionale E-Mail vorliegen hast.«

»Nice, ich freu mich drauf.«

Wir unterhalten uns noch eine halbe Stunde. Sie fragt mich über das ›BlueTides‹ und Fierstett aus und ich erzähle ihr von meinem Urlaub. Es tut gut, in den schönen Erinnerungen zu schwelgen. Wenn ich von dem Schmerz und der Sorge in den letzten Tagen absehe, hat dieser Urlaub viel in mir in Gang gesetzt.

Ich habe mich verändert. Die Angst bröckelt und ich spüre, dass ich nicht mehr bereit bin, mich in ein Leben pressen zu lassen, das ich nicht führen will. Von niemandem, auch nicht von mir selbst.

»Ich weiß, wo ich das nächste Mal Urlaub mache.« Ellas Stimme hat einen verträumten Klang angenommen. »Gibt es im ›BlueTides‹ eigentlich mobile Arbeitsplätze?«

»Ich glaube nicht. Aber ich kann das für dich in Erfahrung bringen.«

»Danke, Sophie.«

»Ich muss dir danken. Du rettest uns hier echt den Arsch.«

Ella lässt ein glockenhelles Lachen erklingen. »Mir gefällt, was aus dir geworden ist. Du bist nicht mehr so steif wie früher.«

Ihr Worte treffen mich unerwartet und obwohl sich ein Kloß in meinem Hals festsetzt, breitet sich ein Lächeln auf meinen Lippen aus. »So schlimm war ich nicht.«

»Du warst durch und durch eine Karrierefrau.«

»Das Angebot, das ich dir entlockt habe, spricht noch dafür.«

»Das stimmt.« Sie grunzt. »Ich freu mich auf unsere Zusammenarbeit.«

»Ich mich auch.«

Wir beenden das Gespräch und ich leite das Angebot mit einer kurzen Zusammenfassung, was ich mit Ella am Telefon geklärt habe, an Alex weiter.

Zu meiner Enttäuschung hat sich der Besitzer des Gebäudes nicht gemeldet. Ich hoffe, dass er die von Klaus verschickte Nachricht mit meinen Kontaktdaten bereits gesehen hat und es in Betracht zieht, sich mit mir in Verbindung zu setzen.

Ich bezweifle, dass wir trotz aller Initiativen mehr Geld zusammenbekommen, als Bens Vater dem Eigner bieten möchte. Bei uns zählen besonders die Begeisterung, der Mehrwert für die Gemeinschaft und unser Konzept. Wenn das zusammengenommen nicht überzeugt, befinden wir uns im Nachteil. Doch auch das beste Konzept hat keinen Nutzen, wenn es nicht angesehen wird.

Es ist fast 23 Uhr, als ich mich zurücklehne und meine Mail-App schließe. Als Nächstes checke ich die Chat-Gruppen, schaue, was ich verpasst habe und welche Entwicklungen es gab. Die Häkelgruppe hat einen ersten Termin gefunden und es wurden Designs für Flyer zusammengestellt, die elektronisch in den sozialen Medien verteilt werden sollen. Die Feedbackrunde dazu läuft noch, daher gebe ich ein paar Tipps zur besseren Lesbarkeit und empfehle, die Texte in der Reihenfolge anders anzuordnen. Einige Mitglieder der Gruppe sind jetzt aktiv und liken meine Nachricht. Parallel gibt es Antworten zu anderen Ideen, die ich nur halb überfliege.

Von Alex erhalte ich ein Foto. Es zeigt die Gang, im Hintergrund sind verschwommene Lichtpunkte der Lichterketten zu sehen und in einer Ecke des Bildes ein Teil der Bühne.

Alex: Feierabend für heute. Das war ein voller Erfolg, danke für deine Hilfe. Wir holen dich morgen um 8 Uhr, okay?

Ich schicke ein Herz und einen Daumen nach oben und lege das Smartphone zur Seite. Aber ich stehe nicht auf, bleibe sitzen und betrachte die Tischplatte. Vor mir ruht das iPad, das Display dunkel, die Möglichkeiten grenzenlos. Bestimmt zehn Minuten starre ich das Gerät an, weiß nicht, welche der unendlichen Chancen ich ergreifen soll: Welche ist die Richtige? Welche die Falsche? Welche bringt mich weiter?

Ich kann das ungute Gefühl nicht abschütteln, dass Ben recht behält. Die letzten Tage war ich voll in meinem Element. Aber habe ich dabei wirklich vernachlässigt, was ich eigentlich verfolgen wollte? Ich weiß es nicht. Doch eins ist mir klar geworden: Ich will nicht mehr in mein altes Leben zurück. Nicht so, wie es bisher war. Nicht in den Workaholic-Modus, nicht in die Laufbahn, die mich pfeilgerade zu einer Unternehmerin machen soll. Das bin ich nicht.

Mein wahres Ich gehört in die Welt der Illustrationen. In Geschichten, in denen Emotionen lebendig werden und die Menschen berühren.

»Genug getrödelt«, tadle ich mich und öffne die App, in der ich meinen Comic online gestellt habe. Ich lese die Top-Kommentare, obwohl ich sie mittlerweile auswendig kenne. Ich schließe die Augen, stelle mir zu jedem Kommentar einen Menschen vor, der sich die Zeit genommen hat, meine Geschichte zu lesen. Dankbarkeit durchflutet mich, spült die Erschöpfung wenigstens für einen Augenblick aus meinen Gliedern und klärt meinen Kopf gut genug, sodass ich den nächsten Schritt wage.

Jetzt oder nie!

Ich öffne auf dem iPad den Ordner in der Cloud, in der ich alle Illustrationen für meine Bewerbungsmappe gesichert habe.

Dann klappere ich meine drei liebsten Verlage der Reihe nach ab. Die wenigsten haben ihre Pforten offiziell für Bewerbungen geöffnet, manche geben eine Kontaktadresse an, die ich verwende.

Ein letztes Mal betrachte ich die Auswahl, stelle für jeden meiner Lieblingsverlage die Illustrationen zusammen, die zu dem entsprechenden Verlagsprogramm passen. Ich reduziere die Dateien auf die für die Webansicht ausreichende Auflösung, damit sich alles vom Datenumfang her gut per E-Mail versenden oder in Bewerbungsportalen hochladen lässt.

Die erste Mail abzuschicken gleicht dem Startschuss für einen Marathon. Mein Herz schlägt vor Aufregung, ahnt, welche anstrengenden Stunden, Tage, Wochen oder gar Monate vor mir liegen. Wahrscheinlich wäre ein Marathon das kleinere Übel: eine feste Distanz, die irgendwann überwunden ist. Ich mache mir nicht die Hoffnung, schnell etwas zu meinen Bewerbungen zu hören, sondern stelle mich auf Monate des Wartens ein. Falls denn überhaupt Rückmeldungen kommen. Auf einer Website stand sogar, dass es nach sechs Monaten automatisch als Absage gilt, wenn inzwischen keine Antwort erfolgt.

Bleibt also abzuwarten, ob einer dieser Versuche gelingt. Darauf ausruhen darf ich mich jedenfalls nicht. Dennoch feiere ich den Sieg, stehe auf und schenke mir ein Glas Apfelschorle ein.

»Auf neue Babysteps!«, proste ich mir selbst zu.

Als wäre mit diesem Tag ein Knoten gelöst, wirken auf einmal all die anderen Optionen und Aufgaben meiner To-do-Liste bezwingbar.

Online-Auftritte in den sozialen Medien
Preislisten erstellen für Auftragsarbeiten
vielleicht sogar einen Shop eröffnen, um meine Zeichnungen zu verkaufen

Doch bevor ich davon etwas in Angriff nehme, muss ich endlich mit meiner Familie sprechen. Vor diesem Gespräch graut mir mehr als davor, Bens Vater gegenüberzutreten.

17. Kapitel

Der nächste Tag vom Strandfest vergeht ohne Zwischenfälle. Wir arbeiten bis zur Erschöpfung, werben für die Spendenaktion sowie das Online-Crowdfunding, das stetig anwächst.

Die Arbeit lenkt mich ab, sodass ich nicht alle fünf Sekunden meine E-Mails nach Antworten auf meine Bewerbungen checke. Es ist nur ein kleiner Stein, den ich ins Rollen gebracht habe. Dennoch fühlt die Lage sich insgesamt an wie eine Lawine, die nicht mehr aufzuhalten ist.

Mir ist klar, dass alle weiteren Schritte voraussetzen, dass ich mit meiner Familie rede, damit sie nicht über meine Online-Auftritte davon erfährt. Das würde die Situation bestimmt alles andere als vereinfachen.

Ich setzte mir als Ziel, dass ich sie heute Abend anrufe. Das gibt mir einen Vorwand, wieder früher vom Fest zu verschwinden und mich von der Gang abzukapseln. Außerdem sollte ich dieses Krisengespräch hinter mich bringen, es wie ein Pflaster schnell abreißen, damit der Schmerz nur kurz andauert. Leider kommt der Abend mit erschreckend schnellen Schritten näher.

Ben sehe ich den ganzen Tag nur von Weitem. Es freut mich, dass er sich meinen Rat zu Herzen genommen hat und aushilft. Seine Anwesenheit stärkt bei allen die Moral und festigt den Zusammenhalt. Das zeigt sich in den kurzen Gesprächen, die er während des ganzen Festes führt. Jeder scheint seinen Posten mindestens einmal zu verlassen und zu Ben zu eilen. Aus der Distanz sehe ich seinen Gesichtsausdruck nicht, dennoch bilde ich mir ein, dass seine angespannte Haltung mit der Zeit aufweicht und er ein bisschen zu seinem offenen und hilfsbereiten Selbst zurückfindet.

Klaus und Tine übernehmen die letzten Stunden an der Bar und entlassen mich in den Feierabend. Ich räume kurz in dem kleinen Getränkelager auf, schichte die leeren Flaschen auf die richtige Seite und positioniere die Kisten für die Abholung entsprechend.

»Hast du heute Abend wieder eine Ausrede, um dich nicht mit uns zu treffen?« Mark taucht neben mir auf. Sein dunkles Haar fällt ihm in die Stirn und ein leichter Schweißfilm bedeckt seine Haut. Wahrscheinlich hat er vor Kurzem noch in der Schicht Kisten geschleppt.

»Schuldig«, gestehe ich. »Ich muss ein Telefonat führen.«

»Musst du das wirklich oder gehst du uns aus dem Weg?«

Ich beiße mir auf die Unterlippe. »Beides.« Zu leugnen wäre sinnlos. Außerdem bin ich es leid zu lügen, selbst, wenn meine Ausflucht nur eine kleine Unwahrheit bedeutete. »Es ist besser so.«

»Für wen?«

»Ben.«

Mark seufzt. »Der kriegt sich wieder ein.«

»Er braucht euch mehr als ich. Ich bin nur eine Fremde, die bald wieder verschwindet.«

»Das ist nicht wahr.«

»Doch.« Ich lege ihm eine Hand auf die Schulter. »Versteh mich nicht falsch. Ich bin euch dankbar, dass ihr mich so herzlich aufgenommen habt. Ihr habt in diesen wenigen Tagen ziemlich viel in meinem Leben verändert.«

»Für uns bist du nicht nur irgendeine Urlauberin.« Mark schließt mich in die Arme und streicht mir über den Rücken. Die Geste hat etwas Fürsorgliches und ich würde am liebsten an seiner Brust einschlafen und meine ganzen Probleme vergessen.

Vielleicht adoptiert er mich und ich kann mit Paul Pfannkuchenteig auf dem Boden verteilen.

»Du hast einfach in die Gang gepasst, so, als wäre das Schicksal.«

»Es gibt kein Schicksal«, raune ich und öffne die Augen. Oder liege ich falsch? War mir dieser Urlaub vorherbestimmt, dass ich hier in Fierstett lande, ohne Pia auf mich allein gestellt bin und die Einheimischen kennenlerne? Ist mein Organisationstalent genau das, was dieses Städtchen gebraucht hat? Kopfschüttelnd trete ich zurück.

»Wie kannst du das sagen?« Mark fasst sich gespielt schockiert an die Brust.

»Wenn das Schicksal unsere Handlungen bestimmt, dann hat Bens Vater seinen eigenen Feind heraufbeschworen, indem er unsere Agentur ausgesucht hat.«

Ein schelmisches Funkeln glitzert in Marks Augen. »Damit hat er bestimmt nicht gerechnet.«

»Deshalb ist es umso wichtiger, dass ihr zusammenhaltet.«

»Wir halten auch zusammen, wenn du dabei bist.«

»Aber meine Anwesenheit würde Ben stören, daher ist es das Richtige, mich jetzt zurückzuziehen.« Ich nehme seine Hand und drücke sie kurz. »Danke, dass du vorbeigeschaut hast. Richte den anderen liebe Grüße aus, okay?«

»Klar.« Er streicht mir übers Haar und macht sich davon.

Ich schnappe mir meine Handtasche, die ich hinter dem Stand abgelegt hatte, und schlendere über den Festplatz. Die Sonne ist fast hinter dem Horizont verschwunden und taucht das Meer in einen feurigen Glanz. An den Buden werden die Lichterketten angeschaltet und an ein paar Sitzgruppen im Sand erkenne ich brennende Fackeln. Es sieht so gemütlich aus, dass ich mich am liebsten mit meinem iPad neben die Besucher setzten würde, um die Atmosphäre in einer Illustration einzufangen.

Der Impuls ist so stark, dass ich fast nachgebe. Doch spornt er mich auch an, endlich für Klarheit zu sorgen. Ich umklammere mein Smartphone und schlängle mich durch das Fest und zum Steg. Am Zwischenlager begrüße ich Martin im Vorbeigehen. Etwa zwanzig Meter weiter Richtung Parkplatz treffe ich auf Hanni.

»Meine Liebe.« Sie tätschelt meine Oberarme. »Tut mir leid, dass ich mich so rar gemacht habe. Hast du alles, was du brauchst?«

»Hanni.« Ich schenke ihr ein warmes Lächeln. »Danke, ich bin rundum versorgt.«

»Wer hätte gedacht, dass ich eine solche Berühmtheit als meinen Gast empfangen durfte.«

»Berühmtheit?«, frage ich irritiert und sehe an mir
herab, ob ich mich heute vielleicht wie ein Hollywood-
star gekleidet habe. Nein, an mir klebt die übliche
durchgeschwitzte Kleidung: Jeans, T-Shirt und
Strickjäckchen.

»Na, die ›Heldin des BlueTides‹.«

»Die was?« Einen Moment betrachte ich sie mit offe-
nem Mund, dann pruste ich los. »Wer hat das denn erzählt?«

»Na, Ben.«

Es verschlägt mir die Sprache. Ben? Der Ben, der mich
aus seiner Wohnung geworfen hat und mir seitdem aus
dem Weg geht? Der mir gestern vorgeworfen hat, mich
mit der Rettungsaktion nur abzulenken? Warum redet
er mit Hanni über mich – und noch dazu gibt er mir so
einen bescheuerten Spitznamen?

»Ich glaube, du verstehst da etwas falsch.« Ich winke
ab. »Alle arbeiten hier zusammen, ich mache nichts, außer vielleicht, ein paar Dinge in die Wege zu leiten.«

»Immer so bescheiden.« Sie kramt in ihrer Tasche und
steckt mir kurz darauf einen Zwanzigeuroschein zu.
»Für die Spende.« Ihre Hände zittern. »Ich würde gerne
mehr geben, aber ...«.

Ich umschließe ihre Finger und schüttle den Kopf.
»Du musst nicht ...«.

»Aber ich will. Und ich glaube, die paar Kröten kann
ich entbehren.«

Ich kichere bei ihrer Wortwahl und nehme den
Schein ehrfürchtig entgegen. »Danke dir. Und bitte
nenn mich nie wieder die ›Heldin des BlueTides‹.«

Hanni legt den Kopf in den Nacken und lacht auf.
»Wieso? Das passt zu dir.«

Einen Moment bin ich versucht, sie nach ihrem Gespräch mit Ben zu fragen. Wann haben sie es geführt? Was hat er sonst über mich gesagt? War der neue Spitzname ironisch gemeint, weil Ben in mir in Wirklichkeit den Feind sieht? Oder gibt es tief in seinem Innern noch ein Stück, das unsere gemeinsame Zeit nicht so schnell vergessen kann? »Viel Spaß auf dem Fest«, wünsche ich Hanni stattdessen und verabschiede mich.

Auf dem Weg bis zum Parkplatz bin ich so in Gedanken versunken, dass ich fast mit einem Kerl von der Schicht zusammenstoße. Entschuldigend weiche ich zur Seite aus und stolpere. Nach zwei wackligen Schritten finde ich mein Gleichgewicht wieder und sehe auf. Ben steht etwa fünf Meter von mir entfernt, den Blick auf mich gerichtet und beobachtet den Beinahe-Zusammenstoß.

»Ich dachte schon, du fällst wieder vom Steg«, sagt er mit rauer Stimme.

Ich ignoriere seinen Kommentar und gehe an ihm vorbei. Als ich neben ihm stehe, bricht meine Selbstbeherrschung. »Die ›Heldin des BlueTides‹ ...?«

Sein Gesicht bekommt einen roten Schimmer und er wendet sich ab. Mehr habe ich nicht erwartet.

Dennoch springt mein Herz ungewohnt holprig in meiner Brust. Am liebsten würde ich ihn packen und Antworten verlangen. Doch ich gehe einfach weiter, steige in den Bus und fahre nach Fierstett zurück.

***

Eins. Zwei. Drei. Vier.

Ich zähle jedes Klingeln und hoffe gleichzeitig, dass
meine Mutter abnimmt und nicht abnimmt.

»Hallo, Schatz.«

Mein Magen zieht sich zusammen, die Übelkeit erreicht ihren Höhepunkt und ich schließe die Augen.
Atme tief durch.

»Hi, Mama.«

»Brauchst du wieder was, um zu arbeiten?«, fragt sie
mit einem neckenden Unterton.

Soll ich ihr dankbar sein, dass sie das Thema sofort
anschneidet? Ach, was mache ich mir vor? Bei uns in
der Familie gibt es kaum einen anderen Gesprächsge-
genstand als die Arbeit.

»Nein. Und danke für die Liste.«

»Keine Ursache.« Im Hintergrund vernehme ich ge-
murmelte Worte meines Vaters. Was er sagt, kann ich
nicht ausmachen.

»Ich ...«,

Mist. Wie fange ich an? Ich habe immer bloß geplant,
dass ich dieses Gespräch führen muss, aber habe nie
darüber nachgedacht, was ich genau sagen werde. Vielleicht hätte ich es nicht so lange vor mir herschieben
und umgehen dürfen.

»Alles gut bei dir? Willst du früher zurückkommen?«
An der Art, wie meine Mutter ausatmet, kann ich mir
das Lächeln auf ihrem Gesicht vorstellen. »Du kannst
gerne morgen mit Pia heimfahren.«

Ich erstarre. »Pia?«

»Ja, morgen nach ihrem Meeting. Sie nimmt ...«.

»Sie ist hier?«

»Morgen, Schatz.«

Ich sehe das irritierte Stirnrunzeln förmlich vor mir.

»Sie kommt morgen an.«

Meine Gedanken überschlagen sich. Morgen findet also das Meeting von Pia und Bens Vater statt. Wenn er wirklich so durchtrieben vorgeht, wie Ben behauptet, wird er mit Pia auf dem Fest auftauchen. Der Konflikt ist dann offensichtlich – ich als Mitarbeiterin der Agentur, die Hillmann unterstützen soll, feuere die Gegenseite an, um das ›BlueTides‹ zu retten. Wahrscheinlich hat er großen Spaß daran, die Situation eskalieren zu sehen.

Ich kneife mir in die Nasenwurzel und versuche, mich zu beruhigen. Für dieses Szenario brauche ich später einen Plan.

»Das wundert mich aber«, sagt meine Mutter. »Hat Pia dir das nicht erzählt?«

»Pia hat mir in den letzten Wochen so einiges nicht erzählt«, presse ich hervor. »Und ihr habt das doch bestimmt gemerkt, oder?«

Meine Mutter schweigt.

»Ihr habt mich von diesem Urlaub reden hören, ihr müsst doch gewusst haben, dass sie mir das Meeting verheimlich hat.«

»Wir alle wollten ...«.

»Ihr alle?« Ich halte die Luft an. So war das also: Alle wussten Bescheid. Ich lasse den Kopf nach vorn fallen. Meine Brust wird eng.

»Es war nur zu deinem Besten. Du wirktest in den letzten Monaten zu abgekämpft und wolltest gern Urlaub machen. Das hat einfach so perfekt gepasst, dass wir diese Chance ergreifen wollten.«

»Diese Chance ...«, wiederhole ich. »Ein Auftrag. Klar ist der wichtiger als der Urlaub eurer Tochter.«

»Jetzt sei nicht so!« Meine Mutter klingt traurig.

Doch es stört mich einfach alles daran. Wie sie damit ausdrückt, dass mein Verhalten nicht ihren Erwartungen entspricht. »Wie soll ich denn sein? Wie ein Roboter, der keine Gefühle hat und dem alles egal ist? Wie jemand anderes, der effektiver arbeitet? Der euren Erwartungen gerechter wird?«

»Das habe ich nicht gesagt.«

»Du meinst, ich soll nicht ›so sein‹? Ist es etwa nicht in Ordnung, dass ich Urlaub wollte? Dass ich an mich und meine Gesundheit gedacht habe?«

»Natürlich ist das okay.«

»Aber nur, solange es euch, der Arbeit und der Agentur nicht im Weg steht.« Der kleine Funken Wut in meiner Brust verpufft und macht einer Enttäuschung Platz, die abgrundtief wie das Meer erscheint.

»Was sagst du denn da? Die Agentur ist uns doch nicht wichtiger, als du es bist!«

»Aber ihr konntet es trotzdem nicht lassen. Das ist Fakt. Ihr habt euch dafür entschieden, meine Bedürfnisse der Nutzung einer guten Gelegenheit unterzuordnen.«

Darauf erwidert sie nichts. Denn was gibt es schon abzustreiten? Genau das ist passiert und daran lässt sich nichts mehr ändern.

»Es tut mir leid, Mama.« Ich stehe auf und trete an die Terrassentür. Draußen im Garten ist es stockfinster. Ich erkenne nur schemenhaft Umrisse von den hellen Steinplatten. In der Spiegelung sehe ich mein Gesicht, die dunklen Ringe unter den Augen und das Haar, das momentan in schlaffen Strähnen um mein Gesicht hängt. »Ich wünschte, ich würde so für die Agentur brennen wie Papa und du. Aber das kann ich nicht.«

»Dein Kampfgeist kommt schon wieder zurück. Noch ein paar Tage und du hältst es nicht mehr ohne Arbeit aus. Du wirst schon sehen.«

»Es geht nicht darum, ob ich es ohne Arbeit aushalte oder nicht. Es geht darum, was ich will.«

»Schätzchen. Du nimmst das alles zu ernst. Es gibt nicht nur schwarz oder weiß. Vor zwei Tagen erst hast du mich um die Liste angefleht. Du tankst jetzt ein bisschen Energie und dann kehrst du mit demselben Elan wie sonst in die Agentur zurück.«

Ich kneife die Augen zusammen. Ich weiß, dass meine Mutter es nur gut meint. Doch ihre Worte ziehen sich wie ein Schraubstock um mich fest, nehmen mir jeglichen Bewegungsspielraum und quetschen mich in einen Weg, den sie mir vorbestimmt. »Ich will nicht in die Agentur zurückkehren.«

Einen Herzschlag lang ist es still und ich hege die Hoffnung, dass meine Worte verstanden werden.

Doch dann erwidert meine Mutter: »Da spricht nur die Erschöpfung aus dir.«

»Das ist nicht die Erschöpfung.«

»Jeder hat mal Angst, dass er nicht gut genug sein kann. Aber du wirst das schaffen.«

»Mama.« Ich öffne wieder die Lider und erschrecke fast vor meiner eigenen Spiegelung. In meinen Augen brennt ein Entschluss, der sich endlich an die Oberfläche gekämpft hat. Aus den Untiefen der Verleugnung und Angst ist er schließlich aufgetaucht. »Ich liebe die Agentur. Ich liebe euch. Aber ich will etwas anderes machen. Einen anderen Weg für mein Arbeitsleben einschlagen.«

»Das ist doch Unsinn.« Es raschelt und ich glaube, sie auf- und abschreiten zu hören. Eine Angewohnheit, wenn sie wütend ist. So lässt sie die angestaute Energie raus, ohne die Fassung zu verlieren. »Warum solltest du etwas anderes tun?«

»Weil ich es mir wünsche.«

»Du hast dein Leben bislang für die Agentur geopfert. Unser Erfolg ist auch dein Verdienst. Denk an das, was du erreicht hast, wenn du dein Erbe antrittst ...«.

Bei diesen Worten rutscht mir ein kurzes Lachen heraus. »Mein Erbe antreten ...«. Es klingt, als würde ich in einem asiatischen Drama in den millionenschweren Konzern meiner Dynastie einsteigen. »Mama, ihr liebt die Agentur. Sie ist euer Baby. Aber sie ist nicht meins.«

»Du kannst nicht alles wegwerfen wollen nach einer Woche Urlaub im Nirgendwo! Das ist völlig übereilt.«

»Ich habe diese Entscheidung nicht hier getroffen«, stelle ich klar. »Ich denke seit fast einem Jahr darüber nach.«

»Ein Jahr?!«

»Das ist keine leichte Entscheidung für mich, also sag nicht, ich würde einfach alles unbedacht wegwerfen.«

»Aber so wirkt es.«

»Auf dich vielleicht.« Ich seufze und lasse damit Druck ab. Last, die in Form unterdrückter und unausgesprochener Worte in meinem Bauch geruht hat. »Ich konnte dir nichts von alledem sagen, weil ich genau wusste, wie du reagieren wirst.«

»Nein.« Ihr Tonfall ist resolut. »Du denkst da jetzt noch einmal ein bisschen drüber nach und wir reden in ein paar Tagen wieder. Da finden wir schon eine Lösung. Vielleicht teilst du dir mit Pia die Geschäftsführung oder ...«.

»Mama, stopp!« Ich gehe an den Esstisch zurück und folge mit dem Finger der Maserung des Holzes. »Ich muss nicht mehr darüber nachdenken. Ich will mich aus der Agentur zurückziehen. Wir können gerne in ein paar Tagen nochmals telefonieren, wenn du dafür offen bist.«

Auf der anderen Seite der Leitung bleibt es still. Selbst mein Vater scheint komplett eingefroren zu sein.

»Ich lege jetzt auf. Bis später, hab euch lieb.«

»W-wir dich auch.«

Eine Mischung aus Erleichterung und Schmerz schwappt über mich hinweg. Sofort brechen Tränen aus mir heraus und ich sinke auf einen der Stühle. So lange habe ich mit diesem Gespräch gehadert – und jetzt ist es erledigt.

War es schlimm? Ja.

Haben sie es schlecht aufgefasst? Ebenfalls ja.

War jede Sekunde davon schrecklich? Auch das.

Aber nichts davon wird jemals dieses Gefühl der Freiheit aufwiegen können, das mich nun überkommt.

Ein Gähnen holt mich aus meiner Trance und ich sehne mich schlagartig nach meinem kuscheligen Bett. Doch davor gibt es noch eine weitere Sache zu erledigen.

Ich hebe mein Smartphone an und öffne den Chat mit Pia.

Ich: »Hi Pia.«

Meine Stimme bricht und ich räuspere mich.

*Ich: »Ich habe eben gehört, dass du morgen hier an-
kommst, und das Meeting stattfindet ... Ich will auch gar
nicht über unseren Streit sprechen oder dir den Auftrag
ausreden. Aber ich habe eine Bitte: Mach Hillmann klar,
dass das ›BlueTides‹ nicht der richtige Ort für die Umset-
zung seiner Pläne ist. Er darf das Gebäude nicht an sich
reißen. Bitte, denk daran, wenn du mit ihm redest.«*

Die Sprachnachricht ist so kurz, dass die Ziffern für
die Dauer im ersten Moment in meinen Augen falsch
aussehen. Ich sperre das Display und mache mich fertig
fürs Bett. Als ich bereits unter der Decke liege, nehme
ich mein Handy noch einmal in die Hand und schreibe
eine Nachricht an Ben, obwohl mir dabei übel wird.

*Ich: Zur Vorwarnung: Morgen findet das Meeting von dei-
nem Vater und Pia statt. Keine Ahnung, ob er etwas plant.*

Ohne darauf zu warten, ob eine Antwort kommt,
stelle ich den Schlafmodus ein und drehe mich auf die
Seite. Die Erschöpfung zerrt mich sofort in den Schlaf.

18. Kapitel

Ben: Natürlich plant er etwas.

Nach einem knappen ›Danke‹ hatte Ben einige Stunden später eine weitere Nachricht geschickt. Ich weiß nicht, was das Ganze bedeuten soll. Dass er mich nicht mehr vollständig ignoriert, verbuche ich als Pluspunkt. Trotzdem könnte dieser Satz auch dazu dienen, mir meinen Platz in alledem zu zeigen: dass ich eine Spielfigur seines Vaters bin.

Wahrscheinlich sollte ich mich damit abfinden, dass Ben das Vertrauen in mich verloren hat. Doch der hoffnungsvolle Teil in mir kann das nicht. Mir fehlen die Gespräche, die Unbefangenheit der ersten Urlaubstage. Also mache ich etwas Dummes. Ich schreibe ihm zurück.

Ich: Was meinst du, könnte es sein? Müssen wir mit einer Szene rechnen?

Nach dem Duschen checke ich mein Smartphone. Keine Antwort. Aber Ben hat meine Nachricht auch noch nicht gelesen. Ich zögere einen Moment und verharre mit den Daumen über der Tastatur.

»Ach was soll's, Sophie«, sage ich halblaut zu mir selbst. »Deine Selbstachtung hast du schon verloren, deine Eltern sind enttäuscht von dir und du redest nicht mehr mit deiner besten Freundin. Wie schlimm kann es also noch werden?«

Ich: Ich habe gestern mit meinen Eltern geredet. Über meinen Ausstieg aus der Agentur.

Mein Herz schlägt wie wild, als ich die Nachricht abschicke. Ben das zu erzählen, auch wenn ich nicht mit einer Antwort rechne, fühlt sich bedeutend an. Es lässt dieses Telefonat mit meiner Mutter realer erscheinen. Dass es mehr war, als ein Hirngespinst meines übermüdeten Selbst.

Zwanzig Minuten später steige ich zur Gang ins Auto und beteilige mich an den morgendlichen Gesprächen über die Vorbereitungen. Die Stimmung ist ausgelassen. Bisher war das Fest ein voller Erfolg und die finanziellen Erwartungen an die Spendenaktion, die Tombola und den Verkauf sind weit übertroffen worden.

Ich schiele auf mein Handy und suche vergeblich nach einer Nachricht von Ben. Obwohl ich mir eingeredet hatte, dass ein Schweigen seinerseits mich nicht treffen würde, spüre ich einen Stich in der Brust.

»Bleibst du heute bis zum Schluss?« Lisa stupst mich mit dem Ellbogen an und plötzlich liegt der gesamte Fokus der Gruppe auf mir. »Du musst keine Rücksicht auf Ben nehmen.«

»Ich möchte aber.«

»Das ist Quatsch«, wirft Mark vom Vordersitz ein. »Du sollst deinen Urlaub genießen. Und wir würden gerne mit dir unseren Erfolg feiern.«

»Genau!« Alex dreht sich auf dem Beifahrersitz zu mir um. »Lass uns auf das gelungene Fest anstoßen.«

Ich senke den Blick. »Ich überlege es mir.« Die Gang auf Abstand zu halten, ist so viel schwieriger als gedacht! Es schmerzt, die Vernunft siegen zu lassen und nicht dem Wunsch nachzugeben, diese Freundschaften zuzulassen.

Es ist besser so, rede ich mir ein. Und es wäre besser gewesen, Bens Nachricht zu ignorieren.

»Herrscht zwischen Ben und dir weiterhin Funkstille?« Dan beugt sich an Lisa vorbei und mustert mich.

Ich fühle mich ertappt und beiße mir auf die Unterlippe. Natürlich setzt mein Gehirn in dem Moment aus, in dem ich es am meisten brauche.

»Habt ihr euch vertragen?«, fragt Lisa und Hoffnung erhellt ihr Gesicht.

»Nein.« Seufzend lasse ich mich tiefer in den Sitz sinken. Diese Menschen sind einfach verdammt gut darin, mich zu durchschauen. Ich drehe das Smartphone in den Händen und ändere meinen Entschluss, ihnen nichts von dem heutigen Meeting zu erzählen. Nachdem Bens Vater am ersten Festtag aufgetaucht war, hatten sie sich tierisch aufgeregt. »Heute findet ein Meeting statt, zwischen Bens Vater und Pia.«

»Pia?« Dans Blick zuckt zu mir. »Deine Pia? Das Meeting?«

»Ja.«

»Shit.«

»Kannst du es verhindern?«, fragt Alex.

»Weißt du, wo?« Lisa legt mir eine Hand auf den Arm.

»Nein«, raune ich, knete mein Smartphone, lechze nach einer Beschäftigung für meine Finger und einem Ventil für meine Nervosität.

»Das würde sowieso nichts ändern«, meint Mark. »Wir haben oft genug darüber geredet.«

Das stimmt. Wir teilen die Bedenken hinsichtlich der Geschäftsbeziehung, aber jedem ist die Tatsache bewusst, dass die Wahl der beauftragten Design-Agentur nichts an Herrn Hillmanns Entschluss ändern wird, das ›BlueTides‹ zu pachten.

»Er wird bestimmt auftauchen«, werfe ich genervt ein. »Wenn er einen großen Auftritt auf dem Fest nicht sowieso vorhatte, dann wird er die Spannung zwischen Pia und mir bemerken und versuchen, die zu seinem Vorteil zu nutzen. So, wie ich ihn einschätze, ist das ein gefundenes Fressen für ihn.«

Lisa stöhnt auf und reibt sich das Gesicht. »Ich kann es schon vor mir sehen.«

»Ben braucht keine erneute Konfrontation.« Dan zieht sein Handy aus der Hosentasche. »Soll ich ihm Bescheid geben?«

»Ich habe ihm gestern geschrieben.«

Die Gang reagiert mit einem kollektiven Luftanhalten. Ich grinse und verdrehe die Augen. »Er hat sich sogar bedankt.«

»Das ist ein gutes Zeichen!«, ruft Alex.

»Das ist gar kein Zeichen«, widerspreche ich. »Es macht keinen Sinn, darin nach größerer Bedeutung zu suchen. Er hat sich einfach bedankt.« Dass ich auf mehr gehofft und ihm sogar noch einmal geschrieben hatte, erwähne ich dabei nicht. »Lasst uns einfach den letzten

Tag genießen und hoffen, dass wir Hillmanns Drama abwenden können.«

»Auf einen perfekten letzten Tag!« Dan streckt die Hand in die Mitte zwischen die beiden Vordersitze und Lisa legt ihre darauf. Ich folge ihrem Beispiel und hoffe wirklich, dass dieser Tag ein Erfolg wird.

***

Die erste Überraschung trifft mich noch vor Eröffnung. Anstatt sich auf die Strecke zwischen Lastwagen und Zwischenlager zu konzentrieren, taucht Ben ständig auf und stellt Kisten am Stand des ›Circle‹ ab. Er beachtet mich nicht, aber er hält auch nicht mehr eine halbe Strandlänge Abstand zu mir. Das verbuche ich als kleinen Erfolg. Vielleicht kann ich heute Abend wirklich bleiben und mit der Gang anstoßen, ohne mich verantwortlich dafür zu fühlen, dass Ben das Weite sucht.

Die zweite Überraschung erscheint in Form von Ella, die sich bei mir ein Bier bestellt.

Ich blinzle viermal, bevor ich meinen Augen traue. »Was machst du denn hier?«

Sie zuckt die Achseln und deutet hinter sich. »Mich hat jemand davon überzeugt, dass dieser Ort und dieses Fest ganz nice sind.«

Ich überreiche ihr das Bier und winke ab, als sie bezahlen möchte. »Das geht auf mich. Danke für deine Hilfe.«

»Ach, das.« Sie prostet mir zu und bedankt sich für das Freigetränk.

»Da nich' für«, zitiere ich Klaus, der neben mir auf-
lacht und uns genauer mustert.

»Ist sie eine Freundin von dir?«

»Das ist unsere Webentwicklerin«, stelle ich Ella vor.
»Sie hat das Crowdfunding auf der Seite eingebunden
und bespricht mit Alex weitere Anpassungen für den
Online-Auftritt.«

»Junge IT-Leute sind mir ein Rätsel.« Klaus streckt
Ella die Hand über die Theke entgegen. »Ich verstehe
nie, was ihr redet.«

Ella schüttelt Klaus' Hand und grinst schelmisch.
»Dein Glück, ich biete Abendkurse an. IT – Deutsch,
Deutsch – IT.«

Klaus lacht über ihren Witz und wendet sich dem
nächsten Kunden zu.

Ich erkläre Ella, wo sie Alex findet, und sehe ihr hinterher, wie sie im Trubel verschwindet. Damit hatte ich
nun wirklich nicht gerechnet!

Ganz anders als mit der dritten Überraschung des Tages. Diese stellt genau genommen keine Überraschung
dar. Es handelt sich eher um die Erfüllung einer dunklen Vorahnung, die in Form von zwei Personen auf unseren Stand zusteuert.

Pia und Herr Hillmann.

Während er mich genau im Visier hat, nimmt Pia
keine Notiz von ihrer Umwelt. Sie geht vollständig in
ihrem Arbeitseifer auf. Ihre Haltung wirkt dann steifer,
aber selbstbewusster. Ihre Gestik ist auf den Punkt aus-
gerichtet, es gibt keinen Spielraum für Nachlässigkeit.
Wie professionell sie arbeitet, trieft aus jeder Pore;
gleichzeitig versprüht sie einen Charme, um den ich sie
stets beneidet habe. Das ist ihre stärkste Waffe. Damit

bringt sie Kunden zum Lachen und vermittelt ihnen
das Gefühl, dass sie ihren Auftrag an Pia vergeben wollen.

In diesem Moment trifft es mich wie ein Schlag: Pia
gehört an die Spitze der Agentur. Sie atmet und lebt
diese Arbeit. Das ist das, was sie verdient. Genauso, wie
ich es verdiene, meinen eigenen Weg zu gehen.

»Entschuldige mich kurz«, sage ich zu Klaus und
wappne mich für die Auseinandersetzung.

Erst als Herr Hillmann stehen bleibt und mich begrüßt, klären sich Pias Augen und sie nimmt mich
wahr.

»Sophie?«, haucht sie und verliert für einen Moment
ihre perfekte Maske. Eine Sekunde später sitzt ihr Karriere-Gesicht wieder am richtigen Fleck.

»Hallo.« Ich verschränke die Arme und mustere Pia.
Solange sie es mir nicht zeigen will, ist es unmöglich zu
erahnen, was sie denkt. Hat sie meine Nachricht abgehört? Wird sie sich daran orientieren? Hat das Meeting
bereits stattgefunden und wie ist es gelaufen?

Am liebsten würde ich die Zeit anhalten, Pia mit mir
zerren und alle Antworten aus ihr herauspressen.

»Schön, Sie wiederzusehen.« Herr Hillmann streckt
mir eine Hand entgegen, doch ich ergreife sie nicht.

»Welch eine Überraschung«, entgegne ich trocken.
»Wer hätte gedacht, dass Sie mich hier antreffen?«

In seine Augen tritt ein kampflustiges Funkeln. Ich
schlucke die aufkeimende Angst hinunter und kopiere
Pias selbstbewusste Haltung. Es hilft und ich fühle
mich sofort größer.

»Wir …«. Hillmann deutet auf sich und Pia, doch ich
lasse ihn nicht ausreden.

»Ich dachte, wir hätten es bereits das erste Mal geklärt.« Ich trete einen Schritt näher, versuche, selbstsicher zu wirken. »Dass Sie hier nicht erwünscht sind, meine ich.«

»Sophie!« Pias Arm schnellt vor und sie umfasst meinen Unterarm. »So kannst du doch nicht mit einem Kunden sprechen!«

»Er ist dein Kunde, nicht meiner.«

Diese Aussage verwirrt sie offensichtlich. Bisher sind wir stets als Team aufgetreten. Aber das war vor diesem Urlaub, vor den Lügen und der Verstimmung zwischen uns.

»Ich bitte Sie höflich«, sage ich zu Herrn Hillmann. »Einmal. Danach werde ich rabiat.« Ich bin selbst überrascht angesichts meiner Wortwahl und hoffe, dass mein Bluff nicht auffliegt. Was soll ich schon ausrichten, wenn er sich weigert zu gehen? Mit einer Szene würde ich das Fest nur ruinieren. Das kann ich Alex nicht antun. Sie erhofft sich großzügige Spenden am letzten Tag.

»Das willst du nicht erleben, glaub mir.« Ben taucht neben mir auf. Sein Timing kann kein Zufall sein, ich bin ihm dafür unendlich dankbar und fühle mich geschmeichelt, dass er meiner leeren Drohung mit seinen Worten Gewicht verleiht. Wir bilden eine Einheit für das ›BlueTides‹, sind unbezwingbar.

Herr Hillmann übergeht die Aussage seines Sohnes und setzt ein schmieriges Lächeln auf. »Willst du mich nicht gebührend vorstellen? Ich meine, schließlich sehen wir uns bald öfter. Meinst du nicht, ich sollte deine Freundin kennen?«

»Ganz egal, was die Zukunft bringt«, presst Ben hervor. »Du wirst nie Teil meines Lebens sein. Und nein, ich will dir niemanden vorstellen – weil dich nichts von alledem hier etwas angeht.«

Pias Blick huscht während des Wortgefechts zwischen mir, Ben und seinem Vater hin und her. Ein bisschen tut sie mir leid. Sie wollte einen großen Auftrag für die Agentur sichern und ist ahnungslos diesem kranken Spiel ins Netz gegangen.

Hillmann legt sich eine Hand auf die Brust und vermittelt einen verletzten Eindruck. Dieser erbärmliche Schauspieler! Dass er es wagt, sich als Opfer darzustellen! »Vielleicht sollten wir das Gespräch an einen anderen Ort verlagern?«, schlägt er vor.

Ich öffne den Mund, um ihn zum Teufel zu schicken, doch Ben kommt mir zuvor: »Ja.«

Mein Kopf schnellt wie von selbst zu ihm herum und ich starre ihn ungläubig an. Habe ich mich gerade verhört? Auch sein Vater scheint überrascht zu sein.

»Wir gehen woanders hin und reden. Ich habe dir einiges zu sagen.« Ben stapft davon und ich stolpere ihm hinterher. Er greift meinen Oberarm und hilft mir, das Gleichgewicht zu finden. Die Berührung brennt auf meiner Haut. Sofort ist die Sehnsucht wieder da, der Wunsch nach Nähe. Ich ignoriere beides. »Ist das eine gute Idee?«, flüstere ich.

Skeptisch sieht er auf mich herab und lässt mich wieder los. »Das wird sich zeigen.«

»Was willst du ihm sagen?«

Er reibt sich über das Gesicht und vergewissert sich, dass Pia und Hillmann uns folgen. »Alles, was ich seit meiner Kindheit sagen wollte, aber nie in Worte gefasst habe. Es bringt anscheinend nichts, ihn zu ignorieren, also ändere ich meine Taktik.«

»Das ist gut.«

Ein Muskel an seinem Kiefer zuckt. »Das ist vor allem deine Schuld.«

»Meine?«

»Ich finde es sehr beeindruckend, dass du deinen Eltern reinen Wein eingeschenkt hast.«

Wärme flutet meinen Bauch, bricht gegen mein Herz wie eine Welle gegen eine Klippe. Gischt spritzt auf, verteilt sich in meinem ganzen Körper und spült die Scham davon, die ich seit der Nachricht heute Morgen empfunden hatte. »Und ich finde es sehr beeindruckend, dass du mit deinem Vater reden willst.«

Endlich sieht Ben mich an. Sein Blick verhakt sich mit meinem und ich bleibe stehen, da ich befürchte, sonst über meine eigenen Füße zu stolpern. Die Sonne wärmt meine Haut. Oder es ist die Spannung zwischen Ben und mir, die mich aufheizt. »Viel Erfolg«, nuschle ich.

Er nickt wortlos und führt unsere Gruppe weiter, über den Steg, am Lastwagen vorbei und zu einem kleinen Grillplatz nahe dem Parkplatz. Da alle zum Fest strömen, ist der verlassen.

Als ich begreife, dass wir unser Ziel erreicht haben, schnappe ich mir Pia und ziehe sie wieder zurück zwischen die Autos. Sobald wir uns außer Hörweite befinden, halte ich an.

»Was bedeutet das alles?« Sie sieht in die Richtung, in der wir Ben und seinen Vater zurückgelassen haben.

»Willkommen in Herrn Hillmanns Machtspielchen.«

Ihre Augenbrauen wandern nach oben und eine Reihe Falten erscheinen auf ihrer Stirn. In Kurzfassung gebe ich ihr durch, was für ein manipulativer Mensch Bens Vater ist und wieso er es auf das ›BlueTides‹ abgesehen hat.

Die Neuigkeiten sickern mit sichtlichem Folgen in Pias Bewusstsein. Ihre Augen werden größer, die Falten auf ihrer Stirn tiefer. Sie beißt sich auf die Unterlippe und vergräbt die Hände in den Hosentaschen. »Warum hast du mir das nicht früher gesagt?«

»Wann denn?«, schieße ich zurück. »Als du nicht mit mir geredet hast oder während deiner Vorwürfe, meine eigenen Gefühle wären lächerlich?«

»Ich habe nicht ...«. Ihre Hände zittern und sie schlingt die Arme um den Bauch. »Ich wollte nur, dass du den Fokus behältst.«

»Für was?«

»Die Arbeit, unsere Freundschaft, wer du bist und wer wir sind.«

Ich überbrücke die Distanz zwischen uns und lege ihr eine Hand auf die Schulter. »Ich bin noch dieselbe. Nur wollen wir nicht mehr dasselbe.«

»Wie meinst du das?«

»Ich werde aus der Agentur aussteigen.«

Ihr Entsetzen ist nicht gespielt. Tränen steigen ihr in die Augen. »Aber du liebst die Arbeit!«

»Nicht so wie du.« Ich atme geräuschvoll aus und sehe hoch in den Himmel. Vereinzelte Wolken ziehen über das Blau. Es dauert eine Sekunde, bis ich in dem Bild die Bewegung erkenne. Die Wolken werden vom Wind weitergeschoben, verformen sich, vereinzelte Vögel segeln daran vorbei. »Ich will etwas anderes probieren.«

»Du ... Deine Zukunft ...«.

Ich reibe mir den Nacken und lasse die Unsicherheit zu. Sie gehört leider dazu, ist genauso wahr wie die Tatsache, dass ich einen anderen Weg gehen will. Wieso nicht beides akzeptieren? Vielleicht falle ich auf die Nase, vielleicht mache ich gerade einen Fehler. Aber dann ist das mein Fehler. Meine Entscheidung. Meine Zukunft. Allein das zu wissen, reicht aus, um mich in meinem Entschluss zu bestärken. »Meine Arbeit war nie das, was ich tun wollte. Ich finde, du solltest die Agentur an meiner Stelle übernehmen.«

Sie öffnet den Mund und starrt mich an. Abwehrend hebt sie die Hände. »Ich hatte erst Angst, einen Auftrag zu verpassen, wenn wir Urlaub machen. Dann war ich besorgt, dich an diesen Ort und seine Menschen zu verlieren. Aber ich habe nie bezweckt, dich aus der Agentur zu drängen.« Während sie spricht, bricht ihre Stimme bei jedem dritten Wort leicht weg. Tränen schimmern in ihren Augen und an ihrer Körperhaltung sehe ich, dass sie mich gerne festhalten würde.

Das ist die Pia, die ich kenne. Direkt, zielstrebig, aber zugänglich. Ich lächle erleichtert.

»Warum lächelst du?«, fragt sie schrill. »Sag doch was!«

»Ich habe diese Entscheidung nicht in den letzten Tagen getroffen. Und ganz gewiss nicht als Vergeltungsaktion, weil du mich wegen des Urlaubs belogen hast.«

»Nicht?«

»Quatsch!« Jetzt muss ich lachen und schließe sie in die Arme. Es tut gut, die Pia zurückzuhaben, die für mich wie eine Schwester ist. »Ich denke darüber schon sehr lange nach.«

Sie erwidert die Umarmung und ich spüre die Erleichterung in ihren Bewegungen: wie sie mich festhält, ihre Schultern absacken und wie sie den Kopf leicht gegen meine Schläfe sinken lässt.

»Wie lange denn?«

»Fast ein Jahr. Vielleicht länger.«

Erstaunt tritt sie einen Schritt zurück und mustert mich. »So lange?«

»Ewig«, witzle ich und halte mich an dem Umhängegurt meiner Tasche fest.

»Ich muss gestehen, das macht mich traurig. Wir haben immer über alles geredet. Wieso nie darüber?«

»Darüber wollte ich nicht reden.«

Sie nickt langsam. »Das muss hart gewesen sein. Zu wissen, dass du dich niemandem anvertrauen kannst. Dass du es erst so lange mit dir selbst ausmachen musstest.«

»Ich wollte euch nicht enttäuschen. Weder dich noch meine Eltern. Aber meine Wünsche zu unterdrücken hat nur für den Moment funktioniert. Irgendwann war Ausblenden nicht mehr genug.«

Pia seufzt schwer. »Natürlich war das nicht genug. Bei mir wäre es genau umgekehrt. Wenn ich die Agentur aufgeben müsste, würde mich das innerlich zerreißen. Weil ich weder euch verlieren will noch den Job, den ich über alles liebe.« Sie nimmt meine Hand und drückt sie. »Ich wünschte, unsere gemeinsame Arbeit würde dir genauso viel bedeuten, wie mir.«

»Es hat mir viel bedeutet, mit dir zusammenzuarbeiten. Wir hatten so viel Spaß.«

»Den hatten wir.« Ein schelmisches Grinsen erscheint auf Pias Lippen, schwemmt den Schmerz teilweise aus ihrem Gesicht. Trotzdem glitzert es verräterisch in ihren Augen. »Ach, Shit.« Sie wischt sich Tränen aus den Augenwinkeln. »Ich will nicht, dass sich etwas verändert.«

»Wenn du mir nicht mehr vorwirfst, dass meine Gefühle dämlich sind, dann wird sich zwischen uns nichts verändern.«

»Ich war echt unfair.« Sie sieht mich ernst an.

»Das warst du.« Wind kommt auf und lässt mich frösteln. Ich verschränke die Arme und reibe mir über die nackte Haut. »Dabei wollte ich so gern mit dir reden und von dir hören, wie Seoul war.«

Sie presst die Lippen aufeinander. »Die ersten Tage fand ich schrecklich«, gesteht sie und verzieht das Gesicht zu einer Grimasse. »Ein ständiger Geräuschpegel, überall Menschen. Die Leute rempeln einen an, man versteht die Sprache nicht. Ich wollte am liebsten zurück zu dir und unseren üblichen Gesprächen.«

»Und dann rede ich von meinem tollen Urlaub …«. Jetzt verstehe ich. Pias Selbstschutzinstinkt hatte Alarm geschlagen. Es entschuldigt nicht ihr Verhalten, aber das macht es für mich nachvollziehbar. »Ich bin nicht deine Mutter.« Wie oft habe ich das schon zu ihr gesagt? Mittlerweile ist es wie ein Mantra, das ihr versichern soll, dass ich sie nicht von heute auf morgen verlasse.

»Ich weiß«, raunt sie und senkt den Blick.

»Du hättest mir sagen können, dass du es furchtbar findest. Wir hätten uns zusammen über alle aufgeregt, die dich angerempelt haben.«

»Da wären wir aber morgen noch nicht fertig.«

»Na und?« Ich hake mich bei ihr ein und warte, bis sie mich ansieht. »Wir müssen nicht einer Meinung sein. Aber lass die Krallen in Zukunft eingefahren, okay?«

Sie schnieft und sofort kullern ihr Tränen über die Wange. »Abgemacht!«

Ich lehne meinen Kopf an ihre Schulter und sie ihren gegen meinen.

»Was willst du denn machen, wenn du nicht in der Agentur arbeitest?«

Ich stutze. Erst als Pia mich danach fragt, fällt mir auf, dass meine Mutter sich nicht einmal erkundigt hat, warum ich aussteigen möchte. Der Kloß der Enttäuschung wird schwerer und anstatt ihn gedanklich von mir zu schieben, lasse ich ihn zu.

»Illustrationen. Ich würde gerne Graphic Novels veröffentlichen und parallel als Illustratorin arbeiten.«

Pia bewegt sich leicht. »Das passt zu dir.«

Dieses Mal kullern mir die Tränen über die Wangen. »Danke.«

»Und dieser Kerl ...«. Sie deutet Richtung Grillplatz. »Was ist passiert? Ich dachte, es läuft gut.«

»Es ist kompliziert.«

»Kompliziert ist scheiße.«

Ich nicke und höre das Rascheln von Haar auf Haar. »Ist es.«

»Hängt das mit seinem Vater zusammen?«, fragt sie und trifft damit genau ins Schwarze. Als ich ihr vorhin von Herrn Hillmann erzählt habe, hatte ich den tiefen Konflikt mit Ben ausgelassen.

»Ja. Ich glaube, Ben sorgt sich, dass er im Netz seines Vaters hängen bleibt.«

»Weil er die Arbeit mit uns initiiert hatte ...«.

»Ja.«
»Puh. Nicht nur meine Eltern waren beknackt.«
Bei ihrer Beleidigung muss ich kichern.
Pia drückt den Rücken durch, nimmt ihre Arbeitshaltung ein. In ihren Augen schimmert ein kampflustiges Funkeln. »Reden wir darüber, was wir mit Herrn Hillmann machen.«

19. Kapitel

Nachdem Pia und ich uns ausgesprochen haben, sehe ich alle zwei Minuten auf die Uhr. Wie lange braucht Ben, um seinem Vater die Dinge an den Kopf zu werfen, die er loswerden möchte? Dabei kam mir die Aussprache mit Pia schon wie eine Ewigkeit vor. Wieder schiele ich auf die Uhr. Dreißig Minuten. Vierzig. Fünfundvierzig.

»Ich drehe gleich durch«, flüstere ich und tigere zwischen den Autos hindurch, stets den Weg zum Grillplatz im Visier.

Pia holt mich ein und legt mir die Hände auf die Schultern. »Das wird schon.«

Ich verziehe gequält das Gesicht. »Es ist nur ...«.

Als ich nicht antworte, spricht Pia weiter. »... dass deine Chancen bei Ben schlechter werden, wenn das hier in einer Katastrophe endet?«

»Ist es dämlich, dass ich mir noch Hoffnungen mache?«

Für einen ewig erscheinenden Moment mustert mich meine beste Freundin und Erkenntnis zeichnet sich in ihrem Gesicht ab. »Dich hat es wirklich erwischt.«

Beschämt weiche ich ihrem Blick aus, bin wie ein hoffnungsloser Teenager, der seinem Schwarm hinterher trauert. Zu meiner Verteidigung habe ich nichts zu sagen. Verdammt, es wird viel schwieriger, über das hier hinwegzukommen, als ich befürchtet hatte.

Pia nimmt mich in den Arm und ich lege den Kopf auf ihre Schulter. »Das wird wieder«, beruhigt sie mich.

Ich weiß nicht genau, was sie damit meint. Dass mein Liebeskummer versiegt oder dass es eine Zukunft für Ben und mich geben könnte? Ganz egal, ich will ihr glauben, dass die dunklen Tage demnächst verschwinden und wieder von Licht erfüllt werden können. So, wie wir unseren Streit beiseitegelegt haben und wieder Freundinnen sind.

Ich schrecke sofort hoch, als ich eine Gestalt auf dem Weg erkenne. Ben steuert auf den Parkplatz zu und erstarrt, als er mich und Pia sieht.

Ob er die innige Umarmung falsch deutet? Dass ich auf der Seite seines Vaters stehe und in dessen Spielchen mit drinstecke, obwohl ich es stets abgestritten habe?

»Wie ist es gelaufen?«, frage ich, indem ich auf ihn zu eile.

Auf seinem Gesicht ist keine Emotion erkennbar, lediglich Erschöpfung. »Nicht anders als erwartet«, sagt er ausweichend, betrachtet Pia, die neben uns tritt.

Sie streckt ihm eine Hand hin. »Hi, ich bin Pia. Und ich schulde dir offenbar eine Entschuldigung.«

Verdutzt sieht er von Pia zu mir – und wieder zurück. »Wofür?«

»Dafür, dass ich nicht früher erkannt habe, was für ein Vollidiot dein Vater ist.«

Ben zieht eine Augenbraue in die Höhe.

»Ich kenne mich mit bescheuerten Eltern aus«, redet sie weiter. »Da hilft nichts, außer sie in die Wüste zu schicken.«

»Das ist der Plan«, stimmt Ben zögerlich zu.

»Ach, und da kommt das Übel«, raunt Pia und ich muss mir ein Kichern verkneifen.

»Herr Hillmann?« Sie legt den Schalter um, strafft die Schultern und wird erneut zu ›Corporate-Pia‹.

Der Mann sieht abgekämpft aus, als er zu uns tritt. Seine aalglatte Fassade hat Risse bekommen. Genugtuung flutet mich, dass Bens Worte zu ihm durchgedrungen sind. Ob sie etwas ändern werden, bleibt offen. Dennoch hoffe ich, dass durch diese Aussprache endlich ein echter Bruch zwischen Ben und seinem Vater stattgefunden hat. Einer, den Herr Hillmann nicht mehr mit einem schmierigen Grinsen überspielen kann.

»Pia.« Hillmann schüttelt mit einem Lächeln den Kopf. »Ich habe dir doch gesagt, dass du mich duzen sollst.«

»Ich lehne ab«, antwortet Pia und Bens Blick zuckt zu mir. Tja, wenn er wüsste, welche Absprache wir während unserer Wartezeit getroffen haben! Ich hoffe, ihm wird das Schauspiel gefallen, das jetzt stattfindet.

»Wie meinst du das?« Hinter der Maske wallt Wut auf. Gleich werden wir den wirklichen Herrn Hillmann kennenlernen. Jenen, der Ben das Leben schwermacht.

»Ich lehne das Du ab.« Pia spricht so langsam, als würde sie mit einem Kleinkind reden. »Und ich lehne den Auftrag ab. Suchen Sie sich eine andere Agentur.«

»Das kannst du nicht machen!«

»Habe ich das Du nicht abgelehnt? Ich würde es bevorzugen, dass Sie mich Siezen.«

»Was soll das hier werden? Ein abgekartetes Spiel?« Hillmanns Kopf nimmt die Farbe einer Tomate an. Unwillkürlich trete ich einen Schritt zurück, befürchte, er könnte jeden Moment explodieren. Dieser Mann ist plötzlich angsteinflößend.

Ben schiebt sich vor mich. »Das reicht.«

»Es reicht erst, wenn ich es sage!«

Ben lässt ein tiefes Seufzen hören. »Hatten wir das nicht bereits? Ich will, dass du aufhörst, mich zu belästigen, sonst rufe ich die Polizei, ob du nun mein Vater bist oder nicht.«

»Du kannst mir nicht verbieten, hier mein Trainingscenter zu eröffnen.«

»Wir verbieten es nicht«, presst Ben hervor. »Aber wir werden es mit allen Mitteln zu verhindern versuchen.«

»Und du ...«. Er wirbelt zu Pia herum.

Sein Ausbruch lässt sie völlig kalt. »Sie.«

»Sie machen einen großen Fehler!«

»Das denke ich nicht.« Pia sieht zu mir. »Wir haben genug andere Kunden, die sich zu benehmen wissen. Wir lassen uns mit unserer Arbeit nicht in irgendein verkorkstes Familiendrama hineinziehen.«

»Das letzte Wort ist noch nicht gesprochen«, zischt Hillmann.

»Ich denke, das ist es«, widerspricht Ben. »Von meiner Seite zumindest. Falls du mir in der letzten Stunde überhaupt zugehört hast, ist dir das hoffentlich klar geworfen.« Er geht auf seinen Vater zu und deutet über den Parkplatz. »Du bist in meinem Leben nicht willkommen. Wenn du dreckige Spielchen spielen willst, dann mach dich darauf gefasst, dass eine ganze Stadt in meinem Rücken steht, die sich liebend gern in meine Angelegenheiten einmischt.«

Ich nehme all meinen Mut zusammen und trete neben Ben, greife Pias Hand und seine. Das bedeutet nicht, dass wir uns versöhnt haben, doch ich möchte ein Bild des Zusammenhalts vermitteln.

»Sie denken vielleicht, Sie können an uns vorbei. Aber falls Sie die Frechheit besitzen, zurückzukehren, werden nicht nur wir Ihnen gegenübertreten.« Ich lächle süß, hoffe, dass das nicht ängstlich aussieht. »Ich bin erst seit einer Woche in Fierstett, aber ich versichere Ihnen. Es ist kein Bluff, dass die Stadt hinter Ihrem Sohn steht. Also seien Sie vernünftig und gehen Sie endlich.«

Die nächsten Sekunden fühlt es sich an, als würden wir einem zähnefletschenden Wolf gegenüberstehen, der uns jeden Moment den Kopf abreißt.

»Falls Sie Ihr Auto nicht mehr finden, rufe ich Ihnen ein Taxi.« Pia sagt es so unschuldig, dass ich mir ein Lachen verkneifen muss.

»Damit wirst du nicht durchkommen!«, droht Hillmann seinem Sohn ein letztes Mal, doch es klingt sogar in meinen Ohren hohl.

»Das wird sich zeigen.« Ben hebt die Hand und winkt seinem Vater zu. »Auf Nimmerwiedersehen.«

Erst als Hillmann außer Sichtweite ist, lässt Pia meine Hand los. Ich weiß, dass ich die mit Ben verschränkten Finger ebenfalls lösen sollte, aber der hoffnungslos verliebte Teil in mir will diese Berührung einen Moment länger genießen. Schließlich siegt die Vernunft und ich ziehe mich zurück.

»Ich gehe mir das Fest anschauen«, verkündet Pia schnell und hebt abwehrend die Hände, als ich widersprechen will. »Bis später.« Sie zwinkert mir zu und eilt davon.

Ben und ich bleiben allein zurück. Ich traue mich nicht, ihn anzusehen, lege stattdessen den Kopf in den Nacken und betrachte den Himmel. Die Wolken ziehen weiter ihres Weges.

»Du kannst ruhig gehen«, flüstere ich. »Ich weiß ja, dass du mit mir nichts mehr zu tun haben willst.«

Eine Berührung an meinem Unterarm lenkt meine Aufmerksamkeit auf den Mann neben mir. Er steht so dicht vor mir, dass ich die feinen Schweißperlen auf seiner Stirn erkennen kann. Goldbraun schimmert sein Haar, meerblau wirken seine Augen. »Danke«, raunt er.

»Wofür?«

»Für den Mut, den du mir geschenkt hast. Für den Glauben, dass ich stark genug bin. Danke, dass du in mein Leben gerauscht bist.« Zum ersten Mal seit unserem Streit bröckelt seine Fassade: Ich sehe wieder den Ben, in den ich mich in den letzten Tagen Hals über Kopf verliebt habe. Er drängt den verängstigten Mann in den Hintergrund, der durch die Konfrontation mit seinem Vater die Führung übernommen hatte. Ein zaghaftes Lächeln zupft an seinem Mundwinkel, zieht die Lippen breiter und bis zu einem strahlenden Grinsen. Gleichzeitig damit kommt die Sonne hervor, bringt sein Haar zum Leuchten. Aus dem verletzten Ben wird wieder der, der den Sommer verkörpert. Vor einer Woche war er in mein Leben getreten, hatte mich und meinen Kofferinhalt aus dem Sand aufgelesen. Jetzt stehen wir wieder hier am Strand. So viel hat sich verändert!

Ich habe mich verändert.

Ben schafft es, in mir die Regenwolken zu verdrängen, und hilft mir, darauf zu hoffen, dass die Zukunft einen blauen Himmel für mich bereithält. »Es war mir eine Ehre, in dein Leben zu rauschen.« Mein Blick senkt sich wie von selbst auf meinen Arm. Dorthin, wo Ben mich festhält. Von wo sich unzählige Blitze ausbreiten und meinen ganzen Körper entzünden. Trotzdem wage ich nicht, mich zu bewegen: Das, was zwischen uns entsteht, ist zu fragil. Ich möchte es nicht durch eine unbedachte Handlung wieder zum Einsturz bringen. Daher streiche ich federleicht über seinen Handrücken und widerstehe dem Drang, seine Hand in meine zu nehmen. Oder ihn an seinem verdammt gut sitzenden T-Shirt zu packen und für einen Kuss an meine Lippen zu ziehen. »Freunde?«, frage ich, bevor er etwas sagt – oder ich etwas tue, das ich bereue. Doch in diesem Moment ist die Vorstellung, dass wir nach dem Ende meines Urlaubs in wenigen Tagen getrennte Wege gehen, zu schmerzhaft. Ich klammere mich an den Strohhalm, dass wir auf Basis einer Freundschaft eine kleine gemeinsame Zukunft haben. Auch wenn ich mir mehr wünsche: mich voll und ganz in ihm zu verlieren.

Sein Blick wird sanfter, er schließt die Augen und nickt. »Freunde.«

Ich hebe die Hand, deute zum Fest, das sich hinter Autos und Dünen verbirgt. »Alex will heute Abend anstoßen. Bist du dabei?«

»Ja. Und du?«

Am liebsten würde ich sofort ein ›Ja!‹ ausrufen. »Wenn es für dich okay ist.«

»Ist es. Wir sind doch wieder Freunde«, sagt er mit diesem schelmischen Unterton und legt mir eine Hand auf den Rücken. Die Wärme seiner Haut sickert durch mein Oberteil und jagt einen wohligen Schauer meine Wirbelsäule hinab. Er schiebt mich mit sich, führt mich über den Parkplatz und zum Lastwagen. Dort angekommen nehmen wir jeweils eine Getränkekiste in die Hand und befolgen gehorsam Alex' Anweisung, nie mit leeren Händen über den Steg zu gehen.

»Was glaubst du, wie die Gang reagiert, wenn du allen erzählst, dass du dich von deinem Vater losgesagt hast?«

Ben zieht eine Schnute und wiegt den Kopf hin und her. »Lisa und Dan werden erleichtert sein, Alex wird vielleicht vor Freude weinen und Mark ...? Vielleicht tauft er Paul mit Zweitnamen auf ›Ben‹.«

Ich schnaube und genieße die Unbeschwertheit, die zwischen uns zurückkehrt.

Nachdem wir die Kisten im Zwischenlager abgegeben haben, bleibt mein Blick an der Wand hängen. Sie hat sich in den letzten Tagen mit neuen Wünschen, Hoffnungen und Grüßen gefüllt.

»Willst du etwas draufschreiben?«, fragt Ben und reicht mir die Stifte aus der Halterung.

»Unbedingt.« Ich entscheide mich für einen blauen Filz-Marker und suche einen geeigneten Platz. Neben Glückwünschen zum Nachwuchs von Peter und Emma male ich einen kleinen Hund, der mich an Alfi erinnert.

Glaube an dich, du kannst Unmögliches erreichen.

»Was macht ihr hier?« Lisa tritt neben uns und mustert mich mit skeptischem Blick.

»Wir wollten euch suchen.«

›Zusammen?‹ Lisa formt die Frage stumm mit den Lippen.

Ich zucke die Schultern und lege die Stifte zurück in die Box.

»Die anderen warten an der Bühne.« Sie schlüpft ins Zwischenlager und kommt mit den Händen voller Getränken wieder hervor. Wir teilen sie untereinander auf und kehren damit an die Bühne zurück. Der Rest der Gang steht an der Seite und nimmt uns die Getränkelieferung ab.

»Ihr geht euch nicht mehr aus dem Weg?«, fragt Dan mit hochgezogenen Augenbrauen und öffnet eine Holunderlimonade. Das Zischen der Kohlensäure füllt eine merkwürdige Stille. Das Fest geht weiter, Gespräche und Musik erfüllen die Luft, doch jeder in der Gruppe wartet gebannt auf Bens Reaktion. »Ja. Ich gehe ihr nicht mehr aus dem Weg.«

»Heißt das ...?«, raunt Alex so leise, dass nur ich es verstehen kann. »Seid ihr wieder ...?«

Kaum merklich schüttle ich den Kopf. »Wir haben Frieden geschlossen. Mehr nicht.«

An die Gruppe gewandt, deute ich theatralisch auf Ben. »Viel wichtiger – Ben ist der Star des Abends.«

Ben verdreht die Augen, fasst dann kurz zusammen, was soeben passiert ist.

Mit seiner Vermutung, wie die Gang diese Neuigkeiten aufnimmt, lag er gar nicht weit daneben. So geschockt habe ich sie noch nie gesehen. Dan klappt der

Mund auf, er hält sich an Lisa fest und flüstert: »Kannst du mich kneifen?«

Sie zwickt ihm in den Arm und er verzieht schmerzverzerrt das Gesicht. »Ja. Definitiv. Das hier ist kein Traum.«

»Das finde ich toll!« Lisa schließt Ben in die Arme und die Gang setzt zu einem Gruppenkuscheln an, zieht mich ebenfalls mit hinein. Ich sehe nicht, wessen Arm mich festhält, wer meine Schulter tätschelt oder an wen ich meinen Kopf anlehne. Wir bilden ein einziges Knäuel aus Freude und Verbundenheit. Obwohl ich vor einer Woche eine Fremde war, gehöre ich jetzt dazu. Egal, wohin es mich in der Zukunft verschlägt, diese Menschen haben einen Platz in meinem Herzen erobert und werden es nicht mehr verlassen.

»Ich bin so stolz auf dich«, flüstert Mark. Seine Stimme ist derart rau, dass ich glaube, er weint.

Bei Alex bin ich mir sicher. Sie schluchzt laut und beseitigt damit jeden Zweifel. »Endlich!«

Ein Telefonklingeln unterbricht den Moment. »Sophie, du vibrierst.« Lisa löst sich von mir und ich schäle mich aus der Gruppenumarmung. Auf dem Display erscheint der Name meiner Mutter.

Jeder aus der Gang sieht zu mir. Ob man mir anmerkt, dass meine Freude verrutscht und sich die Angst an die Oberfläche gräbt?

»Da muss ich kurz ran«, erkläre ich kleinlaut und erhasche einen Blick auf Ben, der eine Augenbraue fragend in die Höhe gezogen hat.

Ich schlucke, kriege keinen Ton heraus, kein Lächeln zustande. Darauf bin ich nicht vorbereitet. Nicht jetzt. Nicht nach der Aussprache mit Pia. Ich will den Streit nicht weiterführen, sondern lieber in dem Wohlgefühl der Gruppe baden.

Aber mich der Angst zu stellen gehört auch dazu, wenn ich mich aus meiner Komfortzone begebe. Zur Verwirklichung meiner Träume muss ich das Unverständnis meiner Eltern aushalten. Ich packe das Smartphone fester und nehme das Gespräch an. Das hier bin ich, das sind meine Wünsche und Hoffnungen! »Hallo Mama.«

Ich halte mir ein Ohr zu und husche hinter den Stand neben der Bühne. Es handelt sich auch hier um einen Getränkestand, der im gegen Gegensatz zu jenem vom ›Circle‹ nur eine alkoholfreie Auswahl anbietet. Auch hier stehen volle und leere Kisten in kleinen Türmen im Sand. Ich lasse mich auf einen davon sinken.

»Sophie?« Meine Mutter räuspert sich. »Hörst du mich?«

»Ja.« Ich hebe den Blick und sehe Mark, der Alex einen Arm um die Schulter schlingt. Sie lehnt den Kopf an seine Schulter und scheint sich auszuweinen.

»Was gibt es?«

»Ich ...«. Ihre Stimme bricht. Weint sie?

Ich richte mich auf. »Ist etwas passiert?«

Sie atmet tief ein und aus. »Pia hat angerufen.«

Mein Magen zieht sich zusammen. Also weiß sie, dass Pia den Auftrag abgelehnt hat. War der so wichtig? Gibt es finanzielle Schwierigkeiten, von denen ich nichts weiß? »Deswegen ...«.

»Nein.« Sie unterbricht mich. »Lass mich bitte ausreden.«

»Okay«, flüstere ich und wappne mich für eine Standpauke. Trotzdem schließe ich die Augen und denke an

alles, was mich hier glücklich macht. An die Gang, das
›BlueTides‹, meine Illustrationen, meine Wünsche,
Träume. Ich will daran festhalten, auch wenn es mir
leidtut, dass unsere Interessen miteinander kollidie-
ren.

»Du willst also wirklich aus der Agentur aussteigen?
Es ist nicht nur eine Laune? Du hast dich entschieden?«

Irritiert öffne ich die Augen. Mein Blick fällt sofort
wieder auf Mark und Alex, die ich von meiner Position
aus sehen kann. Die anderen werden von dem Stand
verdeckt, hinter den ich mich geflüchtet habe.

»Ja.«

Wieder atmet meine Mutter tief ein. Ein Zittern
schwingt in dem Geräusch mit. »Das ist ... Puh. In Ordnung.« Im Gegensatz zu ihren Worten glaube ich, wieder einen Schwall Tränen aus ihr hervorbrechen zu hören.

»In Ordnung?«, frage ich und kann den faden Beigeschmack nicht hinunterschlucken. Ein Druck breitet
sich in meiner Brust aus. Ich reibe mir über das Brust-
bein und hoffe, den Knoten zu lösen. »Ich habe dich
nicht um Erlaubnis gefragt.«

Sie schweigt und das reicht aus, um mich von den
Ketten der Angst zu befreien. Ich setze mich aufrecht
hin und fasse das Telefon fester.

Sei mutig, Sophie!

»Es tut mir leid, dass ich euch damit enttäusche«, sage
ich. »Aber eins möchte ich klarstellen: Ich will deine Erlaubnis für meine Entscheidung nicht. Denn die brauche ich nicht. Ich habe es dir erzählt, weil ich nicht
mehr schweigen kann. Ich will mit euch darüber reden,
will eure Unterstützung. Ihr seid meine Eltern. Glaubt

an mich, wünscht mir, dass ich meine Träume verfolge und etwas für mich finde, das wie die Agentur für euch ist.«

»Aber natürlich wollen wir das!«

»Dann gib mir nicht das Okay auszusteigen, sondern frag mich endlich mal, was ich denn stattdessen machen möchte.« Ich bohre meine Schuhspitze in den Sand, bin völlig außer Atem.

»Du hast recht. Ich habe dich nicht danach gefragt.«

»Hast du nicht.«

»Es ...«. Sie räuspert sich. »Es tut mir leid. Ich dachte immer, du willst die Agentur so sehr wie wir. Sie gehört zu uns dreien, es fällt mir schwer, sie von dir zu lösen.«

»Vielleicht müssen wir beide anfangen, besser miteinander zu kommunizieren.«

»Ja. Lass es uns in Zukunft besser machen.«

Ein feines Lächeln erscheint auf meinem Gesicht. Ich stehe auf. »Gut.«

»Gut.«

»Können wir später weiterreden? Ich würde gern den Abend mit meinen Freunden genießen.« Ich spüre die Versöhnung über die Distanz hinweg.

»Rufst du morgen an?«

»Ja. Wenn ihr abends aus der Agentur zurück seid?«, biete ich an.

»Das wäre toll.«

»Bis dann, Mama.«

»Bis dann, Schatz.«

Sie legt auf und ich schiebe das Smartphone zurück in meine hintere Hosentasche. Für ein paar Herzschläge bleibe ich stehen und genieße das Triumphgefühl. Wieder ein Sieg! Noch etwas zu feiern.

Kaum setze ich den ersten Fuß auf, will zurück zur Gang gehen, da klingelt mein Handy erneut. Ich ziehe es heraus und nehme direkt an.

»Hast du was vergessen?«, frage ich. Es wäre nicht das erste Mal, dass meine Mutter, nachdem sie aufgelegt hat, erneut anruft.

»Spreche ich mit Sophie Stahl?« Eine unbekannte Männerstimme ertönt aus dem Lautsprecher.

»Ja?« Ich erstarre. »Wer ist da?«

»Hier ist Holger Bur. Herr Schrader hat mir Ihre Kontaktdaten weitergegeben.«

Mein Gehirn braucht einige Sekunden, um den Namen zuzuordnen. Herr Schrader? Klaus Schrader. Sofort fallen alle Puzzleteile an ihren Platz. »Sie sind der Besitzer des ›BlueTides‹.« Ich halte in der Bewegung inne, friere ein und kann nicht mehr klar denken.

»Der bin ich.«

Meine Knie werden weich und ich würde am liebsten zu der Getränkekiste zurücksprinten, um mich darauf niederzulassen. Jedoch bezweifle ich, dass ich die kurze Distanz ohne eine unliebsame Bekanntschaft mit dem Sand zurücklegen könnte.

Ich schiebe die Panik zur Seite, konzentriere mich. Auf meinen Schultern liegt plötzlich eine unglaubliche Last. Wenn ich es richtig anstelle, kann ich etwas Gutes bewirken. Wenn ich versage ...

Du darfst nicht versagen, Sophie!

Aus dem hintersten Winkel meiner Gedanken krame ich den Pitch hervor, den ich in den letzten Tagen einstudiert habe, und lege los: Ich erzähle vom ›BlueTides‹, seiner Bedeutung für die Menschen und der Attraktivität für die Gegend. »Deshalb«, schließe ich atemlos, »berücksichtigen Sie bitte dies alles bei Ihrer Entscheidung. Alle Informationen finden Sie auch auf unserer Webseite.« Ich gebe ihm die Adresse durch und höre, dass er sie sich notiert.

»Sind Sie fertig?«, fragt er mit einem kaum deutbaren Unterton.

Habe ich ihn überzeugt? Oder gelangweilt? »Ja, bitte entschuldigen Sie meinen Monolog.«

»Er zeugt lediglich von Ihrer Begeisterung.«

»Dieser Ort und diese Menschen sind etwas Besonderes.«

Er schweigt kurz und erklärt dann: »Wissen Sie, ich reise viel.«

Oh, das ist mir bewusst. Dennoch sage ich nichts dazu und lasse ihn fortfahren.

»Orte haben zwei Facetten.« Sein Tonfall nimmt einen träumerischen Klang an. »Zuerst erscheinen sie eindimensional: kahl oder blumig, trist oder lebhaft. Wir nehmen die Architektur wahr, das Äußere der Menschen und die Landschaft. Erst dann füllen Orte sich mit Leben. Wir sehen Routinen, hören Gespräche oder Gelächter. Aus einem Ort wird schleichend ein Zweiter, der mit dem Ersten nicht mehr viel zu tun haben muss. Einer, der für andere ein Zuhause ist oder für einen selbst eins werden kann.«

Wortlos nicke ich. Genau so habe ich mich gefühlt, als ich hier angekommen bin.

»Die Details bezüglich der Pacht bespreche ich mit Herrn Schrader. Aber ich habe nicht vor, einem Ort das Leben zu nehmen, nur um daraus Profit zu schlagen. Schönen Abend noch.«

Er legt auf, bevor ich seine Worte vollständig begreife. Habe ich ihn überzeugt?

Ich stolpere hinter der Imbissbude hervor und auf die Gang zu. Ben bemerkt mich zuerst. Er zieht besorgt die Augenbrauen zusammen und kommt auf mich zu. Stützend legt er eine Hand in meinen Rücken. »Was ist passiert?«

Nun schart sich auch der Rest der Gang um mich und mustert mich.

Zur Antwort grinse ich so breit, dass ich vermutlich wie eine Verrückte wirke. »Das ... Wir ...«, stammle ich. In mir dreht sich alles. Die Gespräche mit Pia, Herrn Hillmann, meiner Mutter und nun mit Herrn Bur. Ist das ein Traum?

Ben streicht mir verirrte Strähnen hinters Ohr und legt mir eine Hand an die Wange. Die Berührung schickt Stromstöße meinen Hals hinab. Mein Grinsen wird noch breiter. »Er will das ›BlueTides‹ erhalten.«

»Wer?«

»Der Besitzer. Er möchte die Details mit Klaus besprechen. Aber er ist begeistert von unseren Aktionen und will, dass das ›BlueTides‹ bestehen bleibt.«

»Ist nicht wahr?!«, ruft Alex aus und ich sehe sie auf und ab hüpfen. Sie springt Mark in die Arme, der sie hochhebt und herumwirbelt.

Dan schließt Lisa ebenfalls in eine Umarmung.

Nur Ben und ich stehen da, sehen einander an. Eine zarte Bewegung seines Daumens streift meine Haut. Wieder setzt sich ein ganzer Schwall Elektrizität frei, der meine Haut zum Summen bringt.

»Du bist unglaublich.«

»Ich habe das nicht allein geschafft«, wehre ich sofort ab.

Er schüttelt kaum merklich den Kopf, doch die feine Bewegung reicht aus, um die Deutlichkeit seines Widerspruchs zu zeigen.

»Ohne dich wäre ich nicht hier. Dies wäre vielleicht das letzte Strandfest.«

»Du übertreibst!« Trotzdem kann ich den Blick nicht von ihm abwenden, möchte wieder und wieder hören, dass ich etwas in seinem Leben verändert habe.

Eine unsichtbare Macht zieht mich noch ein Stückchen näher zu ihm. Ich stoße gegen seinen Ellbogen und er lässt die Hand von meiner Wange in meinen Nacken gleiten. Eine Gänsehaut jagt über meine Kopfhaut. Meine Brust streift seine, wenn ich einatme, und macht jeden Atemzug bittersüß. Am liebsten würde ich die Zeit anhalten und diesen Moment zeichnen, ihn einfangen in einer Illustration, die diesen Urlaub überdauert.

»Freunde zu sein war eine blödsinnige Idee«, raunt Ben.

Ich schlucke schwer, will zurückweichen, doch ein sanfter Druck in meinem Nacken hält mich an Ort und Stelle fest. »Richtig dumm?«

»Und wie.« Er schließt die Distanz zwischen uns und ich spüre seinen Körper an meinem. Jeder Zentimeter von mir rauscht vor Sehnsucht. »Bitte sag mir, dass du mich noch genauso willst, wie ich dich.«

»Willst du?«

Er lächelt, zupft leicht an meinem Haar, damit ich den Kopf in den Nacken lege. »Nichts will ich mehr.«

Die Schmetterlinge in meinem Bauch toben wie eine Sturmböe durch mein Innerstes. Ich klammere mich an Ben fest, damit ich nicht davongeweht werde. Ein ersticktes Lachen dringt aus meiner Kehle. Es enthält den Schmerz der letzten Tage und den Wunsch, Ben zu verfallen.

»Ich bin nicht einfach, wenn es um meine Familie geht, das weiß ich. Das ist keine Entschuldigung. Aber wie ich mich verhalten habe, tut mir unendlich leid, Sophie. Ich hätte dich nicht von mir stoßen dürfen, als mich die Angst überkam. Ich will dich an meiner Seite.« Ein verlegener Ausdruck huscht über sein Gesicht, ein roter Fleck erscheint an seinem Hals. »Wenn du das auch noch willst.«

Zur Antwort packe ich ihn am T-Shirt und ziehe ihn so nah an mich heran, dass sich unsere Lippen beinahe berühren. »Entschuldigung angenommen.« Ich koste die Sekunde aus, atme Bens Geruch ein und nehme die Wärme auf, die sein Körper ausstrahlt. »Und jetzt küss mich.«

Er kommt meiner Bitte nach, legte seine Lippen auf meine und katapultiert meine letzte funktionierende Gehirnzelle ins Weltall. Seine Nähe fühlt sich richtig an, durchströmt mich mit Mut und Zuversicht. Bei ihm habe ich mich selbst gefunden, hier kann ich sein, wer ich bin.

Er öffnet den Mund, vertieft den Kuss und kitzelt meine Zunge mit seiner. Ich reagiere bereitwillig, schlinge die Arme um ihn und lasse mich fallen.

Ein genüssliches Brummen dringt aus Bens Kehle. Er löst sich von mir und sieht mich mit einer Intensität an, die meine Knie weich werden lässt. »Wenn ich jetzt nicht aufhöre, dann ...«.

»Dann was?«

Er grinst diabolisch. »Das kann ich dir gerne heute Nacht demonstrieren – ohne Zuschauer.«

Sein Blick huscht zur Seite und plötzlich kehren die Geräusche unserer Umgebung zurück. Das Jubeln der Gang übertönt beinahe die Musik, die von der Bühne herüberdringt.

Ihre Freude steckt mich an, zaubert mir ein Grinsen aufs Gesicht. Kurz darauf entdecke ich Pia in der Menge. Sie steht mit einem Bier in der Hand da, bewegt sich genüsslich zur Musik. Ich winke sie zu uns herüber und stelle sie meinen neuen Freunden vor. Die Freundlichkeit, mit der sie aufgenommen wird, lässt mein Herz vor Freude flattern.

Die Gruppe ist ein Sinnbild meines alten und meines neuen Lebens. Beides zusammen zu sehen zeigt mir, woher ich komme und welche Richtung ich einschlagen sollte.

Egal, wohin mich mein Weg führt, alles wird gut, solange ich die Menschen an meiner Seite habe, die an mich glauben. Solange ich selbst an mich glaube.

20. Kapitel

Drei Wochen später.

Das Klingeln meines Weckers reißt mich aus dem Schlummer. Ich ziehe mir die Decke über den Kopf, will am liebsten weiterschlafen. Gähnend rolle ich mich auf die Seite und schalte den nervenden Ton aus. Mit dem Smartphone in der Hand setze ich mich auf und checke meine Nachrichten. Der Chat mit Pia zeigt eine rote Eins und ich finde eine Sprachnachricht vor. Zwölf Minuten lang, morgens um halb sieben. Das ist ihre übliche Zeit, wenn sie ihren ersten Kaffee kocht und alles für den Tag zusammenkramt.

Pia: »Aufstehen bleibt ätzend, egal wie gut man gelaunt ist, oder?«

Das fragt sie zum Auftakt und ich könnte ihr nicht mehr zustimmen. Sie erzählt von ihrem aktuellen Auftrag und dass sie endlich eine Lösung für das Problem mit dem Farbkonzept gefunden hat, mit dem sie nicht zufrieden war.

Während sie sich in Details verliert, schnappe ich mir mein iPad und öffne meine aktuelle To-do-Liste. Pias Stimme zu hören, beruhigt mich und ich kritzle eine Sonne neben die anderen Icons, die sich in den letzten Tagen auf der Seite angesammelt haben.

Diese Liste enthält nur einen Punkt und statt ihn abzuhaken, füge ich jeden Morgen eine kleine Zeichnung hinzu.

Folge deinen Wünschen und Träumen! Erlaube dir, glücklich zu sein!

Pia: »Viel Spaß heute bei der Arbeit.«

Pia zögert, Schlüssel klimpern.

Pia: »Ich vermisse dich. Aber es macht mich glücklich, dich so zu sehen – oder na ja, zu hören. So zufrieden.«

Sie schweift noch einmal ab und erzählt von ihrem neuen Nachbarn, der sie letztens zugeparkt hat. Ich nehme mein Telefon zur Hand und tippe eine Nachricht.

Ich: Ich vermisse dich auch. Hab einen schönen Arbeitstag und lass dich nicht von Mister-Sexy-Ich-Parke-Bescheuert ärgern ;-)

Danach beantworte ich Ellas Frage, wann ich ungefähr im Workspace im ›BlueTides‹ auftauche, das sie direkt nach dem Fest ausgekundschaftet hat. Sie ist geblieben und hat mich überredet, mir einen Platz neben ihr anzumieten, um an meinen Aufträgen für Illustrationen zu arbeiten. Zwar kann ich meinen neuen Job von überall ausführen, aber dieses Arrangement gibt meinem Alltag eine Struktur. Nebenbei arbeite ich dort im ›BlueTides‹, wo man gerade Hilfe braucht. Damit verdiene ich genug, um mir die Ferienwohnung bei

Hanni weiter zu finanzieren und mich nebenher als Illustratorin auf dem Markt zu etablieren.

Zu meinen Bewerbungen habe ich bisher nichts gehört und ich bezweifle, dass sich das in den nächsten Tagen ändern wird. Geduld, Ausdauer und Frust werden jetzt einfach zu meinem Leben gehören. Aber meine Träume zu verfolgen fühlt sich richtig an. Es fühlt sich nach mir an.

Ein Klingeln lässt mich aufhorchen. Ich schlüpfe aus dem Bett und eile zur Eingangstür. Ben steht davor. Er hält Kaffeetassen in seiner Hand und grinst mich verschmitzt an.

»Hast du dich ausgesperrt?«

Er schüttelt den Kopf. »Vor genau einem Monat habe ich mit Kaffee in der Hand bei dir geklingelt. Ich dachte, wir machen daraus ein Ritual.«

»Dazu sperrst du dich aus?« Ich sehe an ihm herunter. Ben trägt Jogginghose, aber keine Socken. Das T-Shirt klebt an seiner Haut und sein Haar ist noch feucht von der Dusche. Wahrscheinlich ist er keine zehn Minuten vor mir aufgestanden.

»Ich habe mich nicht ausgesperrt!«, brummt er und drückt mir einen Kaffee in die Hand. Sofort trinke ich einen Schluck. Hafermilch, ohne Zucker. So wie ich es am liebsten habe. »Ist dir nicht kalt?«

»Doch.« Anstatt hereinzukommen, grinst Ben frech. »Du musst mich jetzt reinbitten und sagen, dass du schnell duschen gehen willst.«

»So wie damals, also?«

»So wie damals.« Ben stiehlt sich einen schnellen Kuss. »Aber dieses Mal biete ich an, dich beim Duschen zu begleiten.«

Ich schlendere zur Badezimmertür, stelle unterwegs meinen Kaffee auf das Sideboard am Eingang. »Angebot angenommen!«

Danksagung

Jede Geschichte birgt für mich als Autorin ihre eigene Magie. Während Sophie sich selbst suchte, fand ich mit ihrer Hilfe zu einem neuen Genre und zu einer neuen Facette als Künstlerin.

Danke, liebe Mitarbeiter*innen beim dp Verlag, für euer Vertrauen in mich und meinen Roman. Ich freue mich, dass ich diesen Weg bei euch gehen darf und die Gang bei euch ein Zuhause findet.

Danke, liebe Barbara, für dein lehrreiches Lektorat. Deine Anmerkungen haben so wunderbar zur Gang und Sophie gepasst. Es hat mir großen Spaß gemacht, mit dir zu arbeiten.

Danke, liebe Brokkolis, für eure Freundschaft und die Inspiration zu den morgendlichen Podcasts.

Wie jedes Buch, wäre auch dieses nicht fertig geworden, hätte ich nicht meine Familie und Freunde an der Seite, die mir Mut zusprechen, meinen Sorgen zuhören und an mich glauben. Ihr seid unbezahlbar!

Aber nur dank DIR, liebe*r Leser*in, erwacht diese Geschichte zum Leben. Danke, dass du dir die Zeit genommen hast, mit Sophie nach Fierstett zu reisen. Ich hoffe, du hattest genauso viel Spaß, wie ich!